FOUAD LAROUI

Marocain de naissance, ingénieur et économiste de formation, professeur de littérature à l'université d'Amsterdam, romancier de langue française, poète de langue néerlandaise, éditorialiste, critique littéraire : Fouad Laroui court le monde, chargé de son sac de voyage et de sa vaste culture. Entre autres textes, Fouad Laroui est l'auteur chez Julliard de *La Femme la plus riche du Yorkshire* (2008), *Le jour où Malika ne s'est pas mariée* (2009), *Une année chez les Français* (2010), *L'Étrange Affaire du pantalon de Dassoukine* (2012) qui a reçu le prix Goncourt de la nouvelle, *Les Tribulations du dernier Sijilmassi* (2014) qui a reçu le Grand Prix Jean-Giono, et *Les Noces fabuleuses du Polonais* (2015). Son livre *De l'islamisme, une réfutation personnelle du totalitarisme religieux* vient d'être réédité chez Robert Laffont.

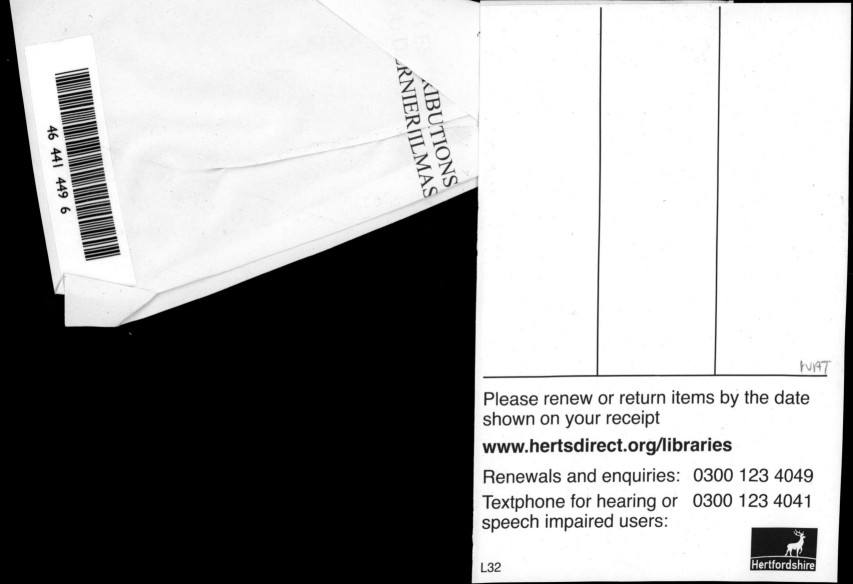

FOUAD LAROUI

LES TRIBULATIONS DU DERNIER SIJILMASSI

roman

JULLIARD

© Éditions Julliard, Paris, 2014

ISBN : 978-2-266-25868-5

«Celui qui aujourd'hui ne se retire pas entièrement de ce bruit et ne se fait pas violence pour rester isolé est perdu.»

Goethe, *Entretiens avec Eckermann*.

1

Au-dessus de la mer d'Andaman

Un jour, alors qu'il se trouvait à trente mille pieds d'altitude, Adam Sijilmassi se posa soudain cette question :

— Qu'est-ce que je fais ici ?

Ce n'est pas qu'il volait de ses propres ailes, comme un oiseau : il était en fait rencogné dans le siège 9A d'un avion de ligne peint aux couleurs de la Lufthansa. Il venait de se poser la question (« Qu'est-ce que je fais ici ? ») et il en examinait maintenant les tenants et les aboutissants.

Il s'assura par un coup d'œil circulaire que personne ne l'observait car il ne pouvait méditer à son aise que s'il était seul dans son coin, ignoré de tous, sans importance collective.

Donc, Adam réfléchissait. Et il n'arrivait pas à trouver de solution à cette énigme : pourquoi son corps se trouvait-il à une altitude de trente mille pieds, propulsé à une vitesse supersonique par des réacteurs conçus du côté de Seattle ou de Toulouse – très loin de son Azemmour natal, où les carrioles qui allaient au souk dépassaient rarement la célérité du mulet, où les voitures à bras n'excédaient pas l'allure du gueux se traînant de déboires en contretemps ?

Le Boeing, c'était autre chose. Neuf cents kilomètres par heure... Pourquoi cette hâte, grands dieux ? À travers le hublot, l'univers se signalait par la couleur bleue, lacérée parfois de blanc translucide, mais aurait-il été niellé de mauve ou d'or que cela n'aurait pas changé grand-chose, car ce n'était pas la nature qui était en jeu mais plutôt l'histoire des hommes, la distribution de l'espèce à travers la planète. Ça tombait bien : la planète, elle s'offrait nue, de l'autre côté du hublot. C'était sans doute cela qui avait déclenché les cogitations de notre héros : hors la Terre, libéré de la gravité, sans contact avec le plancher des vaches, il était un pur esprit. Et ce pur esprit venait de comprendre qu'il y avait quelque chose d'indigne dans cette translation affairée d'un corps humain le long d'une géodésique du monde.

Une boule d'angoisse se forma dans son ventre, quelques gouttes de sueur apparurent sur son front, sa main droite fut prise d'un tremblement incontrôlable.

— Qu'est-ce que je fais ici ?

Comme en écho, une autre phrase résonna dans son crâne :

— Tu vis la vie d'un autre.

Il jeta de nouveau un regard circulaire dans la cabine de l'avion. Partout, des hommes d'affaires penchés sur des revues, des rapports, des écrans... Il lui apparut qu'ils lui ressemblaient tous, qu'ils portaient le même costume sombre, la même chemise blanche, la même cravate. Sans doute pouvait-on lire dans leurs yeux les mêmes préoccupations, les mêmes chiffres...

— Est-ce cela que je suis ?

Il pensa à son grand-père, le *hadj*[1] Maati, digne vieillard assis, immobile, dans le patio de sa demeure, qui occupait ses jours et consumait ses nuits à compulser d'augustes traités composés mille ans plus tôt à Bagdad ou en Andalousie, des trésors dont les lettres tracées en coufique ou en *naskhî* révélaient du monde autre chose que les prix du bitume ou de l'acide – ou le compte en banque de l'acheteur indien.

Adam se rendit compte que son grand-père n'avait jamais dépassé la vitesse du cheval lancé au galop dans la plaine des Doukkala – et ce galop-là contenait en lui toute la noblesse qu'un homme peut désirer. Entre la sagesse immobile du hadj et la course altière du pur-sang s'esquissaient tous les mouvements qui peuvent nous occuper ici-bas, le temps bref d'une belle vie, sans laisser sur terre d'autre trace qu'un peu d'affection dans le cœur des hommes – et pas de ces souillures que laissent dans l'air ces engins qu'on appelle des Boeing, qui ne meurent jamais puisqu'on en voit des centaines alignés au fond d'un désert de l'Arizona, s'endormant dans un rêve sans fin. Et pour les construire, ces engins, n'avait-il pas fallu fouiller fort, fouiller profond dans la croûte terrestre, en arracher le fer ou la bauxite, laissant la Terre les veines ouvertes, agonisante mère nourricière – on croit entendre son âme gémir, triste et dolente, transpercée par le glaive des tunneliers ?

Tout ça, pour quoi ?

Il pensa à son père, Abdeljebbar, qui jamais n'avait possédé d'automobile ni n'avait pris l'avion, qui avait à peine sacrifié au culte du jour en acquérant un Solex

---

1. Pour tous les mots arabes, se reporter au glossaire, p. 285.

noir – et Adam se rendit compte que son père non plus n'était jamais allé plus vite que le pur-sang du hadj Maati.

Lui, Adam, était le premier de la lignée à atteindre des vitesses absurdes – et pour quoi faire, vains dieux? Vendre du bitume, acheter de l'acide sulfurique, penser à la commission de l'agent indien. Misère! On appelle cela le progrès – «marche avant, avancée»; mais à quelle allure? Faut-il qu'elle soit celle du Boeing?

Bercé par les ronronnements de l'avion, Adam *sut* que c'était la dernière fois que son corps filait à des vitesses défiant l'imagination. Il se vit assis sur son siège, ciron présomptueux, costume-cravate, allant *vrououououm* dans l'univers infini. C'était ridicule. Ça manquait de dignité, pour un petit-fils du hadj Maati. Franchement, ça ne ressemblait à rien.

Il décida, *hic et nunc*, que jamais plus il ne prendrait l'avion.

Cela se passait quelque part au-dessus de la mer d'Andaman, un lundi, à l'aube d'un millénaire.

Et ce fut le début de la fin, pour l'ingénieur Sijilmassi.

2

Juché sur la carriole

Arrivé à Casablanca, Adam récupéra sa valise et se dirigea vers la sortie de l'aérogare.

Il faisait un temps splendide en ce premier jour de printemps. Adam s'arrêta sur le trottoir, devant le hall de l'aérogare, et leva les yeux vers l'immense nappe bleue que ne troublait le moindre nuage, sinon quelques traînées blanches, très haut, laissées par des albatros d'aluminium. Il cligna des yeux pour se réaccoutumer à la lumière de son pays. Décidément, elle n'était pas celle des cieux d'Asie. *Nos cieux ne sont pas les leurs.*

Une meute de chauffeurs de taxi fondit sur lui, l'un revendiquant la valise comme si elle lui appartenait, l'autre lui promettant la voiture la plus confortable, le troisième se contentant de l'agripper par la manche. Il se dégagea du mieux qu'il put, répétant qu'il possédait une voiture et qu'elle l'attendait au parking. Pourquoi ce mensonge ? Il lui sembla que c'était ce qu'il fallait dire parce que c'était plus vraisemblable que la décision qu'il venait de prendre : il allait *marcher* jusqu'à Casablanca.

C'était du moins son intention. Après avoir descendu une longue rampe et ainsi quitté l'aéroport, il s'engagea

13

sur le bord de la route, traînant sa valise à roulettes, et atteignit bientôt sa vitesse de croisière : quatre kilomètres à l'heure. Pendant sept millions d'années, aucun *homo*, ni *erectus* ni *sapiens*, n'avait longtemps dépassé cette allure : au regard des millénaires, il était dans la norme. Une légère brise rafraîchissait l'air, que chauffait concurremment un soleil impitoyable. Quelle heure était-il ? Trois heures de l'après-midi, répondit sa montre. Bien. Il serait à la maison pour le dîner.

Au bout de quelques minutes, une Simca vert pomme le dépassa puis s'arrêta quelques dizaines de mètres plus loin, sur la chaussée, les freins grinçant horriblement. («Nous y sommes», pensa Adam; ou plutôt la phrase se présenta distinctement devant ses yeux. Il savait bien d'où elle venait : de Tex, une bande dessinée qu'il lisait dans son enfance. Tex pensait (dans une bulle) : «Nous y sommes», chaque fois qu'il apercevait des bandits, ou des Indiens, ou un grizzly. Cela voulait dire : les ennuis commencent. On pouvait *s'attendre à tout*.)

Un homme s'extirpa de la voiture, en sueur, s'épongeant le front, l'examina un instant puis cria d'une voix rauque :

— Un problème, mon frère ?

Puis, sans attendre confirmation :

— Je peux te déposer à Casa, si tu veux.

Adam pensa qu'un homme qui s'arrête sur la chaussée, tout uniment, sans prendre la peine de se garer sur le bas-côté, ne peut être qu'un policier en civil – ou un imbécile dangereux – ou les deux. Il répondit d'un ton ferme :

— Non, merci.

L'autre :

14

— Mais tu vas où comme ça ?

Adam était maintenant arrivé à la hauteur du pékin. Les deux hommes se jaugèrent. Tout, dans leur apparence, les opposait. De taille moyenne, sec, Adam ; l'autre, tout petit, rond ; les traits enfantins, yeux d'une certaine nuance du glauque qu'on ne trouve que dans le Rif ; Adam les traits durs, du genre taiseux ; l'autre, on le devinait expansif, la blague facile, étourdi. Costume-cravate, l'Adam, et djellaba en face.

Le bon Samaritain, qui semblait déjà regretter d'avoir parqué sa Simca pour un cas si mal parti, répéta sa question. Adam hésita un instant puis :

— Je vais à Casablanca. Mais j'ai envie de marcher. Merci pour l'offre.

Il y avait là trois phrases, si tant est que la ponctuation s'entende. Une de ces phrases posait problème (« *Cherchez l'intrus* »). L'homme à la Simca se recula. Son corps envoyait maintenant une flopée de signaux (tics, froncements divers, ululations sourdes...) qui semblaient tous signifier la même chose : au fou !... au fou ! Lâchez les chiens ! Ce n'était sans doute pas un policier. Un policier est imperturbable. C'est un roc. Il est la force publique. Rien ne peut lui arriver.

Le petit rond émit une sorte de gémissement puis se reprit. Il se força à sourire.

— Mon frère a le sens de l'humour. Hi, hi, hi... Tu te moques de moi, n'est-ce pas ? Hi, hi, ha, ha... Ou bien, tu ne connais pas le coin, hein ? Hu, hu, hu... Personne, tu entends bien, *personne* ne va à pied à Casa à partir d'ici (son index, pointé vers le sol, tournoya pour indiquer précisément où « ici » se trouvait). Si tu veux aller à pied à Casa, je te conseille de partir d'ailleurs : de Casa, par exemple. (Il émit un gloussement,

15

tout content de sa colossale astuce.) Cette foutue ville est déjà assez grande pour t'épuiser, toi et tes enfants. Et ta valise.

Adam ne disait rien. («Mes enfants? Je n'ai pas d'enfant.») L'autre attendit une réponse, qui ne vint pas. Levant les bras au ciel, ce qui releva sa djellaba sur ses blancs mollets (il avait l'air d'un épouvantail un peu gras), il conclut :

— Bon, j'ai fait ce que j'ai pu, l'ami. Dieu te vienne en aide.

Il remonta dans sa voiture (vue de près, ce n'était pas une Simca (y en a-t-il encore?) mais une contrefaçon chinoise). L'engin émit quelques crachotements, un rot, deux ou trois flatulences, puis, *pfuiiit*, disparut dans l'horizon immense.

Adam se remit en marche. Sa valise faisait beaucoup de bruit (krrrr... krrrr... krrrr...) mais il s'y habitua. Au bout de quelques instants, il ne l'entendait plus. Il avait l'impression de marcher dans le silence. (Le silence *ouaté*.)

Pas pour longtemps. Une Fiat 127 le dépassa puis s'arrêta sur le bas-côté. On devinait un conducteur et un passager. Cette fois-ci, personne ne sortit de la voiture. Arrivé à sa hauteur, l'homme-qui-marche jeta un coup d'œil dans l'habitacle assombri par des cartons plaqués sur les vitres de l'arrière. Deux paires d'yeux luisaient dans la pénombre et regardaient Adam.

Il s'arrêta. On l'apostropha :

— Un problème, l'ami?

Ils étaient deux, sans doute mari et femme. Il se pencha pour mieux les regarder. La trentaine. Vêtus à l'européenne. Tête nue, élégant châle bleu. Des fonctionnaires, peut-être un instituteur et une infirmière.

16

(Je devrais cesser d'imaginer des vies aux gens, sur un seul coup d'œil.) Ils s'étaient sans doute concertés en quelques phrases. T'as vu? Quoi? Là-bas! Ah oui... Et alors? Un compatriote en perdition le long de la route. On fait quoi? On lui vient en aide. M... *(quand le diable y serait)*, on est musulmans, quoi.

— On peut te déposer à Casa, si c'est là que tu vas.

Adam respira un bon coup puis répondit d'une voix ferme :

— Non merci, tout va bien.

L'homme et la femme se regardèrent, l'air étonné.

— Mais... tu vas où comme ça ?

C'était le conducteur qui avait posé la question. Sa passagère, rajustant son châle, tordit un peu le cou pour mieux regarder Adam. Malgré ses traits taillés à la serpe, il avait l'air rêveur. Quelque chose dans son regard... Tiens! Il ressemblait au héros de cette série turque qui affolait les femmes de tous les pays arabes depuis quelques mois. Comment s'appelait-il (le Turc)? Elle ferma les yeux, une torpeur ottomane l'envahit, un goût de rahat loukoum, elle était odalisque dans un sérail...

Son mari répéta la question. Adam hésita un instant puis :

— Je vais à Casablanca. Mais j'ai envie de marcher. Merci pour l'offre. Bon voyage.

Marcher ? Illico, la Fiat 127 se transforma en chambre à bulles, des événements fort intéressants s'y produisirent; à prêter l'oreille, on eût sans doute entendu des bruits divers, des cris et chuchotements, des grésillements. Ça discutait ferme, dans le conclave. Puis le calme revint. La tête du conducteur émergea de la vitre. Il avait l'air circonspect, presque inquiet.

— Tu es un émigré, hein ? Tu habites en Europe ?

Pauv' gars. Laisse-moi éclairer ta lanterne. *On ne va pas à pied à Casa*. C'est impossible. Ça n'existe pas. Si tu veux aller à pied à Casa, le mieux, c'est de remonter le temps, après tout, le temps est relatif, non ?... et de revenir un siècle en arrière, quand Casa s'appelait Anfa et que c'était un petit village de rien du tout. (Il se tourna vers sa femme, très fier de sa plaisanterie – il avait quand même réussi à placer l'histoire, la géographie et Einstein dans une seule phrase – elle lui sourit, enamourée, ayant vite oublié le Turc.)

Il enfonça le clou :

— On n'est pas en Suède, ici.

— Pardon ? La Suède ?

— Ou la Suisse, ajouta l'homme. (Il semblait maintenant douter de la force de son argument.)

— Qu'est-ce que la Suède a à voir avec... ?

— Laissons tomber. Écoute : si tu veux aller à Casa, monte, on t'y emmène. Sinon, bonne chance.

Adam ne disait rien. Il se posait cette question qui le titillait régulièrement : pourquoi ses compatriotes avaient-ils tendance à clore toute discussion en invoquant un lointain pays scandinave ? La Fiat démarra et s'en fut fumant, le couple criant à tue-tête :

— Bon voyage ! (Il est fou !) (C'est un émigré ! (Il se croit en Suède ?)) Que Dieu te vienne en aide ! (Il est foutu !) Fonce !

Adam se remit en marche. Sa valise faisait maintenant un bruit infernal : elle n'était pas faite pour l'asphalte marocain, on l'avait calibrée pour le feutre des aéroports, elle grinçait et gémissait, mais il s'habitua à ses protestations. Au bout de quelques instants, il eut de nouveau l'impression d'évoluer dans l'ouate.

Pas pour longtemps *(bis)*. Un 4×4 rutilant le

dépassa puis ralentit et s'arrêta élégamment sur le bas-côté. Des enfants piaillaient sur les sièges arrière. Un grand bonhomme moustachu, bronzé, au sourire éblouissant, en sortit lestement. Il ouvrit une portière ; en débarqua un nain ; non : un enfant. L'homme et l'enfant – lui agrippé à la main de son père (?) – attendirent patiemment jusqu'à ce qu'Adam fût arrivé à leur hauteur. Il s'arrêta et jeta un coup d'œil sur la machine. C'était bien un 4 × 4, du japonais, du brutal, du tue-piéton ; armé d'une calandre en forme de chasse-buffle chromé, nécessaire dans les rues de Casablanca (vu le grand nombre de buffles qui y déambulent). L'homme se pencha sur le moutard et lui demanda, en français et en détachant les syllabes :

— Qu'est-ce qu'on dit ?

L'enfant leva vers Adam une frimousse innocente et zézaya :

— Bonzour, monsieur.

Adam hésita un instant (il s'entendait mieux avec les chats qu'avec les enfants) puis fut pris d'une envie de battre le moutard, comme ça, pour rien (parce qu'il était là) ; une fessée ; une joue pincée un peu trop fort ; un nez qu'on épate d'un pouce méchant. Il murmura :

— Bonjour...

D'autres enfants criaient dans l'habitacle de la voiture. Pourquoi n'avaient-ils pas droit, eux, à la confrontation pédagogique avec Adam ? L'homme tapota le dessus du crâne de son fils puis demanda à Adam :

— Un problème, l'ami ?

Comme pris d'un scrupule, il tendit la main et se dénonça :

— Je m'appelle Anas Kettani. Lui (geste), c'est

Jaad, mon fils. (*Tap-tap-tap* paternel sur la tête de l'héritier.) Alors, que se passe-t-il ?

Adam serra sans conviction la main du dénommé Anas Kettani.

— Moi, c'est Adam Sijilmassi. Et... il ne se passe rien.

Kettani avait la quarantaine. Vêtu *relax-distingué* (une telle catégorie *doit* exister, se dit Adam, un as du marketing *doit* l'avoir inventée). Probablement un banquier. Ou un promoteur immobilier. Un industriel ? Inscrit au *Sun Beach*, sur la corniche. Week-ends à Marrakech. Rotary, peut-être ? Lions Club ? Femme élégante et racée, légèrement névrosée. Enfants à l'École française (ou l'École américaine ?). Objectif : le lycée Lyautey, les grandes écoles à Paris, MBA aux États-Unis, etc. Perpétuons, perpétuons. La troisième génération fera dans l'art.

Adam jeta un coup d'œil sur l'enfant. En somme, Anas Kettani était en train de le *former*. Écoute, coco, un homme qui marche le long de la route, en costume-cravate, traînant une valise à roulettes toute neuve (note le détail), ce n'est pas un blédard, un péquenot, un 'aroubi. Par conséquent, c'est un des nôtres. Qui sait ? Peut-être même un Kettani. Limite, un Alami. Et d'ailleurs, même s'il s'appelait Guerjoum ou Sandoq, on a les idées larges, du moment qu'il est propre sur lui (et qu'il ne nous emm... pas). On fait quoi, Jaad ? Hein ? Oui, mon enfant, *on lui vient en aide*.

Le banquier putatif prit un air empressé et continua :

— On peut *vous* déposer à Casa, si c'est là que vous allez. Ça ne nous dérange pas. Les enfants se pousseront un peu.

Adam hésita un instant (il ne fallait pas désobliger l'homme devant son fils, ce serait peut-être un traumatisme psychologique qui aurait des conséquences désastreuses à long terme – mon Dieu, j'aurai un *serial killer* sur la conscience) puis répondit très poliment, l'air de dire oui en disant non :

— Merci, tout va bien.

L'homme et l'enfant ne bougèrent pas d'un millimètre. L'industriel murmura, le sourcil circonflexe :

— Mais... excusez-moi si je m'occupe de ce qui ne me regarde pas... Vous allez où ? Il n'y a rien dans le coin. Rien. Même pas un hameau. Pas la moindre villa...

La portière avant du 4 × 4 s'ouvrit en chuintant. Il en sortit une belle femme aux cheveux noirs qui portait un chemisier bleu clair, un pantalon blanc et un châle autour du cou. Ajustant ses lunettes de soleil, elle se haussa sur la pointe des pieds, les bras croisés reposant sur le haut de la portière ; un petit déhanchement achevait de la rendre, comment dit-on dans les magazines ? *irrésistible* ; et examina Adam (lui, tout à fait résistible). C'est qui, c'quidam ? Il était plutôt petit mais « bien formé » – pas adipeux, en tout cas. Dans quelle salle de sport était-il inscrit ? Était-il convenable de le lui demander ? Malgré ses pommettes un peu saillantes et son nez trop droit, il avait l'air d'un idiot (genre « l'idiot qui a fait la Mission », incapable de marchander une chemise dans le bazar). Quelque chose dans son attitude... Tiens ! Mais je le connais. Je le reconnais. N'est-ce pas là le mari de Naïma ? Évitons-le, il est antipathique, paraît-il. Le genre compliqué, on ne comprend rien à ce qu'il dit.

— Anas ! Qu'est-ce que tu fais ? On va être en retard !

Kettani répéta sa question (« Vous allez où ? »). Adam soupira :

21

— Je vais à Casablanca. À pied. Allez-y, votre femme s'impatiente. Merci pour l'offre.

Il se força à sourire à l'enfant qui l'examinait, la bouche ouverte.

Kettani, interloqué, se passa la main sur la poitrine, lentement, d'un geste ample et concentrique.

— Mais... vous connaissez la distance, d'ici à Casa? Vous allez marcher pendant des heures! D'autre part, il y a des bidonvilles du côté de Bouskoura, ce n'est peut-être pas très... euh, comment dit-on? Euh... *Safe*? *Secure*? (Excusez-moi, j'ai habité longtemps aux States, mon français est un peu rouillé.) En tout cas, je vous déconseille de marcher le long de la route. Vous savez, à Los Angeles, la police m'a arrêté un jour parce que je marchais le long d'une *highway*. Il faisait pourtant beau et c'était dimanche, j'avais deux bonnes raisons de me balader. (Il gloussa, tout heureux d'avoir vécu dangereusement «aux *States*».) Après vérification de mon identité, ils m'ont dit, les flics, que c'était suspect, un type qui déambule. Cela dit, on n'est pas aux *States*...

— Ni en Suède.

— Anas! Anas! On va être en retard! Mes parents nous attendent, ma mère va s'inquiéter. Je voudrais piquer une tête dans la piscine. Qu'est-ce que tu fais? Jaad va attraper une insolation.

— En Suède? Je ne comprends pas.

— Non, c'est rien, juste une plaisanterie. Mais croyez-moi, je n'ai pas besoin d'aide. Merci.

L'homme et l'enfant se regardèrent; puis le promoteur immobilier (banquier?... minotier?) s'ébroua, fit une sorte de salut décontenancé de la main gauche et tout le monde remonta dans le 4×4 pendant que des

Indiens scalpaient des cow-boys sur le siège arrière. Un rugissement, une odeur âcre de pétrole brûlé, et le dragon bondit vers l'horizon des riches.

(— Je crois que c'est le mari de Naïma. — Naïma qui? Naïma Alami? C'est l'ingénieur Sijilmassi? — Oui, je crois que c'est lui. C'est un type bizarre. (Un peu autiste, paraît-il?) — Qu'est-ce qu'il fait *on the road* avec sa petite valise? — Je te répète que c'est un type bizarre. (Maniaque?) — Ils ont dit quelle heure, tes parents?»)

Adam se remit en marche. Les taxis qui passaient sur la route ralentissaient, même s'ils étaient bourrés de passagers. Les conducteurs klaxonnaient, faisaient des signes cabalistiques, indiquaient des azimuts, certains criaient : «Casa? Casa?» Il faisait semblant de ne pas voir ces bourdons métalliques qui reprenaient vite leur vol. Crétins. Ils veulent quoi? Si je réagissais à leurs invites, il se passerait quoi? Je voyagerais dans le coffre? sur le toit? *Les voyageurs de l'impériale...* Ou alors, ils éjecteraient quelqu'un (le plus pauvre?) et m'offriraient sa place?

La valise émettait maintenant un couinement désagréable. Dommage que je n'aie pas l'habitude de porter par-devers moi une petite fiole d'huile, j'aurais pu graisser la roulette. («Graisser la roulette», je n'ai jamais eu l'occasion d'utiliser cette juxtaposition de mots. Un jour, on décide de ne plus prendre l'avion, le lendemain on se voit obligé d'inventer l'expression «graisser la roulette». En somme, le monde se déglingue et moi je graisse la roulette, pour donner le change.)

Il crut entendre un clapotement derrière lui. Il se

retourna : une carriole tirée par un mulet était en train de le rattraper, tout doucement.

Nous y sommes.

Ou plutôt, nous n'y sommes pas. Que pouvait-il bien lui arriver? Quoi de plus inoffensif qu'un blédard doublé d'un mulet, triplé d'une carriole?

L'homme était un paysan aux yeux tristes, ou peut-être vides, ses vêtements étaient en lambeaux, et une espèce de chapeau de paille le protégeait malaisément des rayons du soleil.

La carriole était maintenant à sa hauteur. Le paysan se contenta de grommeler «*salam aleykoum*» sans même tourner la tête vers Adam. Le mulet ne lui accorda pas un seul regard. Trot-trot-trot... Ils étaient déjà à dix mètres devant lui.

— Hé!

Adam entendit l'interjection puis se rendit compte que c'était lui qui avait crié. Tout de même, c'était étrange. Tout le monde semblait s'intéresser à son cas (le petit rond, les taxis, les Kettani...) sauf le paysan qui venait de le frôler. Il cria de nouveau :

— Hé, l'homme!

Le paysan tira sur les rênes, sans se retourner, et la carriole s'arrêta. Le mulet baissa la tête. Aucune voiture ne passait à ce moment-là sur la route. Ce fut un moment de silence absolu.

Adam s'approcha de l'attelage et tendit la main au paysan qui l'examina (c'était une main, pas de doute) puis la serra mollement. Leurs yeux se croisèrent. Ceux du paysan exprimaient une impassibilité totale. Ç'aurait pu être des billes d'agate. On était au-delà de l'animal ou du végétal, on était dans le minéral, l'inorganique. Adam en eut froid dans le dos – des zombies, sur la route? (*« Fin atroce pour un jeune ingénieur. Dévoré par un zombie sur la route de l'aéroport. La mallette est intacte. »*)

Il flatta un instant la crinière du mulet puis s'adressa à son maître.

— Est-ce que tu vas à Casablanca?

L'homme le noya du regard, superbe d'indifférence. Un long moment s'écoula. Puis :

— Casa? (Un temps.) Mmmm... (Un temps.) Qui sait? Peut-être. Si Dieu le veut.

— Dans ce cas, peux-tu m'y déposer?

Le paysan releva le bord du chapeau de paille et se gratta le crâne. Son regard exprimait maintenant un autre sentiment que l'indifférence : une sorte de méfiance sourde, venue du fond des âges, nourrie de douze siècles de *Makhzen*; une sagesse des faibles, celle-là même qui avait permis à ses gènes de perdurer depuis mille ans, entre razzias et despotisme; une sagesse mêlée de cautèle et de chafouinerie. Il prit le temps de bien regarder Adam. Le costume-cravate. Les souliers élégants, bien qu'un peu poussiéreux. Le visage glabre, bien rasé. La valise à roulettes... Quelque chose n'allait pas. Il murmura :

— *Chouf*... Je ne veux pas d'ennuis.

— Quels ennuis? Je te demande de me transporter à Casablanca. Je te paierai, bien sûr.

— Prends un taxi. Il en passe sur cette route.

— Je ne veux pas prendre de taxi.

— Tu ne veux pas pr... Pourquoi?

Puis, sans attendre la réponse, il posa à Adam la question la plus extraordinaire qu'on lui eût jamais posée.

— Tu as tué quelqu'un?

3

Gens d'armes

Comme cette discussion se déroulait en arabe dialectal, le paysan avait demandé ceci, exactement :

— As-tu tué *une âme* ?

Pour dire « âme », il avait utilisé le mot *rouh*. Adam fut d'abord tenté de le corriger : c'était *nafs*, l'âme animale, l'âme bestiale, qu'il aurait dû utiliser dans ce cas, et non rouh, l'âme éternelle, immortelle, que Dieu nous insuffle (par les trous du nez ?) à notre naissance – ou était-ce à notre conception ? (Mais un ovule fécondé a-t-il des narines ? Tiens, c'est peut-être pour cela que les musulmans pensent que l'être humain n'existe vraiment qu'à partir du troisième mois... Une question de narines. *C'est nous, les gars de la narine...*)

Puis il se ressaisit. Ça ne rimait à rien, ces considérations philosophiques entremêlées de calembours vaseux, alors qu'il était debout sur le bord de la route, à côté d'un mulet (ou était-ce un bardot ?), à parlementer avec un paysan. Qui venait de le traiter d'assassin.

Attends, peut-être qu'il plaisante ? Je ne peux pas croire qu'il ait *sérieusement* demandé cela. Cela dit... qui sait ? Ils sont peut-être habitués aux meurtres, dans les villages et les hameaux. Ça se massacre, ça s'étripe joyeusement. Tu m'regardes de travers ? Tiens, prends ! (V'lan, la serpe en travers de la tronche !) Quoi ! ? Tu as zyeuté ma femme pendant qu'elle plumait un dindon ? Boum ! Le madrier s'abat sur le crâne de...

— Non, non, dit enfin Adam. (Comment lui *expliquer* ?) J'ai simplement envie de faire le chemin sur ta carriole. Ça me rappellera mon enfance. J'ai grandi du côté d'Azemmour, dans les Doukkala. Parfois on allait en carriole à la plage.

Un sourire se dessina sur les lèvres du paysan.

Tiens, je l'ai touché avec mes histoires d'enfance. La nostalgie, c'est quand même universel. *Mais le vert paradis des amours enfantines...*

Le paysan riait maintenant à gorge déployée. Il était vite revenu au règne animal, dis donc, le père «mes-yeux-billes-d'agate». Ce n'était plus le bel indifférent, le «faisons le mort, le Makhzen ne nous dévorera pas». Que non ! Il riait, le saligaud ! Plutôt, il semblait hennir. Hi, hon, hon ! Il se tapait sur les cuisses. Par contagion, son bardot se mit à s'éjouir. Baudet, beau duo. Ha, ha, hi, hi, hi han ! Honk, honk ! Un taxi qui passait en trombe klaxonna longuement. De bonheur ? Il disparut dans un nuage de fumée. Le bouseux hurlait son hilarité *urbi et orbi*.

Bon, ça va, n'exagérons rien. Je n'ai quand même pas raconté la blague du siècle. Misère, qu'est-ce qu'on a l'air niais, tous les trois, sur ce bord de route. *Le gueux, sa monture et moi.*

Le paysan s'arrêta de rire, s'essuya les yeux, gloussa encore un coup et se pencha sur Adam :

— Toi, un Doukkali ? C'est trop drôle !

Ah bon, c'est *ça* qui le faisait rire. Il croit sans doute

que tous les Doukkalis sont des géants qui pèsent une tonne et dévorent un mouton entier en quelques minutes. Ben non. Voyez bibi. Un mètre soixante-quinze, soixante-cinq kilos tout mouillé.

Le paysan avait retrouvé son sérieux mais on pressentait qu'il aurait des choses à raconter ce soir, dans sa chaumière. («J'ai rencontré un petit zozo de la ville, un lutin, tout petit, tout frêle, qui voulait me faire croire qu'il était doukkali...»)

Il grommela :

— Bon, écoute : je te transporte jusqu'à Casablanca et tu me donneras vingt dirhams. Si on aperçoit des gendarmes au loin, tu sautes de la carriole et tu te débrouilles. Et fais gaffe : je te tiens à l'œil.

Adam grimpa tant bien que mal sur la carriole et s'assit sur une bâche, à l'arrière, en laissant ses jambes pendre. Voyageant en quelque sorte à l'envers, il pouvait voir apparaître au loin les voitures qui revenaient de l'aéroport ; elles approchaient à toute allure, klaxonnaient pour la forme avant de dépasser l'attelage – et alors il voyait toutes les nuances de l'étonnement se peindre sur le visage du conducteur et des passagers, quand il y en avait. «Que fait ce *jeune cadre dynamique* à l'arrière de cette carriole qui date de l'année du typhus ?»

Imperturbable, il les regardait droit dans les yeux. Ne sachant que penser, le conducteur ne disait rien, ne bougeait pas, sauf pour passer les vitesses, se contentant d'exprimer la stupéfaction par tous ses pores. Les passagers, itou, sauf si c'étaient des enfants. Ceux-là, les pestes, éclataient de rire, se trémoussaient et lui faisaient des grimaces.

Après une demi-heure de trajet, la carriole s'arrêta.

Adam ne le remarqua même pas, perdu qu'il était dans ses pensées.

Fatale erreur.

À dix centimètres de son visage, une superbe trogne se matérialisa soudain. Yeux noirs émergeant d'une barre broussailleuse de sourcils, moustache foisonnante, nez en forme de rutabaga, le tout fourni avec un uniforme gris et une casquette du même métal. L'haleine était forte : de l'ail certainement, peut-être du piment, du thym... C'était un gendarme. Un beau. Un vrai. Il hésita un instant puis porta deux doigts à son képi (c'est le règlement) et demanda d'une voix rogue :

— Vos papiers !

Tout à fait réveillé maintenant, Adam ouvrit la bouche mais n'émit pas un son. Les bras croisés sur sa valise, celle-ci serrée sur sa poitrine au risque de tacher son costume, les jambes ballantes, il ne savait que dire. Cet imbécile de paysan avait oublié de l'avertir ; peut-être l'avait-il oublié tout court ; en tout cas, ils étaient maintenant arrêtés au barrage de gendarmerie qui coupe la route de l'aéroport.

Il n'avait rien fait mais se sentait coupable, comme tous les Marocains devant un homme en uniforme. Il aurait avoué n'importe quoi.

— Vos papiers !

Adam se ressaisit. Coupable, ouais, c'est à voir ! Il s'éclaircit la voix.

— Comment ça, mes papiers ? Ce n'est pas moi qui conduis cette carriole. D'ailleurs, je me demande... Faut-il un permis quelconque pour piloter une charrette ?

Le gendarme laissa tous ces mots percoler dans son cerveau. Ils finirent par faire sens. Quelques rides de contrariété creusèrent son visage. Merde, un intello. Fallait en référer au chef.

— Chef !

Le gradé arriva, circonspect, prudent, pas pressé. Tex Willer avait l'habitude des Indiens. Celui-ci avait l'air aussi rusé qu'un Sioux. Les deux hommes se jaugèrent.

Le Sioux avait l'air serein mais, en fait, il cachait son jeu : il n'était pas loin de la panique. Ce qu'il avait sous les yeux – et c'était *son* problème – était incompréhensible. Un complet-cravate bien rasé transporté bringuebalant comme un cul-terreux ? Ça n'avait pas de sens. À moins que...

— Je comprends, murmura-t-il. Je comprends. Vous êtes tombé en panne sur la route, et alors vous avez abandonné votre véhicule et alors... et alors... vous avez demandé à ce blédard de vous conduire vers le plus proche garage... (il lissait les bouts de sa moustache)... dans sa charrette. Vous auriez pu arrêter un taxi, ils pullulent dans ces parages, ou même n'importe quelle voiture. N'importe quel citoyen vous aurait dépanné. (Feinte indignation :) M... quoi, on est tous frères ! On s'entraide ! (Glacial :) D'autant plus que la carriole ne va pas plus loin, elles sont interdites en ville.

Son subordonné béait d'admiration. Comment qu'le chef, il a tout compris. Adam Sijilmassi sauta au bas du véhicule. Il déposa sa valise sur le sol, épousseta le bas de son pantalon puis se redressa.

— C'est curieux. Vous dites que les carrioles sont interdites en ville. Pourtant, j'en vois partout *en ville* (il appuya sur les mots), tout le temps. J'en ai même aperçu sur l'autoroute.

— Il n'empêche : elles sont interdites. Vous n'allez pas plus loin avec M'barek. Il va faire demi-tour et passer par les chemins pour se rendre où Dieu l'appelle. Vous, vous allez prendre un taxi pour aller au garage chercher un mécanicien.

— Ouais... En fait, je n'ai pas besoin de mécanicien, ni d'électricien, ni de thermodynamicien. Ma voiture n'est pas en panne. Je voulais marcher de l'aéroport à Casablanca, mais comme tout le monde ne cessait de m'importuner (des voitures s'arrêtaient toutes les minutes), j'ai décidé de rentrer en ville avec... comment dites-vous qu'il s'appelle ? M'barek. À qui je dois d'ailleurs vingt dirhams.

— Vingt dirhams ? Aboulez la monnaie, c'est exactement le montant de l'amende qu'il doit payer pour avoir promené sa ruine sur la route. Merci. Maintenant, dites-moi deux choses : qui êtes-vous et est-ce que vous vous moquez de moi ?

— Je m'appelle Adam Sijilmassi et je ne me moque pas de vous.

— Et qu'est-ce qu'il fait dans la vie, Adam Sijilmassi ?

— Il est ingénieur à l'Office des bitumes du Tadla. (Voilà que je parle de moi à la troisième personne du singulier. On dirait Jules César. (Je vais finir par envahir les Gaules.))

Le chef et son subordonné eurent une espèce de haut-le-cœur parfaitement coordonné. Ils se regardèrent. Nom de nom ! La journée devenait intéressante. Il y aurait des choses à raconter aux enfants, autour de la *harira* vespérale.

Le chef prit délicatement Adam par le bras et lui dit d'une voix melliflue :

— Voici ce qu'on va faire : je vais moi-même vous conduire chez vous à Casablanca, donnez-moi donc l'adresse, je vous y emmène dans ma jeep. Vous rentrez chez vous, vous m'oubliez, je vous efface de ma mémoire, il ne s'est rien passé. La vie reprendra son cours comme un long fleuve tranquille.

— À une condition, capitaine.

— Dites.

— Que vous ne dépassiez pas les cinquante kilomètres à l'heure entre ici et ma maison.

— Mais c'est idiot ! Je *suis* la Gendarmerie, je peux rouler à l'allure qui me plaît. Même à 200 !

— Justement : vous donnerez l'exemple.

— Aucune voiture ne peut rouler à 50 !

— La vôtre pourra.

Il y eut un bref conciliabule entre le chef et son subordonné, et Adam se retrouva assis dans la jeep à la droite du capitaine.

Celui-ci tint sa promesse : il ne dépassa pas la vitesse maximale autorisée dans l'agglomération casablancaise. Parfois, des tremblements nerveux agitaient sa jambe, c'était comme si elle voulait s'émanciper, reprendre son autonomie, appuyer rageusement sur l'accélérateur, pour que l'auto, enfin démarrée, pût rouler comme elle voulait, slalomer au milieu des flots de véhicules qui filaient vers le centre-ville, suivre la houle à l'assaut des ronds-points ; mais le capitaine, serrant les dents, gardait la maîtrise de sa jambe.

Adam, du coin de l'œil, surveillait ce combat de l'homme et de son membre inférieur droit.

Étrange. Il ne s'agissait pourtant que de ceci : ne pas rouler trop vite.

*

On était arrivé boulevard Bir Anzarane, au centre de Casablanca, devant l'immeuble où habitait Sijilmassi. Le capitaine avait tenu, on ne sait pourquoi, à faire monter la jeep sur le trottoir alors qu'il aurait pu la garer sur l'asphalte pas du tout encombrée : on aurait pu y garer un diplodocus. Mais non : envahissons le trottoir ! Des trucs de gendarme, se dit Adam. Le Makhzen montre qu'il est au-dessus des lois.

— Merci pour la balade, capitaine.

— Je vais vous oublier très vite.

La jeep rugit, enfin délivrée, et elle bondit vers les horizons (décidément, c'est une manie, on dirait que l'attrait principal de la vitesse, c'est qu'on peut se propulser vers cette ligne lointaine qui ne cesse de se dérober).

Le gardien de l'immeuble salua Adam avec circonspection. Il avait vu la jeep. *L'ingénieur Sijilmassi a été aperçu hier descendant d'un véhicule appartenant à la Gendarmerie royale.* Tiens ! Qu'es-aco ? Y a du bon ? C'était quoi, comme information ? Pouvait-on la tourner à son avantage ? Se faire mousser ? La vendre, l'amplifier ? Battre monnaie dessus ?

Dans l'ascenseur, Adam se demanda s'il fallait parler à sa femme Naïma de la résolution qu'il avait prise à trente mille pieds d'altitude, au-dessus de la mer d'Andaman.

Bien sûr, il fallait le faire, et le plus vite possible.

Après tout ce qui lui était arrivé entre l'aéroport et sa maison, il pressentait que sa décision allait lui valoir des ennuis. À tout le moins, ça allait secouer sec. *Ça allait tanguer.*

4

Oui, mais Naïma ne comprend pas

C'est curieux. Quand je rentre de voyage, avant même que nous ayons échangé un mot, son regard se pose un peu partout, sur mes mains, sur mes épaules, sur ma valise, mais jamais elle ne le plante droit dans mes yeux. Ah oui, elle cherche où est *le cadeau*. (Mais pourquoi les épaules ? Je ne vais quand même pas lui offrir un ouistiti ou un perroquet... (Tiens, ce serait amusant de rentrer un jour avec un ouistiti perché sur mon épaule. Ou un perroquet. Et je me déguiserais en pirate, le bandeau sur l'œil... *Yo ho ho et une bouteille de rhum !*...))

Il sonna à la porte. Puis :

— Mais je rentre *chez moi* ! Pourquoi ai-je pris l'habitude de sonner quand je rentre chez moi ?

Il farfouilla dans ses poches, cherchant ses clés. Trop tard. Naïma avait déjà ouvert.

Elle le regarda, l'air absent, et tendit une joue. Il y déposa une bise comme on paie son écot. Elle regarda les mains de son mari, sa valise, ses épaules, puis haussa les épaules et alla s'asseoir dans le salon.

Le chat était assis à côté de la télévision et examinait l'ingénieur avec attention en tapotant le sol de sa queue. Il suffisait d'être parti pendant quelques jours et le chat devenait circonspect. Hautain. Oh, là, qu'est-ce qu'il me veut lui, le bipède... Il fallait de nouveau l'amadouer, l'apprivoiser, refaire son éducation. Heureusement, cela allait vite. Mais tout de même...

Après avoir pris une douche, Sijilmassi entreprit de se raser. Le visage barbouillé de mousse, maniant délicatement la lame effilée, il se dit : « Prenons le taureau par les cornes. »

En fait, il ne se dit rien de tel. Il pensa quelque chose de confus, qui ressemblait à une *mâle résolution* et, tout en se rasant, il pensa que cela se disait « prendre le taureau par les cornes » dans les livres. Étrange... Y a-t-il jamais eu, dans le monde, un homme assez fort pour se saisir d'un auroch... Tiens, maintenant il avait pensé « auroch »...

Rasé de frais, rhabillé et coiffé, sentant bon l'after-shave, il revint dans le salon. Le chat leva les yeux, méfiant. Naïma fit de même.

Bien. Nous sommes « entre quat'z'yeux ». Parfait. Allons-y. *Le taureau par les c...*

— Naïma, il m'est arrivé quelque chose d'étrange dans l'avion.

— Tu as rencontré les Benzekri ?

Il resta stupéfait un instant. Puis :

— Pourquoi les Benzekri ? Et en quoi cela aurait-il été étrange de rencontrer les Benzekri dans un avion ? Qu'est-ce que... ?

— Les Mikou, alors ?

— Mais non, je n'ai rencontré personne. Et en quoi... ?

— L'avion était vide ?

— Il était plein à craquer, l'avion. Un avion n'est pas vide simplement parce qu'il ne contient ni les Benzekri ni les Mikou... Ils ne constituent pas, à eux quatre, l'ensemble des gens qui prennent l'avion entre le Maroc et le reste du monde.

Tout cela commençait de façon biscornue. Il était difficile d'avoir une conversation normale avec Naïma. *L'éthique de la discussion*, elle s'asseyait dessus. Ça partait souvent dans tous les sens – et ça retombait sur Adam, généralement.

— Donc, il était plein, l'avion, mais la question n'est pas là. Il ne s'agit pas de gens que j'ai vus ou pas vus... il s'agit d'une expérience... enfin, d'une... (Allons-y, les *grands mots* ; je sais que je vais être ridicule)... d'une *épiphanie*.

Naïma sursauta, ouvrit de grands yeux, laissa un instant sa mâchoire choir (elle savait parfaitement jouer l'indignation), puis se mit à glapir :

— Stéphanie ? C'est une Française ? Tu as rencontré une Française dans l'avion ? C'est qui, cette pétasse ? Elle s'est mise exprès à côté de toi ?

Et voilà... Boum ! Le missile fou... Tous azimuts... *Tous aux abris !*

Adam leva les bras au ciel.

— Mais non, mais non, pas *Stéphanie*. Calme-toi ! J'ai dit : *épiphanie*. Ça veut dire (du coup, il n'était plus sûr de ce que cela signifiait), ça veut dire quelque chose comme une *révélation*.

(Naïma n'avait pas fait de longues études. Elle était tout juste arrivée au bac dans une école privée. Elle s'exprimait correctement en français mais il ne fallait pas l'ennuyer avec des mots comme «épiphanie» : elle boudait immédiatement. «Ça va, je sais que t'as "fait la Mission", n'étale pas ta culture avec des mots compliqués, tout ça, c'est de la frime, et d'abord ils servent à quoi, etc.»)

Il voulut reprendre le fil de la conversation.

— Écoute, Naïma, c'est difficile à expliquer, ce que j'ai ressenti dans cet avion... ce que j'ai compris, tout à coup...

— Stéphanie?! Si ça s'trouve, c'est même pas une Française, c'est peut-être une de ces putes russes qui ont débarqué ici après la mort de Mao. Et toi, tu lui cours après...

— Arrête de voir des fantômes dans cet avion. Il n'y avait ni les Benzekri, ni les Mikou, ni Stéphanie...

— Ah, tu avoues! Elle avait raté l'avion? Tu la connais d'où?

— Naïma, concentre-toi, s'il te plaît. Il n'y a pas de Stéphanie, il n'y en a jamais eu, je n'en connais aucune. On l'oublie?

— Cette pétasse...

— Calme-toi. J'ai dit : *épiphanie*. Attends, ne bouge pas, je reviens.

Adam alla chercher son vieux *Larousse* (il l'avait reçu lors d'une distribution de prix, en sixième, entre une vie de Pasteur et *Les Merveilles des cathédrales*... Comme c'était loin, tout ça... Il s'arrêta un instant dans le couloir, saisi par une bouffée de mélancolie. La fin du mois de juin, promesse de vacances; le soleil éclatant; la petite tribune montée dans la cour du lycée; le discours du proviseur; les regards complices échangés avec d'autres élèves distingués ce jour-là; *le vert paradis des amours enfantines*...)

Revenu dans le salon, il s'assit à côté de Naïma, ouvrit le dictionnaire à la page idoine et lui montra le mot.

— Voilà : *épiphanie*. Ça veut dire «prise de conscience soudaine», quelque chose comme une *révélation*.

— Ça va, je sais lire. Tu me prends toujours pour une conne.

— Donc, dans l'avion, j'ai eu une é-pi-pha-nie. J'ai compris quelque chose.

— Tu as compris quoi? Que tu étais un idiot?

Elle ricana, satisfaite de sa plaisanterie. Le chat vint se poster à côté d'eux et ne le quitta plus du regard.

— Oui, Naïma, d'une certaine façon, tu as raison : j'ai compris que j'étais un idiot. Que je menais une vie idiote. Que cela n'avait aucun sens. Que je voulais ralentir.

— *Ralentir*? Comme une voiture?

— Pourquoi nous comparer avec des objets que nous avons nous-mêmes inventés? Nous... je veux dire : les hommes, l'espèce humaine... nous étions sur Terre, nous existons depuis des millions d'années... avant les voitures. Je veux ralentir *comme un homme*.

— N'importe quoi. Ça ne veut rien dire.

— Ça veut *tout* dire!

En proie à une bouffée d'exaltation, Adam se mit à croupetons devant le sofa sur lequel sa femme était assise, lui prit les mains entre les siennes et un flot de paroles lui sortit de la bouche. Il lui raconta tout ce qu'il avait pensé, vécu, éprouvé la veille au-dessus de la mer d'Andaman. Quand il ne trouvait pas ses mots, il essayait de transmettre son expérience par le regard («enfiévré», probablement), par des pressions des pouces sur les mains inertes de Naïma, par des halètements un peu ridicules.

Il conclut par ces mots :

— ... le résultat, c'est que j'ai décidé de changer de vie.

Ni la femme ni le chat ne bougèrent un muscle. Rien, pas le moindre frémissement. Les deux paires d'yeux, jais rare d'un côté, vert glauque de l'autre, restaient fixées sur sa personne ; comme dans les films : la cible dans le collimateur. Et la cible, c'était lui, qui s'enferra.

— Oui, je vais changer de vie. Je ne veux plus me retrouver dans un avion, puis dans un autre, couchant dans des hôtels qui se ressemblent tous, mangeant du caoutchouc ou du feu, me réveillant à Kuala ou à Sydney en me demandant où je suis, parfois même *qui* je suis ; courant, transpirant, menaçant, cajolant ; et tout ça, pourquoi ? Pour vendre du bitume. Du bitume ! Qui se vend d'ailleurs très bien sans moi. Pourquoi cette course effrénée ? Je veux *ralentir*.

La femme et le chat respiraient doucement, à l'unisson. C'était imperceptible, presque surnaturel.

— Qu'est-ce qui nous est arrivé ? Je veux dire : nous, les Marocains ? Mon grand-père vivait paisiblement du côté d'Azemmour, qu'il n'a jamais quitté. Mon père n'a jamais pris l'avion... Cela fait des siècles que nos ancêtres vivaient en symbiose avec la nature. Le jour venu, ils quittaient le monde sans l'avoir dérangé... Mais nous... Pourquoi vivons-nous ainsi, pressés, affairés ?... Cette vie est absurde. Je veux vivre autrement. Lentement. Comme mon père et mon grand-père.

Ne sachant que faire, Adam conclut :

— *Voualà !*

Et, lâchant les mains de sa femme, il se redressa et s'assit à côté d'elle, sur le sofa, les yeux dans le vague.

Elle le regardait toujours, sans mot dire ; *au coin de la bouche, cette immobile contraction...* ; le chat non plus ne bougeait pas. Pour se donner une contenance, Adam s'empara d'un *Matin* qui traînait là et l'ouvrit à la page des sports. Son club, le DHJ, avait encore perdu un match. Le score était *sans appel*, comme disaient les journalistes sportifs : 3-0 contre les as évanescents du Mirage de Dakhla. Misère ! On n'est pas aidés.

Naïma se leva et demanda sur un ton désinvolte :

— Tu veux un verre de jus d'orange ? Je viens d'en faire. C'est frais.

Surpris, il acquiesça d'un hochement de tête. Sa femme disparut quelques instants puis revint avec un verre de jus d'orange posé sur un petit plateau. Elle lui tendit le plateau, il prit le verre en murmurant «merci» et elle alla ranger l'accessoire.

Quelques instants passèrent. Le chat s'était roulé en boule sous la table et commençait à ronronner. Naïma revint dans le salon, se planta devant son mari et dit d'une voix calme :

— Je n'ai rien compris à tes aventures au-dessus de l'océan. Ça m'a l'air bizarre... C'est de la philosophie, hein ? Mais on ne change pas sa vie parce qu'on a parlé avec une pétasse russe dans un avion. Je vais appeler maman. J'ai l'impression que ça ne va pas bien dans ta tête. Je veux qu'on en parle tous les trois.

— Tous les trois ? Tu veux dire vous deux contre moi ? Comme d'habitude ?

— On sera deux contre deux, conclut-elle en donnant un coup de pied au chat, qui essaya de rugir et ne réussit qu'un petit miaulement mièvre. Cette sale bête, elle t'appartient.

5

Que vouliez-vous qu'il fît contre deux ?

Après le dîner, la mère de Naïma, qui habitait dans le quartier, s'en vint sonner à la porte.

Les deux femmes formèrent aussitôt une sorte de jury populaire qui entreprit de le questionner sans ménagement. *Chkoun Stéphanie ?* Il expliqua calmement que c'était un malentendu, qu'il n'avait parlé à personne dans l'avion, qu'il n'y avait pas rencontré une Messaline... («Aline ?») Il alla de nouveau chercher *le Petit Larousse* et indiqua aux deux femmes, méfiantes, le nom «Messaline», après les pages roses (elles redoublèrent de méfiance).)

Un bon quart d'heure passa dans des considérations sémantiques.

Le jury conclut en demandant à l'accusé d'utiliser désormais des mots plus usuels, pour éviter les contre-sens et, plus généralement, pour «cesser de faire ch... tout le monde» (dixit Naïma, sa mère ne parlant pas français et ne connaissant donc pas ces expressions distinguées).

Bon, cette brèche-là était colmatée.

Revenant au cœur des choses, elles le sommèrent de s'expliquer. C'était quoi, cette lubie, ces résolutions soudaines ? Il ne put que répéter ce qu'il avait dit quelques heures plus tôt. « Changer de vie... », « plus d'avion », « ne plus jamais courir, sprinter, suer... », « ralentir ».

Naïma, excédée, s'égosilla :

— Mais... *pratiquement*, qu'est-ce que tu vas faire ?

— *Faire* ? Demande-moi plutôt ce que je vais *être* désormais ? N'est-ce pas le plus important ?

Naïma le regardait sans répondre, les yeux arrondis, la tête en avant, la bouche légèrement entr'ouverte, les poings sur les hanches. Sa mère grommela tout bas, en arabe dialectal (elle était persuadée, malgré cent preuves du contraire, qu'Adam ne parlait pas l'arabe) :

— Voilà qu'il se met à nous philosopher dessus. Un idiot. Je l'ai toujours su. Tu aurais dû épouser le médecin.

Naïma reprit :

— Je ne comprends rien à toute cette histoire. Ce n'est pas la première fois que tu vas chez les Chinois (elle nommait « Chinois » tous les Asiatiques), pourquoi tu es revenu maboul *cette fois-ci* ? Tu as mangé du serpent ? Du rat ? Je t'avais dit de ne jamais rien manger chez les Chinois. Eh bien, réponds-moi, qu'est-ce que tu vas *faire* ?

— Je n'en sais rien. On verra bien. Je vais sans doute démissionner de l'Office, prendre le temps de réfléchir, chercher un autre job plus, comment dire... ? plus *assis*. J'ai vraiment besoin de faire le point. Je vais peut-être essayer d'écrire... Mais bon, il n'y a pas de quoi en faire un drame. Je serai toujours ton mari. L'homme que tu as épousé il y a deux ans.

Elle se recula légèrement, comme pour mieux le jauger. Sa bouche se tordit, ses narines se mirent à frémir...

Puis elle éclata :

— Mais ce n'est pas toi que j'ai épousé, crétin ! Ce n'est pas *toi* ! C'est ton salaire, c'est l'appartement, le gardien, c'est... c'est *tout ça* ! (Elle fit un ample geste qui semblait embrasser toutes les choses qui l'entouraient, le sofa, les tableaux, les murs, le guéridon, les portes, les fenêtres, la table basse, les ampoules électriques, les tapis, le grand vase chinois, la télévision, la chaîne hi-fi, le plafond...)

Sa mère lui fit quelques signes discrets. Calme-toi, ma fille, ne dévoile pas le pot aux roses... Naïma n'en eut cure. Elle conclut, crescendo, point d'orgue, pointe du stylet qui se plante au cœur du cœur et achève un homme :

— Ce n'est pas toi que j'ai épousé, ô âne, c'est l'Office des bitumes du Tadla !

C'est grandiose, pensa-t-il, atterré. On achève bien les maris. On épouse les bâtiments, dans la foulée. C'est quoi, la prochaine étape ? Elle va fusionner avec une banque ? Se transformer en holding ?

Les deux furies se jetèrent sur Adam, l'une lui lacéra le visage de ses ongles acérés, l'autre planta ses crocs dans la jugulaire... Attends, j'hallucine tout cela (et d'abord, c'est où, la jugulaire ?), se dit-il. Il cligna des yeux : elles étaient toujours là, debout, devant lui, l'une les poings sur les hanches, l'autre le doigt sur la joue, indice d'un grand émoi. Elles le regardaient... non, elles le considéraient. C'est très curieux, être *considéré*. Il se gratta le ventre à travers sa chemise, pour se donner une contenance, puis annonça qu'il allait prendre un verre en bas, au café Oslo.

Naïma se précipita vers la porte et s'y appuya de tout son dos, les bras écartés, en une crucifixion moderne.

Elle cria :

— Tu ne sors pas d'ici avant de me jurer que tu ne vas pas démissionner !

Étrange fait divers à Casablanca.

La police a confirmé que le débris humain trouvé dans un appartement cossu du centre-ville était bien l'ingénieur Sijilmassi. Les voisins avaient noté sa disparition depuis des semaines. La compagnie qui l'employait aussi. En fait, le pauvre homme avait été séquestré par sa femme et sa belle-mère. Ligoté, bâillonné, il était nourri à l'aide d'une paille dérobée dans le McDonald's de la Corniche (le mystère de la paille volée au McDonald's est du même coup résolu). Les deux mégères ont fait des aveux circonstanciés. Il semble qu'une décision professionnelle de l'ingénieur ait été à l'origine de leur action. Leur avocat réclame leur libération immédiate, arguant du fait qu'il n'y a, en l'espèce, ni crime ni délit. Des milliers d'hommes enferment à clé leurs femmes, dans notre beau pays – pourquoi l'inverse ne serait-il pas permis ?

Il ferma les yeux et secoua la tête. Cette sale habitude de voir sa vie réduite à un entrefilet... Sa femme continuait d'agripper la porte, ou plutôt de faire semblant. (Pas question d'abîmer ses jolis ongles, même pour la grande scène du II.)

Il faillit lui demander :

— Quand, exactement, sont-elles apparues, ces deux petites rides amères aux commissures de tes lèvres ?

Peut-être en était-il responsable ? Il s'était souvent demandé s'il était un bon mari. La nuit, il lui arrivait de se réveiller et de regarder longuement la forme oblongue enroulée dans un drap qui gisait auprès de lui. « C'est ma femme », se répétait-il, inquiet. Il entendait parfois le chat ronronner. « C'est mon chat. »

Est-ce que je fais leur bonheur ? Une amie américaine, du temps de ses études, lui avait affirmé (en anglais) : « Un bon mari, c'est d'abord un bon *provider*. » Il avait consulté un dictionnaire bilingue : *provider* = fournisseur. On attendait donc de lui qu'il fournît. *(— Que vouliez-vous qu'il fît contre deux ? — Qu'il fournît !)*

Bien. Pour le chat, la cause était entendue. Adam savait exactement ce qu'il fallait lui fournir : de la nourriture, une petite souris en peluche grise pour son quart d'heure de folie, au crépuscule, puis un coin où s'enrouler en boule et dormir. Mais Naïma ?

Que fallait-il lui fournir ? Le gîte et le couvert ? *Check*. Une jolie robe de temps en temps ? *Check*. Une montre plus belle que celle de la femme de Benjeddou ? *Check*. La promesse d'avoir un jour une villa à Anfa ? *Check* (la promesse n'engageait à rien). Et ensuite ? Fallait-il lui fournir de l'affection ? De l'hâmour ? Sur ce plan, il était nul. (Pudique ? Réservé ? Autiste ? Non : nul.) Mais, curieusement, elle ne semblait pas lui en tenir rigueur.

Il avait essayé de forcer sa nature, au début. Il lui avait fait quelques déclarations d'amour qu'elle avait accueillies avec méfiance. Un jour, il lui avait récité un poème de Baudelaire alors qu'ils se promenaient le long de la corniche de Casablanca. Quand il eut fini la première strophe *(« Ta tête, ton geste, ton air / Sont*

45

beaux comme un beau paysage / Le rire joue en ton visage / Comme un vent frais dans un ciel clair »), elle l'avait interrompu :

— Tu as raison, le vent est frais, je vais m'enrhumer, rentrons.

Pendant la première année de leur mariage, il avait persévéré dans ses efforts, suivant le mode d'emploi des *Cosmopolitan* qu'il lisait régulièrement chez le coiffeur. Mais il y avait un problème : il n'était pas crédible. En quelle langue fallait-il lui dire «je t'aime»? En français? Il l'avait fait, deux ou trois fois. Elle le regardait alors d'un air dubitatif («Il se moque de moi?»; «Il me prend pour une Française?»; «Il va m'appeler Ginette?»). Laissons tomber l'épanchement en français. En arabe classique? Il l'avait tenté une fois; elle avait failli mourir de rire – littéralement. Il avait fallu lui apporter, vite, vite, un verre d'eau, lui tapoter le dos, elle était en train de s'étouffer à grands éclats, une espèce de fou rire la secouait de haut en bas. Quand elle se fut calmée (et encore, dès qu'elle posait le regard sur lui, elle ne pouvait s'empêcher de glousser...), quand elle se fut calmée, elle lui fit promettre de ne plus rien dire en arabe classique, jamais, et surtout pas *ouhibbouki,* c'était le comble du ridicule, ça ne se faisait que dans les films égyptiens – et, franchement, il n'avait pas la tête d'un jeune premier égyptien.

Oui ou non, fallait-il lui témoigner de l'affection? Elle ne semblait pas en manquer. Mais les deux petites rides amères au coin des lèvres? («*... et les coins de sa bouche se tordaient en parlant*», il l'avait lue quelque part, cette phrase.) Il avait essayé de la prendre dans ses bras, sans raison, juste pour la serrer contre lui. Parfois elle se laissait faire puis se dégageait doucement de l'étreinte et parlait d'autre chose. Plus souvent, elle le repoussait («Tu froisses ma robe!»).

Il avait fait de son mieux. Les petites rides étaient apparues. Il s'en sentait vaguement coupable.

Sa belle-mère, enveloppée dans un fumet de cuisine, vint parlementer avec Naïma. Elle lui glissa quelques mots dans l'oreille et Naïma consentit à lâcher la porte.

— Bon, allez, va, va boire un verre au café Oslo. Comme si tu ne pouvais pas le boire ici, ton verre... Et profites-en pour réfléchir. Ôte-toi cette idée absurde de la tête. *Tu ne vas pas démissionner.*

Adam sortit sans répondre.

Sur le palier, il hésita un instant. Il lui suffisait de sonner de nouveau à la porte de son appartement et de crier, une fois la porte ouverte : «Poisson d'avril! Je vous ai bien eues, toutes les deux!», et la vie aurait repris comme avant. Mais il y avait un hic. Il y en avait même trois.

D'abord, on n'était pas en avril.

Ensuite, jamais Naïma ni sa mère n'auraient cru à une blague – il passait à leurs yeux pour un idiot, pas pour un joyeux drille.

Et enfin (et surtout), il n'avait aucune envie de revenir en arrière. La décision qu'il avait prise au-dessus de la mer d'Andaman lui paraissait être maintenant la chose la plus importante de sa vie. Elle lui donnait un sens. Une direction.

Il n'appela pas l'ascenseur. Il descendit les escaliers, sans se presser, traversa le hall, échangea quelques mots avec le gardien, puis marcha sur le trottoir jusqu'au café. Il s'installa dans la salle du fond et commanda un lait d'amandes. Il jeta un coup d'œil sur

Le Matin du Sahara puis ferma les yeux et se mit à réfléchir.

Que venait-il de se passer? S'était-il mal exprimé? Aurait-il dû attendre, présenter l'affaire autrement, ou même, carrément, ne rien dire? Mais Naïma allait vite apprendre qu'il avait quitté les Bitumes du Tadla. D'ailleurs, il allait falloir faire des économies, rogner dans les dépenses, elle s'en serait aperçue...

Un sentiment mêlé de lassitude et de colère l'envahit. À des moments pareils, c'était justement sur sa femme qu'on devait pouvoir compter, non?

Il comprit qu'il allait désormais continuer seul l'aventure.

Seul?

N'avait-il pas toujours été seul?

6

Homme libre...

Le lendemain matin, Adam se réveilla dans un lit froid, sa femme ayant apparemment passé la nuit dans l'une des trois autres chambres que comptait l'appartement.

Il s'habilla sans hâte, remettant les habits qu'il avait portés la veille, comme s'il remontait le temps; seule une petite odeur d'aéroport et d'Inde trahissait le fait. Aucun signe de vie dans l'appartement. Toutes les chambres étaient fermées.

Dans le couloir, il s'immobilisa un instant, tâchant d'entendre au moins des bruits de respiration. Rien. *(Tragique découverte... Fuite de monoxyde de carbone dans un appartement du boulevard Bir Anzarane... Accident ou crime? Deux victimes. Trois, en fait : le petit chat est mort. On soupçonne le mari...)*

Il renonça à se faire un café, marcha sur la pointe des pieds jusqu'à la porte, l'ouvrit doucement et sortit. Il descendit les escaliers jusqu'au sous-sol. Dans le garage, il resta un long moment assis dans sa voiture, les yeux dans le vide, les mains posées sur le volant.

(Il avait souvent vu des personnages de film prendre cette attitude. Peut-être aide-t-elle à la réflexion ?)

Il était encore temps de tout arrêter. Il irait au travail comme d'habitude, ferait un rapport détaillé sur le marché indien, assisterait à d'interminables réunions, déjeunerait au restaurant d'entreprise (poisson, riz, flan au caramel), passerait l'après-midi à préparer ses prochaines missions en Malaisie et en Chine et puis reviendrait à la maison, vers les 19 heures. Il jouerait avec le chat, Naïma regarderait sa mexicânerie à la télé puis ferait cuire le dîner, et on s'attablerait à 20 h 30.

Sa belle-mère serait là. Personne n'évoquerait la scène (« surréaliste ») de la veille. On mettrait tout cela sur le compte de la fatigue, du jet-lag, du surmenage...

Il ferma les yeux et essaya d'imaginer le retour à cette vie qu'il menait depuis quelques années : la semaine prochaine, il serait dans les airs, bercé par le bruit des réacteurs, en route vers Taiwan. Vingt-sept heures d'avion en comptant les escales... Un taxi fonçant dans les rues de Taipeh, un monde incompréhensible où il serait l'étranger radical.

Non.

Non. Tout en lui criait non. Il eut l'impression très nette que son cerveau devenait pesant, qu'il commençait à tourner au ralenti, qu'il allait tout simplement cesser de fonctionner à la seule idée de se retrouver pendant vingt-quatre heures au-dessus de la *mer nourricière*.

Il sursauta. Il avait bien vu les mots « mer nourricière » lui traverser l'esprit. Mais ne dit-on pas « mère nourricière » en français ? D'où venait cet étrange lapsus ? Étonné, il démarra et sortit du parking sous-terrain. Ses yeux croisèrent ceux du gardien, qui avait l'air... circonspect ?... soupçonneux ?

*

Arrivé à destination, Adam gara sa voiture, prit l'ascenseur jusqu'au huitième étage et alla remettre sa démission au directeur commercial des Bitumes. Celui-ci en laissa tomber son monocle d'étonnement. (Cet accessoire n'existait que dans l'imagination d'Adam – *il passa sa main sur son front, laissa tomber son monocle, en essuya le verre...* Il est plus probable que le directeur se contenta d'écarquiller légèrement les yeux.)

— Comment ça, vous démissionnez ? Vous ? Mais vous êtes notre meilleur élément !

Le directeur se leva, fit le tour de son bureau et vint prendre Adam par l'épaule, la lui broyant cordialement dans un geste qui se voulait paternel. Pendant quelques secondes, il se contenta de le regarder en souriant ; puis il prit le ton de la conspiration :

— Je ne devrais pas vous le dire, Adam, mais nous, les directeurs, nous vous avons repéré, nous gardons l'œil sur vous, nous vous gobons, comme disait le maréchal Lyautey. Vous serez directeur un jour !

Il se recula un peu pour juger de l'effet qu'avaient eu ces paroles sur Adam. Foutredieu, il aurait dû être émerveillé ! Directeur ! La voiture de service ! Les bons d'essence ! La prime deux fois l'an ! La secrétaire, plus jolie que d'autres ! Le salut réglementaire du planton ! Un jour, peut-être, une décoration, un *ouissam*...

Mais Adam se contenta de répondre lentement, en détachant toutes les syllabes comme s'il parlait à un demeuré :

51

— Cela veut-il dire, monsieur, que je prendrai régulièrement l'avion ?

Le directeur se méprit sur le sens de la question.

— L'avion ? Mais oui ! Mais bien sûr ! Et vous voyagerez en *business* ! Surclassé d'office en première ! Air France, la Lufthansa, British Airways ! Garuda et ses jolies Indonésiennes ! Cathay Pacific : le nom est un poème ! Et vous logerez dans des hôtels de luxe dans toutes les capitales du monde... *Room service*... Soins du corps, contre le stress... Lit double, triple, voire quadruple !

Il n'eut pas le temps de finir. Adam se dégagea en douceur de l'étreinte directoriale (au fond, il aimait bien M. Jbilou) et murmura :

— Dans ce cas, je vous réitère ma démission, monsieur. Je suis désolé. Adieu.

Et il quitta le bureau, laissant derrière lui un patron stupéfait.

*

Ce jour-là, Adam passa quelques heures aux Bitumes à «finaliser», comme on disait alors, son départ. Il signa quelques documents, sans même les lire, effaça le disque dur de son ordinateur, remit son badge et les clés de son bureau. Il avait obtenu de ne pas effectuer son préavis d'un mois – tout cela serait décompté des jours de congé qu'il devait encore prendre.

Bref, vers les 15 heures, il en avait fini avec l'entreprise qui l'envoyait régulièrement dans les nuages vendre un produit chimique aux «Chinois».

Il passa le reste de l'après-midi sur la Corniche.

Ayant garé sa voiture, il fit quelques pas sur le trot-toir puis alla s'asseoir sur un banc. Comme chaque fois qu'il regardait la mer, des strophes éparses lui venaient à l'esprit – ou plutôt, à bien y réfléchir, c'était toujours la même strophe qui lui apparaissait comme un nuage effiloché dans... dans quoi, au fait? son «œil intérieur»? Était-ce ainsi que cela s'appelait? «L'œil de l'âme»? En tout cas, il voyait soudain des vers entiers devant lui et il ne pouvait s'empêcher de les murmurer, comme s'il les lisait.

Parfois, les mots résonnaient dans sa tête et c'était sa voix qui les prononçait, alors même qu'il n'avait pas ouvert la bouche ni remué les lèvres. Ces vers étaient : *Homme libre, toujours tu chériras la mer! La mer est ton miroir; tu contemples ton âme / Dans le déroulement infini de sa lame, / Et ton esprit n'est pas un gouffre moins amer.*

Aujourd'hui, Baudelaire prenait une signification inattendue. Adam se rappela son étrange lapsus, dans le garage – «la *mer* nourricière». Et maintenant réson-nait en lui comme un gong cette injonction : «Toujours tu chériras la mer!»

Toujours tu chériras *la mère*? Et c'était bien au-dessus de la mer d'Andaman (Anda-maman?) qu'il avait pris cette décision qui allait changer sa vie. Adam se méfiait des psy de tout plumage, les -cholo-gues, -chiatres, -chanalystes. Mais tout de même, tout cela ne pouvait pas être une coïncidence.

Un petit chien vint timidement lui renifler le bas du pantalon.

— Doudou!

La voix de sa maîtresse avait retenti, le petit chien s'éloigna vite.

Reprenons. Tout cela ne pouvait pas être une coïncidence. Mais attends, cette décision, tu l'as mûrement réfléchie. Tu l'as, comment dit-on?... *étayée*. Rappelle-toi. «Qu'est-ce que je fais ici?» Après tout, c'est une question raisonnable et qu'on devrait tous se poser de temps en temps. Cette idée qu'il était trop loin de son Azemmour natal... tiens, «natal»... hé, hé...

Quoi, hé, hé? On ne naît pas que d'une mère. (Quelle drôle de phrase.) «... Azemmour où les carrioles qui allaient au souk»... attends... «carriole»! Tout s'explique!... Sur la route de l'aéroport!... Bringuebalant!... Non, rien ne s'explique.

Il se souvint d'avoir pensé à la «dignité de la lenteur». Hmmm. Ah oui, son grand-père, «digne vieillard»... «assis immobile dans le patio»... le galop du cheval lancé dans les plaines des Doukkala...

Qu'avait-il encore pensé, dans l'avion de la Lufthansa? Ah oui, la vitesse *polluait*. «... ces souillures indélébiles que laissent dans les entrailles de la Terre ces engins...»; «... les Boeing, pour les construire, il avait fallu fouiller dans la croûte terrestre, laissant la Terre les veines ouvertes, agonisante mère nourricière...» ah, ah... «mère nourricière».

Nous y voilà.

«On croit entendre son âme gémir, triste et dolente»... *Stabat mater*... Il connaissait le texte par cœur, cent fois chanté sur l'air du Pergolèse...

Mais non, cette décision, tu l'as mûrement réfléchie, elle est *raisonnable*, au diable les psy, il n'y a rien d'*inconscient* dans cette affaire. *Rai-son-nable*. Il y avait même son père dans l'équation. «... son père qui jamais ne posséda d'automobile ni ne prit l'avion...».

Il ferma les yeux, *vit* son père juché sur un Solex – et se souvint de cette anecdote qu'on lui avait racontée : son père sur le Solex, à El-Jadida, sa mère installée sur le siège arrière – si l'on peut dire, ce n'était qu'un petit rectangle de mousse noire – la djellaba de sa mère, tissu flottant, encombrant, qui se prend dans la roue et c'est la chute, les ecchymoses, une fracture, les badauds qui s'esclaffent – ça, ça devait manquer de dignité...

Qui, de la machine ou de sa mère, avait provoqué la chute de son père ? Et lui, à trente mille pieds d'altitude, qui avait décidé de ne jamais plus se trouver aussi haut, qu'avait-il craint ? La chute ? Dans *la mère* d'Anda*maman* ?

Il se leva, épousseta le bas de son pantalon, jeta un dernier coup d'œil sur l'océan et rentra chez lui, pensif.

7

Et l'appart' ?

À la maison, les choses se gâtèrent vite.

Arrivé à l'étage, il fit une pause pour se préparer à l'affrontement. Puis il introduisit la clé dans la serrure, la tourna et poussa la porte.

Le chat, assis sur son séant au milieu de l'entrée, l'attendait, impassible. Naïma l'attendait aussi, dans le salon, les mains sur les hanches. Elle ne s'embarrassa pas de salamalecs.

— Alors ?

— Alors, quoi ?

— Tu ne l'as quand même pas fait ?

Il respira un bon coup.

— Si, je l'ai fait. J'ai remis ma démission à monsieur Jbilou. J'ai rendu mon badge, les clés de mon bureau... J'ai dit adieu à mes collègues...

Ce n'était pas vrai. Pourquoi avait-il dit cela ? Était-ce un mensonge ? En tout cas, ce n'était pas vrai, cette histoire d'adieu aux collègues, mais il l'avait racontée très naturellement, en y croyant lui-même un peu. Est-ce que cela comptait comme un mensonge ?

Mais il n'avait pas eu l'intention de mentir, il voulait seulement *signifier son congé* à Naïma...

Étrange... Il venait de voir cette expression («signifier son congé») devant ses yeux, distinctement; mais c'était une erreur. Pour justifier son petit mensonge, il voulait penser : «Je devais bien lui dire cela, pour lui *signifier* que mon départ est irrémédiable, que j'ai définitivement *pris congé* des Bitumes.» Or c'était une tout autre expression qui venait de se matérialiser devant lui... *signifier son congé* à Naïma. La renvoyer... Était-ce là son vrai désir, bien enfoui en profondeur, dans le *gouffre bien amer*?

Pendant cette tempête sous un crâne, Naïma n'avait pas bougé. Elle attendait. Elle voyait bien que son mari était «parti», comme elle disait. Cela lui arrivait fréquemment. Au milieu d'une conversation, on se rendait soudain compte, à une certaine vacuité du regard d'Adam, qu'il était plongé dans une intense réflexion. Il ne bougeait plus, il respirait à peine. Quand elle était de bonne humeur, Naïma chantonnait un air populaire, en arabe dialectal : *où es-tu donc partie, ma chérie / où es-tu donc partie?*; ce qui le ramenait vite sur terre – et avait le don de l'irriter (elle ne prenait même pas la peine de mettre l'apostrophe au masculin (elle l'émasculait)). Mais cette fois-ci, Naïma ne chantonna pas. Les lèvres serrées, elle attendit qu'il revînt de lui-même au *hic et nunc*.

Il secoua la tête et répéta, d'un ton ferme :

— Bon, ce qui est fait est fait. Comme je te l'ai dit, j'ai remis ma démission.

Naïma leva la main lentement, désigna le plafond, puis les murs, puis le plancher («Mais que fait-elle?» («Elle me jette un sort?»)).

Elle murmura, glaciale :

— Et l'appartement ?

Aussi incroyable que cela pût paraître, il n'avait pas un seul instant pensé à l'appartement dans lequel il vivait avec son chat, sa femme et – épisodiquement – sa belle-mère. L'appartement appartenait aux Bitumes du Tadla qui le mettait gracieusement à sa disposition. C'était un des privilèges des «cadres supérieurs». Évidemment, il allait falloir le rendre. Dommage. Il était grand, propre, «bien distribué». De plus, il y avait un gardien devant la porte, vingt-quatre heures sur vingt-quatre, un parking en sous-sol...

Et alors ? Il eut l'impression qu'il récitait *in petto* un argumentaire d'agent immobilier («bien distribué», c'est de leur registre, non ?... ce registre légèrement gauchi, où les mots ne signifient pas exactement ce qu'ils...).

Bon, laisse tomber les agents immobiliers. Le fait est que je ne ressens strictement rien en pensant «grand, propre, bien distribué»... «gardien»... «parking en sous-sol»... Les mots n'ont plus de goût... *Goût ?* Non, les *choses* commencent à perdre leur goût... Il sentit une crispation au niveau de l'estomac, comme un début de panique... «Grand, propre, bien distribué...» Non, rien... Il ne ressentait rien...

Le voilà parti de nouveau. Mon Dieu, pourquoi ai-je un mari aussi lunatique... Qu'est-ce qui m'a pris d'épouser un idiot francophone... Naïma répéta sa question :

— Et l'appartement ?

Il bredouilla :

— Euh... Il faudra le rendre, bien sûr... Je... je crois qu'on a un mois, peut-être. Le temps de se retourner... Il faut que je demande...

— *Se retourner* ? On est quoi, nous ? Des crêpes ?

— Oui... Non... c'est-à-dire... trouver autre chose. Ici, dans le Maarif, il y a plein de résidences de standing... (M... voilà que je parle de nouveau comme un agent immobilier...)

— *Standing?* Tu crois que je vais habiter dans une résidence de *standing*? Ma cousine Dounya, dont le mari n'est qu'inspecteur de police, habite dans une résidence de *haut standing*. Mon amie Iqbâl, dont le mari est professeur, vit dans un immeuble de *très haut standing*. Et moi, tu veux me faire habiter dans une résidence de *standing*? Pourquoi pas de *sous-standing*? Tu veux m'humilier, c'est ça? Me faire honte devant ma famille et mes amies? J'aurais dû épouser le médecin.

— Mais... tout ça, c'est des mots! (Il avait machinalement compté (une vieille habitude de matheux); elle avait utilisé six fois le mot «standing» en une minute (c'était peut-être un record du monde), et maintenant ce mot était en train de s'estomper, de perdre toute signification. Ce n'était plus que deux phonèmes légèrement ennuyés, qui se promenaient dans cette conversation comme des aristocrates désargentés, appuyés l'un contre l'autre *(le vice appuyé sur le bras du crime...)* – attends, il faut que je me concentre...)

Il répéta avec force :

— Tout ça, c'est des mots!

— *Chnou*, des mots...? Je mens, peut-être?

— Non, tu ne mens pas, mais ça ne veut rien dire, tout ça. Des mots... L'important, c'est ce que ça représente, un mot. On peut trouver un appartement sympa, plus petit que celui-ci, bien sûr, mais coquet (et m..., c'est reparti... je parle comme un agent immobilier... dans leur registre sournois, «coquet» veut dire «petit»...).

Les yeux de Naïma s'agrandirent. Puis elle éclata :

— N'importe quoi ! Regarde-moi bien ! À quoi tu penses ?

Adam regarda soigneusement sa femme. Elle portait un fichu vert serré sur la tête ; des serpents... non, des mèches de cheveux entremêlées émergeant de là-dessous, la langue bizarrement tirée entre les incisives – c'était un tic. Ses poings ne reposaient plus sur ses hanches ; depuis qu'elle avait désigné, d'un geste théâtral, le plafond, les murs et le plancher, quelques instants auparavant, ses mains n'avaient cessé de s'agiter nerveusement ; mais là, elle était figée dans une pose alarmante – elle tendait les bras vers lui, les mains grandes ouvertes, les paumes en avant, comme s'il y avait de l'étranglement dans l'air.

Elle cria de nouveau :

— Eh bien ! À quoi penses-tu ?

Pétrifié, il ne put répondre. La seule chose qui lui venait à l'esprit, c'était : *Bobonne devient la Gorgone, Bobonne devient la Gorgone...* Pour donner le change, il se baissa pour caresser le chat, qui s'enfuit en geignant, la queue en touffe.

Elle conclut, sur un ton glacial :

— Bon, puisque tu ne veux pas répondre, je vais chez maman. Au moins elle, elle n'est pas muette. Quand tu seras redescendu sur terre, on reparlera de toute cette histoire.

Quelques instants plus tard, elle avait mis une djellaba, jeté quelques affaires dans un petit sac et était partie en claquant la porte.

Le chat, revenu dans l'embrasure de la porte du salon, regardait Adam.

8

Des souris et des hommes

Les choses allèrent très vite – ce qui était exactement le contraire de ce que voulait Adam. Mais les choses vont-elles jamais lentement ? Ont-elles un rythme, une allure ? En tout cas, Adam reçut dès le lendemain matin, très tôt, un coup de téléphone de Khiary, l'homme qui gérait l'immeuble des Bitumes.

L'ex-collègue semblait mal à l'aise, sa voix était hésitante, il faisait des pauses interminables, mais il finit quand même par en venir au but : comme Adam avait été autorisé à s'en aller sans préavis, on lui demandait, en contrepartie, de rendre son appartement dans les plus brefs délais.

— C'est logique, ajouta Khiary.

— *Logique* ? Mmmm... Je vois ce que tu veux dire, mais en fait, ce n'est pas l'adjectif idoine, répondit Adam en réprimant un bâillement.

— Pardon ?

— On utilise ce mot, ou plutôt cet adjectif, à tort et à travers.

— Quel mot ? De quoi tu parles ?

— Si quelque chose est *logique*, alors cette chose ne peut pas être autrement, c'est exclu, c'est même *inimaginable*. On ne peut même pas penser son contraire. Ce qui n'est pas le cas d'une simple mesure administrative. Rien n'empêche l'Office de me dispenser de préavis tout en me laissant habiter deux mois dans l'appartement, le temps de trouver autre chose. Ce ne serait pas *illogique*. Ce serait même humain.

Il y eut un silence au bout du fil. Puis :

— Écoute, Sijilmassi, je ne veux pas d'ennuis...

— Mais qui parle d'ennuis ? Je voulais juste préciser...

L'autre le coupa :

— Et moi, je te précise ceci : nous sommes jeudi, je viens mardi prochain, le 28 mars, faire un état des lieux et tu me remettras les clés. Et on se quittera bons amis.

Khiary raccrocha.

Adam reposa le combiné. Bon. *Les événements se précipitaient*. Son grand projet de ralentissement commençait mal.

Il sortit de la chambre à coucher et alla vérifier que les autres pièces de l'appartement étaient vides. Naïma n'était pas revenue. Il en fut légèrement contrarié.

Après s'être rasé et brossé les dents, après avoir nourri le chat, qui le gratifia d'un petit coup de griffe, il descendit voir le gardien.

Celui-ci était assis sur un tabouret, dans l'entrée de l'immeuble, le dos appuyé contre le mur. Adam engagea la conversation.

— Bonjour, Maati. Belle journée, hein ?

— Bonjour.

— Hmmm... Je voulais te dire... Eh bien, voilà, je m'en vais, je quitte l'immeuble.

— Je sais, répondit laconiquement le gardien.

Adam en fut proprement soufflé. Comment ce grand bonhomme fruste pouvait-il déjà être au courant?

Question absurde. «Le gardien sait sur toi des choses que tu ne sais pas toi-même.» (*Dixit* Belarbi, qui prétendait tout savoir des mystères marocains.) Il a vu Naïma s'en aller et ne pas revenir... Ça jase dans l'immeuble, ça jacasse, ça jaspine, les petites bonnes assurent la circulation de l'information, elles babillent chez l'épicier (qui n'en perd pas une miette, c'est un indic); à l'occasion, elles se font sémaphores d'une fenêtre à l'autre, d'un immeuble à l'autre, ça va plus vite...

Le gardien est au centre de ce grand réseau où les messages se croisent, se comparent, s'amplifient... Peut-être a-t-il été prévenu par Khiary? («Gardez un œil sur l'ingénieur Sijilmassi, il doit rendre son appartement, gaffe qu'il ne s'en aille pas avec les robinets... les ampoules électriques... les portes et les fenêtres...»)

— Je sais, répéta le gardien, impassible. Et alors?

Adam crut déceler dans sa voix un changement ténu, presque imperceptible. Elle était... comment dire?... un peu moins... serviable? servile?

— Et alors, dit Adam, je cherche à louer quelque chose dans le coin. Il me faut un toit...

— Louer quelque chose dans le coin?

Il se leva. Adam ne l'avait jamais vu qu'assis. Il était grand et massif. Un vrai Doukkali. Il se pencha sur Adam:

— Tu es pressé?

On était loin de la servilité. Il y avait maintenant de l'insolence dans sa voix, quelque chose de goguenard, et un soupçon de violence contenue.

— Non, je ne suis pas pressé.

— Mais tu dois quitter ton appartement cette semaine. Quand Khiary aura fait l'état des lieux, tu n'auras plus le droit d'y pénétrer. Donc, tu es pressé.

(Décidément!)

— C'est le monde qui est pressé de me mettre dehors, rectifia Adam, amer. Peu importe. Le fait est que je dois trouver un appartement. Je me disais que tu étais peut-être au courant de ce qui se passe dans le quartier, des... disponibilités.

Le gardien... qu'est-ce qui lui prend?... c'est très étrange... qu'est-ce que c'est que ce ballet?... il me scrute puis tourne la tête, très légèrement, fixe quelque chose par-delà mon épaule... vers les horizons... puis se recule et me guigne de nouveau... avec insistance... c'est tout juste s'il ne me tapote pas le crâne... puis regarde au loin, salue la femme de l'ingénieur Zaki qui sort de l'immeuble (elle m'a jeté un regard significatif... elle *sait*...)... puis me considère de nouveau, les yeux mi-clos... puis...

Eh! je sais bien ce qu'il fait... j'ai observé le chat, le jour où il avait attrapé une petite souris... minuscule, la souris... il l'avait coincée entre ses deux pattes antérieures... lui aussi, le chat, il avait joué ce jeu... c'était fascinant... il lorgnait on ne sait quoi, au-delà de la souris, puis tournait la tête, à droite, à gauche, faisait semblant de s'intéresser à *un petit pan de mur jaune*... puis, hop! il redécouvrait... faisait semblant de redécouvrir sa proie, qui n'en menait pas large, la pauvre... Même jeu, plusieurs fois de suite... pourquoi?... pour

le plaisir recommencé de la découverte... la répéti-
tion... compulsion... Pas très différent du chat, mon
paysan... moi pire encore : souris...

Je suis passé de la *business class* de la Lufthansa à :
petit rongeur furtif.

Le gardien cessa enfin de jouer avec Adam. Sa voix
était maintenant ferme et péremptoire, presque cas-
sante (je ne suis plus rien pour lui, qu'un ex-ingénieur,
un individu, un type qui a besoin de lui pour trouver
un toit ; un sans-logis, quoi) :

— Tu as de la chance. Mon cousin Bouchta, c'est
le gardien de l'immeuble d'en face, connaît un *samsar*
qui a toujours quelque chose à louer. Tu cherches
quoi ? Un trois pièces ?

— Oui, c'est ça.

— Mmmm. Repasse me voir en fin d'après-midi !

Cela fut dit sur un ton de commandement. Rompez !

Très bien, c'est dans l'ordre des choses. C'est moi
qui ai besoin de lui. À vos ordres, monsieur le gardien.
Signé : la souris. Oui, c'est moi, la souris. Voyez, je
couine un « au-revoir » inaudible. Humble, ratatiné.

On est peu de chose.

Le gardien, les bras haut croisés sur la poitrine, le
regarda s'éloigner.

9

Séance houleuse au Parlement

Naïma revint le lendemain, vendredi, dès l'aube.

Elle ouvrit la porte de l'appartement avec sa propre clé ; écarta d'un coup de pied rageur le chat venu aux nouvelles, museau en l'air ; traversa le couloir au pas de course (hoï ! hoï ! hoï !) ; entrebâilla la porte de la chambre à coucher pour s'assurer qu'*il* était bien là ; puis, vlan ! en un grand mouvement mélodramatique, elle fit pivoter sur ses gonds le grand rectangle de bois et se jeta en avant, la tête légèrement inclinée, les yeux mi-clos, une ébauche de râle au bord des lèvres (râââ...).

Adam était étendu sur le lit, les yeux ouverts, les bras en croix. Il regardait le plafond en rêvassant. Ou peut-être ne pensait-il à rien.

Il y eut un court silence cadencé par le tic-tac lointain d'une pendule. Puis :

— Me voici, soupira Naïma.

Et elle s'assit sur le bord du lit. Adam tourna légèrement la tête et regarda sa femme.

(Tiens, elle a décidé de jouer autrement ? Ce n'est plus Médée ou la Gorgone ? « Me voici » ? C'est du mélodrame, ça, du téléfilm égyptien ; du turc bien poisseux ; ou du mexicain ? Carlos et Isabella ? Elle va « se tordre les mains » ?)

En même temps (en même temps que cette espèce de vague de dérision qui montait en lui), Adam ressentait autre chose – il n'était pas insensible à ce beau corps, bien en chair, qu'on devinait à travers la djellaba de fin tissu. Et comme elle se penchait maintenant sur lui, en un mouvement si vif qu'il ne pouvait être que prémédité, il vit dans l'échancrure du vêtement la naissance de la poitrine. Du pur albâtre. *J'unis un cœur de neige à la blancheur des cygnes.* Il se dit qu'il aimait bien sa femme (ou était-ce « le corps de sa femme » ? Était-ce la même chose ? (Ne sommes-nous que des corps ?)).

Il ne voulait pas la perdre. (« Il ne voulait pas... » ; mais quelle était, exactement, la force de cette volonté, qui s'exprimait par la négative ? Sa « volition » (n'est-ce pas comme cela qu'on disait, dans les livres de philosophie ?) oscillait entre le vide, le néant, et un sentiment tellement ténu qu'il n'était peut-être qu'une illusion.)

Pour le moment, elle jouait Isabella.

— Écoute, c'est idiot, on s'est disputés hier *(« mi amor »)*, j'ai dit des choses que je ne pensais pas, ce n'était pas moi qui parlais, c'était la colère. Oublions tout, veux-tu ? Tu es très fatigué, tu as beaucoup voyagé au cours des mois derniers. Prends quelques jours de congé, le docteur Laraki te fera un certificat médical. On pourrait aller passer quelques jours à Marrakech ou à Agadir, pour nous changer les idées. Ou dans le Nord, du côté de Fnideq. Et puis tu reviendras en forme et tu iras de nouveau au bureau...

Adam se redressa sur le lit.

Il sentait l'odeur troublante du corps de Naïma qui se déployait à quelques centimètres du sien – « se déployait », pensa-t-il ; c'est beau, un corps qui se déploie ; un boa aussi se déploie, *constrictor* ; il y a peut-être une volupté à se faire serrer dans ces bras-là comme une proie, à en mourir d'étouffement, dans un dernier râle d'agonie ou de jouissance, mais pourquoi ne l'a-t-elle jamais fait ? Pourquoi s'imagine-t-elle le déduit comme un viol, prérogative du mâle, et elle allongée sur le dos, offerte, pantelante... Et qui pour cela a le droit de me le faire payer, ensuite, ce viol conjugal ; a le droit de se payer sur la bête (moi)...

— Adam... tu es encore parti... S'il te plaît, concentre-toi, réponds-moi.

— Hein ? Quoi ?

(Sa femme se disait descendante d'Andalous musulmans chassés par la Reconquista et venus s'installer entre Tétouan et Fès aux temps des Mérinides. Elle en était très fière. Adam la regardait parfois à la dérobée, comme s'il voulait étudier ses traits.

C'était quoi, ces phrases lues à l'adolescence dans un vieux roman déniché chez un bouquiniste ? *« Qu'elle fût andalouse, cela n'était pas douteux. Elle avait ce type, admirable entre tous, qui est né du mélange des Arabes avec les Vandales (des Sémites avec les Germains), et qui rassemble exceptionnellement dans une petite vallée d'Europe toutes les perfections opposées des deux races. »*

À quinze ans, à la lecture de ces mots, il était *littérairement* tombé amoureux des Andalouses, en bloc. Était-ce pour cela qu'il avait osé adresser la parole à Naïma, des années plus tard, à la cafétéria du club de tennis? Parce qu'il l'avait entendue parler de ses origines andalouses avec une de ses amies, alors que lui-même buvait un jus d'orange à la table d'à côté? (Je me suis marié, *pantin*, à cause de deux phrases lues dans un livre et recopiées dans mon petit calepin...))

— Adam!

— Euh... Quoi?

— Marrakech... Agadir... quelques jours de repos... puis tu reviens...

Il sentait l'odeur du corps qui s'offrait mais il se rendit compte que non, cette odeur n'était pas «troublante», c'était une épithète habituelle qui s'était invitée dans la description, mais qui, cette fois-ci, n'avait rien à faire dans la chambre à coucher. Oui, cette femme était belle. Non, il n'y avait pas de «trouble», c'était plutôt un «écœurement douceâtre» qu'il éprouvait (d'où venait cette expression?); et puis non, même pas, il n'éprouvait pas grand-chose, rien.

Mais alors, pourquoi s'était-il dit qu'«il aimait bien sa femme (ou était-ce «le corps de sa femme»?)» et qu'«il ne voulait pas la perdre»? C'était il y a quelques minutes...

D'où venait cette contradiction?

Y avait-il dans sa tête une sorte de Parlement, une séance «houleuse» où des députés déchaînés s'affrontaient : «Nous l'aimons, Naïma!» «Foutaises! Elle nous excite, voilà tout!» (Claquements de pupitre. Protestations.) «Pas du tout! En ce moment, nous ressentons une sorte d'*écœurement douceâtre* à regarder Naïma, à respirer son odeur.» (Rumeurs sur plusieurs bancs.) «Mes amis, voilà bien l'impuissance de nos adversaires, ils en sont réduits à citer on ne sait quel écrivain nauséeux! Un agité du bocal!» (Rires sur les

bancs de la droite. (Lazzis.)) «Non, messieurs! Non!
Loin de nous écœurer, elle nous excite, Naïma...» (Oh!)
«... avec sa belle tête d'Andalouse!» «Andalouse?
*Quand une difficulté surgit, il faut absolument que
cette faune prenne le parti de l'étranger!*»

(Interruptions à l'extrême gauche et à droite. «Très
bien! Très bien!» sur divers bancs.)

«Comment osez-vous?» «Honte! Honte!» «Le
parti de l'étranger? J'ai fait la guerre, moi, monsieur!»
«Oui, je le répète : sa tête d'Andalouse!» «Bravo!»
«Et ses seins! N'oubliez pas ses seins!» (Marques
d'approbation sur certains bancs.)

Il était qui, lui? Le président de séance?

(Qui suis-je? *Un Parlement.* (Qui est «je»? «Je»
est l'inamovible président de séance qui parle au nom
d'un autre «je», qui est la majorité fluctuante, instan-
tanée, erratique, majorité qui prend des décisions qui
engagent les futures majorités, les futurs «je» – voilà
l'origine de nos contradictions, de nos problèmes...))

— Adam! Réponds-moi.

Il se perdait dans un songe dont elle voyait passer
les ombres sur son visage.

— Réponds-moi.

Manque d'appétence.

— Réponds-moi.

La poitrine de Naïma s'offrait maintenant, elle
pesait sur le bras gauche d'Adam. «... n'était pas
insensible à ce beau corps qu'on devinait à travers la
djellaba de fin tissu...» Ce sentiment s'était évanoui.
Même «l'écœurement douceâtre» avait disparu. Il ne
restait rien.

Manque total d'appétence.

Les députés quittent un à un l'hémicycle, le consensus se fait dans ce grand corps malade couché les bras en croix, à la renverse. Verdict : manque total d'appétence. Votons-lui les funérailles nationales. («À l'unanimité!»)

Le président de séance fit l'effort de se redresser, de secouer la tête pour y ramener le calme, puis de répondre enfin aux questions de sa femme.

— Écoute, Naïma, inutile d'insister. Je n'irai nulle part. Ni chez Laraki, ni à Marrakech, ni à Agadir, encore moins à Fnideq. J'ai remis ma démission à Jbilou, elle a été acceptée, il n'y a plus rien à faire. On va quitter cet appartement, trouver autre chose dans le coin, déménager... Et puis on verra bien.

Il parlait avec difficulté, comme si chaque mot devait être convoqué individuellement et sommé de sortir de sa bouche. *Elle nous force à dire...*

Naïma serra les lèvres puis elle se mit debout et tendit un doigt vers lui.

— D'accord. D'accord. Mais tu n'es pas seul dans ce mariage. Il y a moi aussi. Moi! *Je ne compte pas pour du beurre, non ?* (Elle avait dit cela en français.) J'y mets du mien si tu y mets du tien. Tu vas me promettre de voir rapidement le docteur Bennani.

On voyait bien que c'était là son «plan B». Elle parlait comme on récite un texte appris par cœur, sans même prendre la peine de «mettre le ton». Elle avait dû se concerter longuement avec sa mère, la veille.

— Il devient fou, ton mari (ton ersatz de mari (tu aurais dû épouser le médecin)). Et à propos de médecin, pourquoi n'irait-il pas voir Bennani? (Qui?) Le mari de Najlaa, il soigne les fous. (Maman, on ne dit pas «fou», on dit : «fatigué», «ébranlé».)

Adam s'étendit de nouveau sur le dos. Grand corps fatigué.

Il murmura :

— Qui est le docteur Bennani ?

— C'est le mari de Najlaa Ouadghiri, mon amie d'la gym. Il soigne les f..., euh, il est psychiatre... ou psychothérapeute ?... Bref, psy, quoi.

Nous y voilà.

— Ouais... Je n'ai pas besoin d'aller voir un psy. J'ai pris une décision parfaitement rationnelle. Ra-tion-nelle. J'ai réfléchi, j'ai pris une décision ; qu'est-ce qu'un psy a à voir là-dedans ?

Naïma le regarda pendant quelques instants, puis éclata en sanglots.

— Tu es horrible ! Horrible ! Tu es le pire des égoïstes ! (Reniflement.) Tu prends une décision qui va me pourrir la vie et tu prétends qu'elle est rationnelle ! (Sanglot.) C'est rationnel, de me pourrir la vie ? C'est rationnel, de quitter ce superbe appartement et d'aller habiter dans un taudis ? Oui, un taudis ! Parce que c'est là que tu vas finir ! Tu crois que c'est facile de retrouver une situation comme celle que tu as aux Bitumes ?

« Situation » ? Ah oui... C'est le registre des agences matrimoniales. « Homme, la quarantaine, bonne situation... » Pour mettre fin au flot de pleurs et d'accusations, Adam se redressa sur le lit, leva la main et dit :

— C'est bon, tu as gagné. Je te promets...

— Non, ne promets pas, jure-le !

— Je te *jure* d'aller voir ton docteur Boutaleb...

— Bennani !

— ... Bennani, d'accord. Prends-moi toi-même le rendez-vous.

Elle se leva, apaisée, remit de l'ordre dans ses vêtements, sembla hésiter ; puis elle baissa les yeux sur le gisant, imprimant à sa physionomie tout le dédain que peut ressentir le vertical pour l'horizontal, l'actif pour le passif, le vif pour l'indolent, et laissa tomber quelques mots à peine prononcés, tout juste chuchotés du bout des lèvres :

— Tu sais, je ne suis pas venue spécialement pour te voir, j'avais seulement oublié...

Elle hésita :

— ... un peigne.

Adam ne répondit rien. Une phrase incongrue était apparue devant ses yeux : *« Que n'avez-vous oublié votre cœur, je ne vous aurais pas laissé le reprendre. »*

Elle reprit :

— Le peigne en ivoire que tu m'avais rapporté de Taiwan. C'est le seul qui convienne à mes cheveux.

Il plissa les yeux et secoua la tête. Sortons vite de cette cathédrale... Trop tard : sa propre bouche venait de dire, très distinctement :

— Dommage que tes parents ne t'aient pas baptisée Odette.

Étonnée, Naïma interrompit ses considérations capillaires. Sa bouche s'arrondit.

— Quoi ?

Elle ne semblait pas avoir compris la phrase. (Stéphanie, Messaline, et maintenant Odette : c'était *reparti pour un tour.*) Adam s'empressa d'ajouter :

— Rien, rien... J'ai dit : «Heureusement que nous n'avons pas de dettes.»

Elle restait là, les bras ballants, la bouche ouverte ; puis, comprenant qu'il était encore «parti», elle s'en alla enfin, non sans voir émis un dernier reniflement qui exprimait un mépris teinté de perplexité. Adam entendit ses pas s'éloigner, le chat botté rugir faiblement, la porte de l'appartement claquer.

Quelques instants plus tard, le félin vint aux nouvelles (ou peut-être venait-il se plaindre des avanies que Mme Sijilmassi jeune lui faisait subir). Les deux mammifères s'observèrent. L'allongé fut le premier à rompre le silence :

— Tu vois, je comprends enfin ce qui ne va pas dans ma vie... Résultat : on m'envoie chez le psy. C'est fou, non ?

Il crut voir le chat hausser ses chétives épaules.

10

Tout est symptôme

C'est ainsi qu'Adam se retrouva deux jours plus tard, un lundi, dans l'antichambre du docteur Bennani, le psychothérapeute le plus «en vue» de Casablanca – c'est du moins ce qu'affirmaient les magazines.

Dans son bureau très *design*, le docteur Bennani fit asseoir Adam devant lui, dans une sorte de fauteuil de dentiste *vintage* plutôt incongru. Il souriait.

— Votre épouse et la mienne se connaissent, c'est pourquoi je vous ai casé dans mon agenda... En poussant un peu (il mima le geste, hilare), on trouve toujours de la place...

— Merci. Il paraît que vous êtes très... euh, «couru». Je ne sais pas si c'est le mot correct...

— Oh! Disons que j'ai une clientèle fournie. Dois-je m'en réjouir ou le déplorer? Boulot, boulot, boulot... «Perdre sa vie à la gagner», comme disait l'autre.

Adam regardait autour de lui.

— Vous cherchez quelque chose? lui demanda Bennani, goguenard.

— Euh... C'est peut-être idiot mais je m'attendais à voir un divan ici, dans votre bureau.

— Ah, le fameux divan, soupira Bennani. Freud nous a encombré à vie avec ce machin... C'est maintenant son *absence* qu'il faut expliquer... D'ailleurs, même à Vienne, dans son appartement de la Berggasse (vous savez que c'est devenu un musée ?), il n'y a pas, il n'y a *plus*, de divan. Mais bon, il n'y en a pas ici non plus, il y a juste vous et moi ; et nous allons nous voir régulièrement pour établir ce qui ne va pas, et voir ensuite ce qu'on peut y faire.

Adam ébaucha un rictus et répliqua :

— Alors le diagnostic sera vite fait : rien *ne va pas*. Je veux dire : tout va bien. Je n'ai pas de... comment dire ?... (Il se tapota le front, conscient de la vulgarité du geste, mais impuissant à s'exprimer autrement.) Disons que ça va, *ici*. Dans le ciboulot.

Bennani sourit finement.

— Vous connaissez la réplique du docteur Knock ? «Tout homme bien portant est un malade qui s'ignore.» Dite par Jouvet, elle est irrésistible.

— Ça pourrait être la devise des psy, non ?

Bennani éclata de rire.

— Touché ! Cela dit, vous n'êtes pas venu ici sans raison.

— Je suis ici parce que je l'ai promis à ma femme. C'est une sorte de compromis conjugal. On est bien obligé d'en faire, de temps à autre.

Bennani se tut un instant, joua avec un stylo en regardant dans le vide, puis reprit :

— Dites-moi pourquoi votre femme tenait tellement à ce que vous veniez me voir.

— Allons! Je suis sûr qu'elle a déjà tout raconté à votre épouse.

— Mais non, je ne sais rien. Nous sommes soumis à un code de déontologie très strict. Je m'interdis de parler à ma femme de mes patients. D'ailleurs, ça la raserait infiniment si je le faisais.

— Il ne s'agit pas de ça, c'est même l'inverse; c'est sans doute elle qui vous a parlé de moi, puisque c'est *elle* qui avait quelque chose à dire. Ça n'a rien à voir avec la déontologie. Naïma – mon épouse – a dû lui raconter en long et en large... euh, le problème. Ou dois-je dire : le souci?

Bennani prit un ton plus sévère.

— Je vous le répète, je m'interdis de parler avec ma femme de mes patients. Dans un sens comme dans l'autre.

— Mais je ne suis *pas* un de vos patients. Il s'agit d'une... d'une prise de contact. C'est notre premier rendez-vous et, si ça ne tenait qu'à moi, ce serait en même temps le dernier. En fait, mettons les choses au point, *c'est le dernier*. Il n'y a rien de personnel là-dedans, je me demande seulement ce que je fais ici.

— Mmmm... Ne m'avez-vous pas dit : venons-en au fait? C'est bien mon intention. Je vous écoute.

Las de ces passes d'armes, Adam se mit à parler, après avoir profondément respiré (il soulignait ainsi qu'en somme, il parlait contre son gré). Néanmoins, il raconta calmement ce qui lui était arrivé au cours des jours précédents. Tout y passa : la cogitation dans l'avion, la démission, les multiples scènes avec Naïma... Et il finit par sa décision de changer radicalement de vie, ajoutant :

— Est-ce que tenter de changer de vie constitue forcément un symptôme révélateur?

Bennani hocha la tête comme s'il appréciait un bon vin.

— Jolie phrase. Elle sonne bien. Ma femme me dit que vous êtes connu pour votre maîtrise du français. Je vois que cette réputation n'est pas usurpée. Vous parlez comme... comme un livre.

(Ah bon! Les livres parlent?)

— Merci pour le compliment, mais, en l'occurrence, je ne faisais que citer.

Le médecin eut l'air intrigué. Il avança le visage et fit une mimique qui semblait signifier: « Allez-y, élaborez, expliquez... »

— Eh bien, dit Adam, un peu embarrassé, c'est une phrase célèbre de Michel Jobert, quand il était ministre des Affaires étrangères de Pompidou... Les Égyptiens venaient de déclencher la guerre d'Octobre. À New York, à l'Onu, alors que tout le monde parlait d'agression et prenait le parti d'Israël, Jobert avait dit: « Est-ce que tenter de remettre les pieds chez soi constitue forcément une agression imprévue? »

Bennani eut l'air surpris:

— Pourquoi avoir retenu cette phrase-là en particulier? Et pendant des années? Et, en plus, c'est de la politique, non? Pas de la poésie...

— Parce qu'elle est... comment dire?... parfaite. Chaque mot est à sa place... l'adverbe nuance l'affirmation, l'épithète « imprévue » contient toute une critique de l'impéritie de certains gouvernements, etc. Et elle se présente habilement sous forme de question alors que c'est une proposition très robuste. C'est à la fois socratique et biblique.

Bennani avait pris son menton dans sa main gauche et semblait lisser une barbe imaginaire. Il laissa passer une demi-minute avant de reprendre la parole. Il parlait sur un ton rêveur.

— C'est curieux, toutes vos références sont françaises. «Jobert, quand il était ministre de Pompidou...» Vous dites cela très naturellement, nous sommes pourtant à Casablanca, à trois mille kilomètres de Paris. Qui connaît Pompidou, ici ? On s'attendrait plutôt que vous disiez des trucs du genre : «Lamrani, quand il était ministre de Hassan II...»; «Ba Ahmed, quand il était Grand Vizir...» Je sais bien que Jobert est né à Meknès, mais quand même...

— Des références françaises ? C'est normal, non ? Je suis allé au lycée français. J'ai la même éducation qu'un Lorrain ou un Tourangeau. D'ailleurs, nous sommes en train de converser dans la langue de Voltaire. J'étais «à Lyautey», comme on dit.

— Je sais, nous avons fréquenté le même lycée, à quelques années de distance. Nous avons sans doute eu les mêmes professeurs. Mais peut-être suis-je moins marqué que vous par ces années passées à Lyautey.

— Pourquoi dites-vous cela ?

— Je vais vous donner un exemple. Vous avez dit tout à l'heure : «C'est à la fois socratique et biblique.» Moi, j'aurais dit : «C'est à la fois socratique *et coranique.*» Beaucoup de propositions du Coran sont présentées sous forme de question. On n'est pas loin de la maïeutique de Socrate.

Bennani, levant les yeux au plafond, récita quelques versets du Coran :

— « As-tu vu comme ton Seigneur a agi envers les gens de l'Éléphant ? N'a-t-il pas rendu leur ruse complètement vaine ? »

Puis il rabaissa le regard sur Adam :

— Mais revenons à un point qui m'intrigue. Cette phrase de Michel Jobert qui vous sert en quelque sorte de moule pour produire d'autres phrases, est-elle unique ? Je veux dire : y a-t-il beaucoup d'autres exemples ? Des phrases toutes faites qui vous... euh, qui vous accompagnent, qui vous inspirent ?

Adam répondit avec une pointe d'agacement :

— Je ne sais pas très bien pourquoi nous parlons de cela, mais c'est exact, il y a beaucoup de phrases, généralement tirées de la littérature française, qui me trottent dans la tête. Qui me font une sorte de... de *vade mecum*.

— Pouvez-vous me donner d'autres exemples ?

Adam réfléchit quelques instants.

— Eh bien, quand j'ai vu le bâtiment de l'Office des bitumes du Tadla pour la première fois, à la sortie de Casablanca... vous savez, ce grand bâtiment tout noir qui a l'air d'avoir été déposé sur les champs, en rase campagne...

— Je sais, je joue au tennis juste à côté, tous les dimanches.

— ... eh bien, j'ai vu, ou peut-être entendu dans ma tête, je ne sais pas, ce vers : « Calme bloc ici-bas chu d'un désastre obscur »...

— Très beau... C'est un alexandrin, n'est-ce pas ? C'est de qui ?

— Mallarmé. Le poème s'intitule « Le tombeau d'Edgar Poe ». (Je fais très cuistre, là, quelle horreur...)

— Mmmm... «Désastre obscur»... «Tombeau»... Mmmm... «Chu», cela veut dire «tombé», n'est-ce pas? Vous avez d'autres exemples?

Adam hésita puis il sourit.

— Quand j'entre dans un restaurant, c'est toujours l'exclamation : «Holà, tavernier du diable!» qui me vient aux lèvres. C'est d'Alexandre Dumas, comme vous le savez.

— Non, je ne le savais pas. Alors même à Fkih Ben Salah ou à Taounate, vous entrez dans les restaurants en criant : «Hello, tavernier du diable!»?

— «Holà», pas «Hello». Et je ne crie rien du tout : je vois les mots, dans ma tête, ou je les entends; mais je ne dis rien. Je serais sans doute mal reçu...

— Si je comprends bien, vous vivez dans une sorte de purée de mots... ou, plutôt, il y a une grille de mots ou d'expressions, tous tirés de la littérature française, entre vous et le monde? En l'occurrence, entre vous et votre pays, votre famille...

Adam, que cette discussion mettait mal à l'aise, interrompit le docteur :

— Excusez-moi, je ne vois vraiment pas ce que tout cela a à voir avec... avec ce qui m'amène.

— Qu'est-ce donc ce qui vous amène?

— Je vous l'ai dit. Ma femme est déboussolée par ma décision de changer radicalement de vie.

— Ah oui... (Il toussota, puis se gratta légèrement le front en regardant fixement Adam.) C'est votre femme qui est déboussolée, selon vous... Mmmm... Vous aviez conclu en plaçant cette superbe phrase. Rappelez-la-moi?

— «Est-ce que tenter de changer de vie constitue forcément un symptôme révélateur?»

— Non, bien sûr. Quoique certains de mes confrères vous diraient : «Tout est symptôme...» Laissons cela. Je voudrais simplement bien comprendre ce que vous venez de me dire. Car j'y lis en fait plusieurs choses qui s'entremêlent. D'un côté, vous faites une sorte de réflexion générale sur la notion de *vitesse*, n'est-ce pas ? L'homme moderne va trop vite, on ne cesse d'accélérer, etc. Vous déplorez cette évolution.

Il toussota de nouveau.

— Cette constatation, permettez-moi de vous le dire, est banale. En ce moment, c'est même devenu un lieu commun. Tenez, regardez ceci. (Il prit sur son bureau un exemplaire du *Nouvel Observateur*.) Il y a tout un dossier là-dessus, avec des articles très intéressants. Regardez... (Il feuilleta le magazine.) J'y ai même lu un mot nouveau : la *dromologie*. Vous le connaissiez ? Non ? Ça veut dire : «Étude du rôle joué par la vitesse dans les sociétés modernes.» Eh oui, on en apprend tous les jours... (Sourire fat.) D'autre part, vous me parlez de vos ancêtres, qui sont aussi les miens... de votre père, de votre grand-père. Il s'agit là d'autre chose : colonisés par l'Europe, nous aurions accéléré trop vite ?... C'est cela ?... Nous nous serions développés trop rapidement ?

— Oui, en gros, c'est cela.

— Mmmm... Donc, nous ne serions plus en contact avec nos aïeux. (Nous sommes «chus» peut-être ? Ou dois-je dire «déchus» ?) Bien, bien... Mais est-ce à cause de la vitesse ou de l'Histoire, ou bien... (Le regard de Bennani se fit incisif)... à cause du *langage* ? Nous ne parlons plus vraiment leur langue. Et vous, vous m'avez l'air d'un cas un peu particulier avec toutes ces phrases, ces mots, ces expressions, tirés de la littérature française, qui s'intercalent entre vous et les gens d'ici, votre famille... votre femme, peut-être ?

Adam ne répondit rien. Bennani se remit à jouer avec le stylo puis reprit en souriant :

— Vous savez que c'est vous qui êtes censé parler, pas moi. Je fais mal mon métier...

Il rit discrètement, la tête rejetée en arrière, les mains jointes, l'air un peu faraud de celui qui dit le contraire de ce qu'il pense.

— Donc ce que je ne comprends pas, c'est : voulez-vous « ralentir », comme vous dites, en tant qu'homme, *Homo sapiens*, parce que le monde moderne va trop vite ; ou bien en tant que Marocain « postcolonial » (c'est comme cela qu'on dit, n'est-ce pas ?)... en tant que Marocain postcolonial qui rejette l'Occident et la vitesse ?... qui veut revenir au rythme de vie de ses ancêtres ? Il y a deux choses distinctes là-dedans.

Le sagouin. Il m'a coincé. Il a mis le doigt sur une imprécision que je ne voyais pas.

11

Décompensation

Adam se remua sur sa chaise, mal à l'aise. L'autre semblait le jauger, maintenant. Il fallait en finir.

— Écoutez, je ne rejette pas l'Occident, en gros et en détail, comme ces idiots de salafistes qui veulent vivre comme à l'époque du Prophète. Je sais bien que c'est impossible. On ne peut pas nourrir des milliards d'individus avec une houe et une binette. En même temps, j'ai quand même la nostalgie de l'époque de mon père et de mon grand-père... même si je ne l'ai pas vraiment connue, cette époque. Il me semble qu'elle correspond davantage à *ce que je suis* vraiment... Mais... excusez-moi, de quoi parle-t-on ici ? Dans un cas comme dans l'autre, ça ne fait pas de moi un malade ?

— Dites-moi pourquoi ?

— Parce que je me pose des questions *philosophiques*. Vous pouvez me répondre sur ce plan-là, vous pouvez essayer de réfuter ce que je dis – encore que... Après tout, on ne peut rien réfuter en philosophie. Mais de là à en faire un problème psychologique... psychiatrique...

— Je ne peux pas vous suivre sur cette voie, répliqua le docteur Bennani, je ne suis pas assez ferré en philosophie. Vous venez d'évoquer votre père... Permettez-moi de vous demander autre chose. Vous posez-vous ce genre de questions de plus en plus fréquemment, ces derniers temps ?

Adam fut obligé d'en convenir. Bennani continua :

— Et quand vous vous les posez, dans quel état d'esprit êtes-vous ?

— Pardon ?

— Êtes-vous *triste*, par exemple, quand vous cogitez ?

— Je ressens toujours de la tristesse, presque tous les jours. Surtout au crépuscule.

— Depuis quand ?

— Depuis toujours.

Le docteur Bennani sursauta, regarda Adam et se mit à tapoter sur la table avec son stylo. Son sourire avait disparu. Une grosse mouche se mit à vrombir devant l'une des vitres qui donnaient sur le boulevard. Le psychothérapeute la suivit du regard jusqu'au moment où elle se posa sur l'un des montants de la fenêtre et ne donna plus signe de vie. Puis il revint à son interlocuteur.

— S'il vous plaît, ne perdons pas notre temps. Faites-moi des réponses sincères.

Adam protesta :

— Je vous fais des réponses sincères. Qu'est-ce qui vous fait croire le contraire ?

— Vous venez de me dire que vous ressentez de la tristesse, tous les jours.

— « Presque tous les jours. »

— Et « depuis toujours », avez-vous dit. Depuis l'adolescence ?

— Non. Depuis l'enfance.

Le docteur resta silencieux un long moment. Il avait de nouveau pris son menton dans la paume de sa main, très «penseur de Rodin».

— Et vous êtes triste tout au long de la journée ?

— Non, je vous l'ai dit, surtout au crépuscule. Entre chien et loup, comme on dit.

— Mmmm... Les loups... C'est très freudien, ça... (Le sourire revint.) Bon. Je voudrais revenir à... Vous parliez de votre père et de votre grand-père. Vous avez fortement pensé à eux, dans l'avion de la KLM...

— ... de la Lufthansa.

— À ce moment-là, éprouviez-vous un sentiment de culpabilité ?

Surpris, Adam murmura machinalement (et le regretta aussitôt, comme s'il s'était dévoilé) :

— J'éprouve presque toujours un sentiment de culpabilité.

Le docteur Bennani leva les bras au ciel.

— Ah non ! On ne va pas recommencer ! Aidez-moi un peu... Bon, je vais être plus précis : éprouviez-vous un sentiment de culpabilité *excessif* ou *inapproprié* ?

Adam ne répondit pas. Son regard devint vague, comme absent. La question du médecin venait de déclencher une violente discussion dans l'hémicycle.

Les députés se découvrirent des scrupules de philosophe. Quand un sentiment est-il «excessif» ? (Quand il devient son contraire, peut-être ? «Que voulez-vous dire ?» «Ma foi, que l'amour n'est excessif que s'il tend vers la haine.» «Dites-donc, je ne voudrais pas être l'objet de votre affection.» «Vous ne risquez rien, avec la trogne que vous avez.» «Hé, restez poli ! »)

Adam, installé dans les tribunes réservées au public, esquissa un sourire. Puis la Chambre se pencha sur un autre problème : que signifie «inapproprié», dans ce contexte ? (Peut-être le Diafoirus voulait-il dire : «qui n'a pas de raison d'être»? Mais pourquoi ne l'avait-il pas exprimé ainsi, au lieu d'utiliser un mot si peu précis ?)

Voyant que son client restait muet, un sourire ténu flottant sur ses lèvres, Bennani lui demanda :

— Avez-vous éprouvé, récemment, un sentiment de dévalorisation ?

Adam fut légèrement choqué par l'attitude du médecin qui passait, de façon désinvolte, d'un sujet à un autre. Et puis, elle rimait à quoi, cette dernière question ?

(On voit bien qu'il n'est pas marié avec Naïma, ce gus. Il éprouverait constamment un sentiment de dévalorisation. (N'avait-elle pas épousé une entreprise à travers lui, comme s'il n'était qu'un prête-nom ?) C'était quoi, cette phrase lue récemment ? Ah, oui : *M. Falkenberg avait un jour décidé de se marier et s'était ainsi condamné à trente ans de tortures. Il avait cru pouvoir se lier impunément à une créature qu'il se savait incapable d'aimer...* (Suis-je incapable d'aimer ? (Est-elle aimable ? Non, ce n'est pas le mot idoine : est-elle «capable de susciter l'amour»?)))

(Et puis, elle semblait constamment *déçue* par son mari. Déçue, mécontente, *froissée*... (Naïma était tellement facile à froisser qu'Adam avait souvent l'impression d'avoir commis l'outrage avant même d'avoir ouvert la bouche – avant même d'avoir fait quoi que ce soit. En somme, elle lui faisait crédit de ses humeurs.))

— Monsieur Sijilmassi?

— Oui?

— Cela fait quelques minutes que vous n'êtes plus parmi nous. On revient sur terre?

— Ah oui... Excusez-moi. (Il secoua la tête et cligna plusieurs fois des yeux.)

— Vous avez souvent de ces... absences?

— Ça m'arrive, oui, Je me perds dans mes pensées... comme dans un labyrinthe. Vous m'aviez posé une question?

— Oui, avez-vous éprouvé, récemment, un sentiment de dévalorisation?

— Pas plus que d'habitude.

Bennani serra imperceptiblement les lèvres.

— Je ne comprends pas votre réponse. Voulez-vous dire que vous vous sentez *toujours* dévalorisé?

Adam réfléchit un instant puis se lança :

— Je me sens dévalorisé, et même : réduit à rien, nul, valeur zéro, quand un automobiliste me fonce dessus alors que je traverse au passage clouté; quand les gens passent devant moi si je prétends faire la queue quelque part; quand un fonctionnaire me demande de «revenir demain», alors que mon dossier est devant lui et qu'il n'attend plus qu'un coup de tampon pour être transmis à qui de droit; quand trois muezzins, probablement rivaux, me réveillent aux aurores en braillant à tue-tête, perchés en haut de trois minarets, alors qu'un seul muezzin pourrait faire l'affaire, et en chuchotant; quand toutes les rues de mon quartier sont barrées parce qu'un poussah passe par là; quand mon voisin fume un cigare nauséabond alors que nous sommes dans un lieu public; quand mes voisins jettent leurs ordures dans la rue et que je marche au milieu de l'*immondice humain*; quand un gendarme m'arrête sur la route pour examiner mon nez; quand...

— C'est bon, c'est bon, n'en jetez plus! (Bennani riait maintenant.) Je sais bien de quoi vous parlez, je suis marocain comme vous. Aussi bien la société que le Makhzen me sont parfois pénibles... Mais enfin, il ne s'agit pas de brimades personnelles... je veux dire: dirigées contre vous, *intuitu personæ*. Ma question portait sur un sentiment récent de dévalorisation... Éprouvez-vous quelque chose de ce genre?

Adam haussa les épaules.

— Que voulez-vous que je vous dise? Ce sentiment est tellement permanent et profond qu'un peu plus, un peu moins...

— Vous ne me facilitez pas la tâche. Quels sont vos loisirs favoris?

— La lecture. Les échecs, sur l'ordinateur. Jouer avec le chat...

— Laissons le chat de côté. Est-ce que vous lisez toujours avec autant de plaisir? Je veux dire: au cours des dernières semaines?

Adam reconnut qu'il lisait moins; et avec moins de plaisir. Il était obsédé par... autre chose. Quoi donc? Eh bien, tout ce qu'il venait d'expliquer!

— Mmmm... Avez-vous des pensées, disons... macabres?... suicidaires?

— Je passe.

— Pardon?

— Je passe. Joker.

Bennani resta silencieux. On entendait le tic-tac d'une horloge invisible (peut-être ce bruit venait-il de l'ordinateur?). La mouche s'était remise à vrombir et à se heurter contre la vitre. De la rue montaient des bruits diffus, coups de klaxon, roulement sourd du trafic routier, éclats de voix... Il se remit à tapoter sur la table, cette fois-ci avec son pouce, puis à scruter le visage d'Adam.

— Éprouvez-vous des difficultés à vous concentrer ?

Adam était las de ce jeu. Il savait bien où son adversaire voulait en venir. Il décida de lui faciliter la tâche.

— Oui, j'ai des difficultés à me concentrer. *Récemment*. Pas depuis l'enfance.

Bennani sourit, beau joueur.

— Continuons. Vous êtes irritable ?

— Oui.

— Vous dormez bien ?

— Pas vraiment. Et, même, très mal. À ce propos, si vous pouviez me prescrire un somnifère...

— Oui, bien sûr. Je le ferai dès la fin de notre... euh, entretien. Mais finissons d'abord. Vous sentez-vous fatigué ?

— Vous savez, quand on travaille pour les Bitumes du Tadla... Si on n'est pas fatigué, c'est quasiment une faute professionnelle.

— Une dernière question : éprouvez-vous des maux de tête, des maux d'estomac, des douleurs articulaires... d'autres douleurs ?

— Un peu de tout cela, éluda Adam. Il ne me manque que la goutte. Je me sens un peu patraque, pour tout dire.

— Eh bien, ce sera tout pour aujourd'hui, déclara Bennani. Je vais vous prescrire un somnifère, comme promis, plus quelques gélules pour remédier à votre état physique et puis, on va établir un programme, vous allez venir me voir régulièrement.

— Pour quoi faire ?

— Pour parler. Je suis psychothérapeute, n'est-ce pas (toujours le sourire fat...) ?

— Je vous ai pourtant dit que c'était notre dernier entretien. Ne jouons pas au plus fin. Vous vous êtes fait une opinion, n'est-ce pas ?

Bennani hésita un peu puis répondit :

— Oui, j'ai ma petite idée... Je crois que vous êtes en pleine décompensation... Probablement déclenchée par le surmenage.

— « Décompensation ? » Vous voulez dire : dépression nerveuse ?

Adam se leva, hésita (fallait-il serrer la main du docteur ?) puis lui asséna sur un ton égal :

— Vous avez peut-être raison. Mais je vois les choses autrement. Je suis aux prises avec une question *philosophique* ; il me faut donc lui apporter une réponse philosophique. Par déformation profession-nelle, vous voyez un problème psy là où moi je vois une pure interrogation. Merci pour tout, mais, je vous le répète, je ne reviendrai pas vous voir. Je suis venu parce que je l'ai promis... en fait, je l'ai *juré* à ma femme. Pardon si je vous ai fait perdre votre temps. Bien sûr, je vais vous régler vos honoraires...

Bennani fit un geste de la main, un geste qui signi-fiait sans doute : « Mais non, mais non, laissons cela, voyons ! » Il semblait sincèrement désolé par la tour-nure qu'avait prise la consultation.

Adam sortit du cabinet de consultation et s'engouf-fra dans l'ascenseur. Il était en sueur.

Arrivé au pied de l'immeuble, il sentit une vague de chagrin le submerger. Ce fut une sensation si forte qu'il dut s'asseoir sur un muret de briques rouges qui marquait la limite entre le jardin de l'immeuble et le trottoir. Il ouvrit le col de sa chemise, ferma les yeux et serra les dents pour ne pas éclater en sanglots.

Pourquoi avait-il accepté cette humiliation ? *Mon cœur mis à nu...* Quel sens cela avait-il, deux hommes, séparés par un bureau, qui se parlent, se parlent, se parlent... pendant qu'une mouche trompée par la transparence d'une vitre, s'affole ; pendant que la vie continue au-delà, en bas ; pendant que...?

Et puis tout cela avait l'air d'un simulacre : au cœur d'une ville marocaine, ces deux hommes parlant en français, sous la tutelle d'un médecin viennois... Leurs grands-pères, s'ils connaissaient la mélancolie, en admettant que ce fût là le problème, l'envisageaient sans doute autrement, et dans une autre langue.

Après quelques instants, il se calma. Cette visite n'avait pas été complètement inutile. Le docteur Bennani avait mis le doigt sur quelque chose... quelque chose qu'il importait de clarifier.

Certes, il y avait la vitesse, en général. (Cet avion qui volait haut. *Supersonique.* (Plus vite que le son, plus vite que les mots.)) Mais la phobie qui était apparue de façon aussi soudaine cachait peut-être autre chose. Il en avait eu le pressentiment, sur la plage, quand les jeux de mots s'étaient mis à déferler – la «mer nourricière», «Homme libre, toujours tu chériras *la mère* », etc. Tout cela se mélangeait avec le souvenir ténu qu'il gardait de son père et de son grand-père – ou plutôt, puisqu'il ne l'avait pas connu, de ce qu'on disait de ce dernier, le *hadj* Maati, quand lui-même était enfant.

Et si c'était dans cette direction qu'il fallait chercher – qu'il fallait *aller* ?

12

Qu'as-tu vu dans ce supermarché?

Le gardien de l'immeuble tint parole. Il trouva, par l'entremise de son cousin *samsar*, un studio dans le quartier. Le déménagement fut vite effectué : un lit, quelques vêtements, une caisse de livres, deux diplômes défraîchis dans leur cadre noir. Le reste, Naïma l'avait fait transporter chez sa mère dès qu'elle avait compris qu'Adam n'avait pas l'intention de revenir sur sa décision.

— Va, va t'installer dans un studio, comme un *zoufri*. Quand tu seras redevenu normal, tu sais où me trouver : chez maman. Mais ne t'avise pas de revenir avant d'avoir retrouvé ton poste aux Bitumes. Je ne veux pas être la femme d'un chômeur.

Elle qui détestait les animaux avait pourtant emmené le chat. Cela ressemblait à une prise d'otage. *Il en conçut un violent chagrin.* (Ce fut du moins la phrase qui lui apparut quand il se rendit compte que Naïma avait enlevé le félin. D'où venait-elle, cette phrase? Il ferma les yeux et se concentra sur ces six mots qui flottaient encore dans l'air. Il lui sembla qu'il les avait lus dans une biographie de Descartes

93

(« Il perdit la petite fille qu'il avait eue de sa servante. *Il en conçut un violent chagrin.* ») Mais peut-on mettre sur le même plan ces deux drames, ou plutôt ce drame et demi ?)

Ce même jour, en fin d'après-midi, il remit les clés de son ancien appartement à Khiary puis alla dîner dans un restaurant italien du centre-ville « où il avait ses habitudes » – quelle expression pompeuse, se dit-il, et *qui tend à établir entre certains lieux et moi des rapports plus singuliers...* (tiens ! C'est le début de *Nadja...*) ; qui tend à me rendre maître de certains lieux de façon tout à fait factice... On peut n'avoir pas un sou en poche et, pourtant, posséder le Ritz, du moment qu'on « y a ses habitudes ».

Après avoir payé l'addition, il resta quelques minutes à regarder le décor de briques rouges, le grand miroir baroque et les gourdes recouvertes d'osier qui ornaient les murs. En somme, c'était un adieu. Il allait falloir réduire les dépenses, vivre de façon plus frugale, être « regardant ». Le salaire de ce mois de mars allait être le dernier. (« On n'est pas en Suède, il n'y a pas d'allocations-chômage ici... ») Il avait quelques économies mais elles ne dureraient pas longtemps ; et Naïma allait sans doute faire main basse dessus puisque la loi l'obligeait, lui, à entretenir sa femme.

Oui, c'était un adieu ; et (comment n'y avait-il pas pensé plus tôt ?), c'était dans l'ordre des choses : ce n'était pas en mangeant des pizzas arrosées de chianti qu'il allait faire retour à ses ancêtres.

Rentré dans ses (nouvelles) pénates, il lut quelques pages d'un roman puis s'endormit d'un sommeil malaisé.

*

Il était assis sur le bord du lit, le lendemain matin
(le premier matin de sa nouvelle vie), et réfléchissait à
cette phrase qui avait surgi en lui, la veille, pour le
renseigner sur ses sentiments après la perte du matou
(*Il en conçut un violent chagrin*). N'était-ce pas exa-
géré? N'était-il pas plutôt «légèrement contrarié»,
«peiné», «attristé»?

Il se leva avec l'idée de se faire un café au lait. Ça
l'occuperait. Il fit trois pas, ouvrit le réfrigérateur et
poussa un soupir : il était vide. Bon. Il descendit faire
quelques courses.

Il faisait la queue à la caisse quand surgit dans son
champ de vision un «type». (Ce fut le mot qui apparut
à Adam, flottant quelque part dans les airs; il crut
même voir une flèche qui descendait du mot, qui descendait du ciel, et accusait le bonhomme.)

Eh bien, examinons-le.

La cinquantaine, une chemise informe dans les tons
résignés, un pantalon gris, une veste marron à carreaux
dissidents. Adam le baptisa immédiatement «Saïd»,
par antiphrase. (Saïd signifie «heureux» – ce type
était visiblement de ceux que le destin insulte tous les
jours.)

Saïd s'approche du rayon «fruits et légumes». Il se
dirige vers les légumes, d'un pas lent mais assez déterminé, genre «je ne cours pas deux lièvres à la fois»,
«j'ai fait mon choix», «pour moi, c'est les légumes».

Il regarde avec attention le casier des carottes,
comme si c'étaient des fruits exotiques (elles étaient
sans doute exotiques pour son grand-père, du côté de

Zagora, suppute Adam ; méfiance phylogénétique (elles viennent d'Iran, les carottes, à l'origine ; des chiites, quasiment)) ; réfléchit ; médite ; puis il en prend une en main. Elle se laisse faire, la gueuse ; mais reste roide, évite de se pâmer. Il la regarde, la tourne et la retourne, l'inspecte sous tous les angles, la présente à la lumière des néons comme s'il pouvait voir en transparence ce qu'elle cèle en son sein. Il la renifle, c'est tout juste s'il ne la léchouille pas un peu, pour voir ; pour goûter.

Adam est fasciné par ce qui se passe : il ne se passe rien, il naît un roman dans sa tête.

Saïd cherche autour de lui, fait quelques pas de son pas lourd de paysan et s'empare d'un de ces sachets en plastique que le magasin met à la disposition de la clientèle. Il dépose l'élue au fond du sachet et retourne au casier des carottes. («Je n'en ai pas fini avec vous.») Il en prend une autre et l'examine comme la première puis la dépose au-dessus du tas. Rejetée !

Saïd réitère le tri des carottes, on dirait l'envoyé du pacha choisissant des esclaves circassiennes pour le harem de son maître, jusqu'à ce qu'il ait accumulé *trois* carottes, pas moins, dans son sachet.

Il se dirige ensuite vers le casier des courgettes et des oignons (c'est le capitaine Cook explorant de nouveaux rivages) où il recommence l'opération.

Adam laisse passer des clients devant lui. Il ne bouge pas. Il vit la vie de Saïd. Il est Saïd, avec des sous-titres, des commentaires, des calembours fienteux. Les mots apparaissent, volent, virevoltent, s'évanouissent... («Je lis la vie de Saïd.») («Elle est mieux que la tienne ?»))

Au total, trois carottes, deux courgettes et quatre oignons sont placés dans le même sachet mâlement tenu à la main, brandi, exhibé même (c'est le «butin de guerre» dont parle le Coran, dans la sourate *Al-Anfal* – «pas touche, l'est à moi»).

Le grand conquérant Saïd, retour de Byzance réduite et Ctésiphon détruite, se dirige vers la caisse. C'est bientôt son tour. Le voici devant la caissière. «Amina»? Va pour Amina, décide Adam.

Toute pénétrée de son importance, Amina fait remarquer à Saïd, sur un ton rogue (peut-être même «rêche»), que sans l'étiquette qui indique un prix et un code-barres, elle ne peut enregistrer ses achats (qu'est-ce qui m'a foutu un péquenot pareil; si je devais peser moi-même les emplettes des clients, on serait encore là demain; y a une turquerie à la télé, ce soir...) et lui intime l'ordre de retourner au rayon des primeurs et de procéder à la pesée; ou alors, s'il en est incapable, qu'il s'adresse au préposé à côté de la balance.

Ils sont plusieurs clients à assister à la scène. Ils piaffent d'impatience. Plane au-dessus d'eux la quintessence de leurs cogitations : «Comment développer ce pays avec des culs-terreux aussi lents?» Ce n'est pas demain qu'on sera la Suède.

Humilié et offensé, Saïd retourne alors au rayon des primeurs. Il repère la balance, métallique, menaçante, massive, et le préposé – un jeune homme vêtu d'un tablier vert, l'air arrogant («C'est moi qui comprends le mieux comment fonctionne cette machine européenne»), qu'Adam renonce à baptiser.

Saïd attend à côté d'un client à tête de médecin que le préposé le serve. «Préposé» est occupé à peser des légumes laissés par une cliente partie achever ses courses dans le magasin. (Il paraît que cela se fait dans ce coin de Casablanca. On confie ses sachets au pré-posé et on va glaner ailleurs. C'est très chic. C'est comme si on régnait sur plusieurs royaumes. On a nommé un régent («le duc des sachets») et on va dans «nos pays d'en bas» guerroyer un peu.)

Une dame arrive. Elle a une trentaine d'années, plu-tôt jolie, l'œil de Carmen, la bouche boudeuse, elle est vêtue d'une djellaba rose et chaussée de mules rouges. Un foulard noué sous le menton encadre son visage. Elle porte un panier contenant quelques sachets pleins de légumes.

Adam l'examine attentivement.

Comment s'appelle-t-elle? «Souad»? Pourquoi pas. Souad apostrophe Saïd en arabe dialectal et lui demande où commence la queue. Saïd fait la moue, il rumine encore son humiliation de naguère, il n'a aucune envie de parler à ce succube. («Notre problème, c'est la rura-lisation des villes : les hommes viennent de la cam-pagne, ils ne savent pas ce qu'est la galanterie, ils traitent les femmes comme des vaches.» «Moins bien que des vaches, ma bonne dame! Leurs vaches, les paysans les câlinent.»)

La dame s'adresse alors à l'autre client, le méde-cin : il explique être arrivé le premier. En somme, il est tête de queue.

La dame explique alors à Saïd qu'il y a une queue, que le premier arrivé sera le premier servi (ce n'est pas comme dans l'Évangile («On n'est pas chez les catho-liques»)) et qu'il faut se placer en ligne et pas en épi, comme les blés, ni en masse, comme un troupeau de gnous. Y en a assez de la ruralisation de nos villes! Elle indique d'un geste de la main à Saïd (un geste assez méprisant, elle doit vraiment le prendre pour un gnou) qu'il doit se placer derrière le premier client (le toubib).

(Saïd laisse choir son sachet, pousse un meuglement de gnou, empoigne la dame et l'étrangle ruralement, au grand effroi du public... Non, stop, ça, c'est ce qu'Adam imagine. Il rouvre les yeux et la saynète continue, paisible et impitoyable.)

Saïd s'exécute.

Il a oublié Byzance et Ctésiphon, il n'est plus Tarik ibn Ziyâd, ni le capitaine Cook. Il n'est plus qu'un pauvre homme *dépassé* (c'est le mot) par les événements. La dame se met derrière lui. (Ah oui, « Souad ».)

Quelques instants passent.

Adam ne bouge pas. Personne ne le remarque, d'ailleurs. Ce n'est qu'un individu chassé de chez lui, veuf d'un chat, dont on se demande comment il peut s'intéresser à cette scène d'une effroyable banalité qui se déroule, par antiphrase, dans Label Vie. (Adam voit sans doute dans cette scène quelque chose que nous n'y voyons pas. Patience, il va nous l'expliquer.)

Soudain Souad s'adresse à Saïd :

— Tu dois mettre chaque légume dans un sachet séparé !

C'en est trop. Il y a des limites. Houspillé... Non, il n'y aura pas de meurtre, cette fois-ci. (Le rural tue l'urbaine, han ! d'un coup de hache...) Sans répondre à celle qui le tourmente, Saïd s'adresse au préposé à la pesée, il tend le bras en lui montrant son unique sachet de légumes.

— Comme ça, c'est bien, mon fils ?

Le préposé jette un coup d'œil rapide ; il enregistre Saïd ; le sachet ; Carmen ; les figurants (Adam, le médico...)) ; puis répond dans une série de grognements qui partent dans tous les sens :

— Non, p'tit père (il sort d'où, lui ? (On les laisse entrer ici ?)), il faut avoir des sachets différents pour chaque type de légume. On ne *mélange* pas (il appuie intentionnellement sur le mot «mélange» et décoche en même temps un clin d'œil égrillard en direction de Carmen qui rosit comme sa djellaba). Non, p'tit père : les carottes avec les carottes, les courgettes entre elles ; et nos vaches seront bien gardées.

Saïd quitte alors la queue. Il va redéposer les trois carottes une à une dans leur bac, puis les deux courgettes, puis les quatre oignons. Son visage buriné exprime un sentiment qu'Adam n'arrive pas à caractériser. Il y entre de l'humilité mais aussi de la fierté, de l'obstination. Peut-être de la colère.

Il sort, de son pas lent, du magasin, hésite un instant sur le seuil, regarde à gauche, à droite ; puis disparaît.

Cette scène n'est plus banale. Elle est déchirante.

Adam, fasciné, en a les larmes aux yeux. Il les essuie du revers de sa manche, puis il va acheter du lait.

Revenu dans son studio, il se fait un café et s'assoit sur le bord du lit.

*

Qu'ai-je vu dans ce supermarché ?

Saïd, c'est mon père. J'ai vu mon père vaincu par la technique. Vaincu par la vitesse. Le marketing.

Qu'ai-je vu dans ce supermarché ? L'arrogance du préposé. Il a compris comment fonctionne la machine. (Cling !) Il sait quelque chose que tu ne sais pas. Il a un centimètre d'avance sur toi sur la grande flèche du progrès. C'est le roi des lemmings. Ce n'est plus un singe nu : il porte une casquette.

Qu'ai-je vu dans ce supermarché ? La présence obsédante du plastique. Le néon (« les lumières de la ville »).

Qu'ai-je vu... ? *Tu n'as rien vu dans ce supermarché.*

Exact : je n'ai rien vu. Que des emballages, du plastique, du carton, des couleurs qui n'en sont pas (choisies parmi soixante-quatre millions de couleurs dans un programme d'ordinateur, projetées sur les fruits et légumes). Je n'ai rien vu. Je n'ai vu mie. J'ai vu...

Qu'ai-je vu ?

Adam ferme les yeux et essaie de concentrer ses pensées sur cette question.

« Qu'ai-je vu ? » Il lui semble comprendre quelque chose...

J'ai vu... des *représentations*. Oui, c'est bien cela : des représentations. On cache l'essentiel. J'ai vu ce que l'as du marketing (Anas Kettani ?) veut que ses clients voient. Une *représentation*.

Je ne vois pas le monde. Je ne vois *plus* le monde (le monde de mon père, de mon grand-père, le hadj Maati, digne vieillard). Je le vois par les yeux d'Anas Kettani, le pape du marketing. *(J'ai vu un ange qui me disait : « Viens, je te montrerai... »)*

Mais lui-même, Anas Kettani, arroseur arrosé, vit dans un monde de *représentations*. (Tu me tiens, je te tiens par la barbichette.) Inscrit au *Sun Beach*, sur la corniche. Pourquoi le *Sun Beach* ? Parce que son autre nom est « le club des clubs ». Nom de nom ! « L'as des as » au « club des clubs ». Je suis Belmondo. La 4×4 rutilante : autre nom de la réussite. Mercedes-Benz.

Mon tank allemand. Écarte-toi, bouseux, au volant de mon tank, je fais la guerre en tant qu'Allemand, en tant qu'hussard, en tant qu'uhlan... Ou alors, Volvo! On n'est pas en Suède, mais je suis *quelque part* suédois. («Ma» Volvo. («Soyez Volvo.»))

Week-ends à Marrakech. Pourquoi pas Béni Mellal? Parce que. Parce que. Marrakech... Ah oui! «Le rendez-vous de la *jet-set.*»

Toute la semaine, je te vends du vent, dans mon supermarché, de la couleur synthétique, un shampoing qui est l'«autre nom du bonheur» (salauds!); et je vais, le week-end, rôtir à Marrakech, trois syllabes qu'on me vend (chacun son tour) et qui disent que je suis spécial, unique (avec un million d'autres). Je t'embrouille, on m'embrouille, nous nous embrouillons. Nous vivons dans un monde brouillé, un monde de mots, un monde d'images. De représentations.

La vraie vie est ailleurs.

Adam était maintenant tout à fait allongé sur le lit, le regard fixant le plafond.

La vraie vie est...

Il finit par s'endormir.

13

La vraie vie est ailleurs

Réveillé par le muezzin, à l'aube, Adam ressentit une impression aiguë d'angoisse. Que se passait-il ?

Il sauta sur ses pieds. Une sueur froide lui coulait dans le dos. Il ferma les yeux, secoua la tête mais l'angoisse était toujours là, qui lui enserrait la poitrine comme un cercle d'acier et l'empêchait de respirer.

Il ouvrit la fenêtre unique du studio, se pencha et aspira voracement l'air du dehors.

Dehors, c'était Casablanca. *Casablanca s'éveille...* Une ville trop grande, où tout le monde courait du matin au soir... Ville moderne... *Et la ville semblait une ville d'enfer...* Il respirait à longues goulées, à en suffoquer, espérant que l'air, dilatant sa poitrine, allait briser l'anneau qui l'oppressait. Peine perdue.

Cercle d'acier, cercle de craie... C'est une malédiction. *On n'en sort pas.*

Puis une autre sensation surgit. Quelque chose en lui *parlait*. Il s'immobilisa. *Saisis-moi au passage si tu en as la force...* Les yeux fermés, il s'efforça de respirer calmement. Concentrons-nous. Une pensée revint, formulée la veille... «Et si c'était dans cette direction qu'il fallait chercher – qu'il fallait *aller*?»

Ce qui en lui parlait disait maintenant ceci : il faut que tu partes. *La vraie vie est ailleurs.* Une image imprécise lui apparut en esprit. *Garde cela à l'esprit...* Il vit une sorte de galerie sombre... un intestin? Non, un long boyau... Il se vit ramper dans le dédale de ce boyau sombre... Non, il vit son corps remonter ce boyau sombre. *Des noyés descendaient dormir, à reculons...* Et au bout une lueur scintillait... une tache claire circulaire... *taché de lunules électriques...* Qui va là? Est-ce toi? (Qui?) Est-ce vous? *Est-il vrai que l'au-delà, tout l'au-delà soit dans cette vie?*

Il rouvrit les yeux. *Qui vive?*

Il savait... *Si vivre et mourir n'ont servi...* Il savait où se trouvait ce boyau. À Azemmour. Sa ville natale. Naît-on d'une mère ou d'une ville? Naît-on d'une mère ou d'une *fille*? (Elle avait quinze ans quand elle lui avait donné naissance...)

Il était debout, immobile, les yeux ouverts, ne voyant rien. Un flot impétueux de mots, de lambeaux de phrases, traversait son cerveau.

Le vent se lève!... Il faut tenter de vivre!...

Il était attentif à l'extraordinaire logorrhée qui le submergeait. C'étaient le plus souvent des vers, des fragments de poème; parfois, c'étaient des chansons et elles résonnaient en lui avec la musique, avec le ton.

J'arrive! J'arrive! Mais qu'est-ce que j'aurais bien aimé / Encore une fois traîner mes os...

Écoulement ossifluent de la culture française dans un crâne de métèque... Tremblant des pieds à la tête, bredouillant, Adam prit un jean et un tee-shirt dans l'armoire et les enfila rapidement. Il chaussa la paire de baskets qu'il avait sauvée du grand chambardement et mit la veste où se trouvaient ses papiers et son portefeuille. Comme en transe, exalté, il sortit, dévala les escaliers, ouvrit la porte de l'immeuble et se mit en marche. *Demain, dès l'aube, à l'heure où blanchit la campagne, / Je partirai.* C'était infernal. Il se prit la tête à deux mains, serra violemment. Peine perdue : l'ordalie des mots continuait. Des mots, des maux... *Entre deux mots, il faut choisir le moindre...* Toujours en français. Pas une seule phrase de Mutanabbi ou de Chawki, pas un seul verset du Coran. Qui suis-je ?

Il partit en direction du sud... *Espace sudique, espace d'apaisement...* Les phonèmes s'entrechoquaient dans sa tête, les fragments de textes autrefois lus, retenus sans effort... «Mon viatique», avait-il précisé au docteur Bennani... Mon viatique, ma vie... *Je lis, ma vie... Je lis ma vie...* Il marcha le long du boulevard Bir Anzarane, puis le long d'un autre boulevard dans lequel il s'était engagé d'instinct – *où ses pas l'avaient porté.*

À cette heure matinale, la circulation des voitures était fluide. Il croisa quelques piétons qui le dévisagèrent d'un air interrogateur. Une vieille femme, une mendiante sans doute, s'arrêta et le bénit à haute voix. Peut-être avait-il l'air... *hagard* ? Est-ce bien cela ? Je marche dans les rues, l'air hagard...

Arrivé à un carrefour, il tourna à droite, leva les yeux une dernière fois vers le bâtiment qui abritait l'Office des bitumes du Tadla... Curieux aérolithe... *Calme bloc ici-bas chu d'un désastre obscur...* Il secoua la tête pour oublier le docteur Bennani et s'engagea dans ce qu'on appelait encore la «route d'El-Jadida», bien que cette «route» fût devenue une immense avenue bordée de quartiers entiers, d'immeubles et même d'une université flambant neuve. Il avançait lentement au bord de la chaussée, les lèvres tremblotantes.

C'était étrange. Il y avait maintenant deux hommes en lui (deux démons?). L'un, ardent, électrisé, fiévreux (et c'était lui qui menait son corps *(«Tu trembles, carcasse...»)*); l'autre calme et froid, mais impuissant à contrôler son corps galvanisé. Deux hommes. Danton et Robespierre. Deux faces d'une même pièce... *Ah! ça ira, ça ira, ça ira...* «Tu tremblerais bien davantage si tu savais où je vais te mener!»

Il s'immobilisa. Il y avait vraiment deux hommes en lui. *Un être était là avec lui, adhérent, amalgamé à lui...* D'où viennent ces mots?

Il se remit en marche.

Cette séance-là du Parlement tournait à l'avantage du parti lyrique, passionné, surexcité. *De l'audace, encore de l'audace, toujours de l'audace!* Il avait la majorité. Les autres ne pouvaient que se taire, ou questionner *in petto*, consternés, se tournant les uns vers les autres : «Qu'est-ce qui se passe? Que suis-"je" en train de faire? "Je" deviens fou?» *Nous* sommes pourtant si raisonnables... Le corps marchait; la nation en armes; Allons z-enfants!... *Ah! ça ira, ça ira, ça ira...*

Le corps allait, Adam grimaçait, il avait à la fois envie de rire et de pleurer, comme s'il pressentait une grande perturbation des choses dont on ne pouvait prévoir ce qui allait en sortir...

Le jour s'était levé, le soleil commençait à réchauffer la terre. Adam cheminait maintenant le long de la route. Cela faisait longtemps qu'il avait dépassé les faubourgs – il était en rase campagne. Il se sentit las, s'arrêta et regarda sa montre – il était midi. Son exaltation était retombée, le parti lyrique avait déserté les travées de l'Assemblée, il était peut-être, collectivement, à la buvette. Ou peut-être avait-il, non moins collectivement, *péri sur l'échafaud*.

Qu'est-ce que je fais ici ?

Adam s'assit un instant sur la souche d'un arbre fraîchement abattu, à quelques pas de la berme, et regarda les voitures passer. Le soleil se montra entre deux nuages et commença à lui chauffer la nuque. Qu'est-ce qui m'a pris de sortir à l'aube, de... Ah oui, « je » a décidé de retourner à Azemmour. *Vers le long boyau...*

Il se retourna et vit au loin, à l'écart de la route, une poignée d'habitations dont la couleur se confondait avec celle de la terre. Sur l'une d'elles se dressait un panneau cabossé, aux couleurs passées, vantant les mérites d'une marque locale de cigarettes ; on signalait ainsi une sorte d'épicerie à l'approvisionnement hétéroclite, un *hanout*. Adam avait soif. Il se leva et se dirigea vers ledit hanout. Il avait l'impression d'avoir la tête vide. Après les violents affrontements qui s'y étaient déroulés pendant toute la matinée, c'était un soulagement.

Il regarda un instant le panneau délitescent. On pouvait encore distinguer les mots « tabac » et « sport », en français et en arabe, des mots qui lui semblaient antinomiques mais qui se mêlaient pourtant sous une image, la silhouette fuselée d'un athlète mêlée à d'élégantes volutes de fumée. Il imagina un habitant du hameau, vieux berger misérable, malingre, tubard, le dos brisé, les dents gâtées, s'arrêtant pour battre le briquet en regardant l'athlète. *Ah, les salauds...* Ici aussi, on nous impose des représentations. Allons, il faut aller plus loin. Remonter plus loin. *Le boyau obscur...*

Adam entra dans l'épicerie.

Un vieil homme chenu, engoncé dans une djellaba marron, la tête surmontée d'une calotte grisâtre, était endormi sur un tabouret, derrière le comptoir, et expirait doucement. Quelques bocaux désolés contenant des bonbons multicolores, à moins que ce ne fût de la mort-aux-rats, étaient alignés sur une petite étagère clouée de guingois contre un mur. Quatre ou cinq paquets de riz en encombraient une autre, tout aussi inclinée. Comment l'ensemble pouvait-il tenir ? Des cartouches de cigarettes, sales et déformées, étaient empilées par terre, en désordre, plusieurs marques se chevauchant en une hiérarchie chaotique. Sur une caisse se dressaient des paquetages bleus, maladroitement ficelés – du sucre, sans doute.

Quoi d'autre ? Trois pains ronds sur une deuxième étagère, à peu près horizontale, celle-là, et une formidable balance Roberval sur le comptoir, qui écrasait de sa présence tout ce qui l'entourait, y compris l'homme endormi ; dans un coin, miracle !, un réfrigérateur, un modèle réduit, certes, et moins blanc que gris, mais incontestablement un réfrigérateur, promesse de fraîcheur.

À même le sol, contre le mur du fond, des sacs de charbon formaient une pyramide molle. Incongrue, une photographie en noir et blanc de Kennedy, sans doute découpée dans un antique *Paris Match*, était collée sur un mur, à côté du portrait en couleurs du feu roi. *À l'enseigne de Kennedy et de Hassan II réunis...*

Le silence qui régnait dans cette caverne – et dans tout le hameau – semblait irréel. Où étaient les paysans, leurs enfants, les chiens ? Tous partis dans le sillage d'un joueur de flûte ? Adam toussa pour réveiller le vieil homme. Peine perdue. Il se pencha sur le comptoir, tendit le bras et secoua le vieil homme qui se réveilla en bêlant faiblement.

— Quoi ? Quoi ? Louanges à Dieu...

— *Salam aleykoum*. Est-ce que vous avez de l'eau ?

— De l'eau ?

Il avait l'air stupéfait. Sa bouche, entièrement édentée, béait largement.

— Oui. (Qu'est-ce qu'il y a d'extraordinaire là-dedans ? Je ne lui demande pas de l'eau lourde, ou de l'eau régale.)

Le vieil homme se leva péniblement, ouvrit le réfrigérateur et en sortit une bouteille de Sidi Ali. Il revint la poser sur le comptoir, solennellement, comme une offrande. Adam la toucha du bout des doigts et constata qu'elle n'était ni humide ni froide, comme il l'avait espéré. Bien au contraire, elle était sèche et tiède. Il en fit la remarque à l'épicier qui cligna des yeux plusieurs fois, la tête penchée sur l'épaule, comme s'il demandait grâce, à tout hasard.

— Et pourquoi veux-tu qu'elle soit froide, monsieur ?

— Parce qu'elle sort du réfrigérateur. C'est bien là que tu l'as prise ?

— Mais... il ne marche pas, monsieur. Je n'ai pas l'électricité. On ne l'a jamais eue, dans ce village.

Il se pencha et chuchota, éperdu :

— *Ils* ne l'ont pas *fait entrer*.

Adam regarda l'appareil blanc couvert de poussière, voulut poser une question puis renonça à comprendre, paya et sortit. Il but une longue rasade, s'essuya la bouche et retourna s'asseoir sur la souche d'arbre.

Que faire, maintenant? Faire du stop, revenir à Casablanca? À cette seule pensée, l'agitation qui l'avait étreint à l'aube revint. *Saisis-moi au passage si tu en as la force...* Serai-je donc toujours velléitaire? De grandes résolutions, dures comme l'airain – trahies dans l'instant? *Un pas en avant, deux pas en arrière...* Non! J'ai perdu mon travail, mon chat, ma femme... *Leur sacrifice ne sera pas vain...* Il faut que j'aille jusqu'au bout, cette fois-ci, jusqu'au bout de mon intuition. Si je retournais maintenant à Casablanca, dans ce studio où personne ne m'attend, ce serait une défaite. L'ultime. *Ultima necat.* Il ne me resterait plus qu'à sauter par la fenêtre.

(L'ingénieur Sijilmassi a été retrouvé mort au pied de l'immeuble où il s'était installé après avoir quitté sa femme... — C'est elle qui l'a quitté, chef. — Peu importe, coco; et ajoute qu'il a été renvoyé de son job. — Mais il a démissionné, chef! — Fais ce que je te dis, bleubite, je connais le métier, il faut que ça ait l'air d'une punition divine, la justice immanente, crime et châtiment, etc., le lecteur adore, la lectrice encore plus. On plaque sa femme, on pique dans la caisse et on s'fait virer, la déchéance suit, l'alcool, la dépression, et on se retrouve, fatalement, crêpe sur le trottoir. — Ah ouais, chef...)

Après quelques instants, il se leva et se remit à marcher vers Azemmour.

Il ne songea pas un instant à lever le bras et à arrêter un des grands taxis blancs qu'il voyait filer sur la route et qui lui adressaient des appels de phares. Non, c'était à pied, à l'allure de l'homme, qu'il lui fallait retourner vers le long boyau noir. *J'ai l'apparence d'homme pour prouver que le monde est fait à ma mesure.*

De nouveau, des images, des mots, des phrases entières commencèrent à s'entrechoquer dans sa tête. Il vit un cinéaste allemand allant à pied jusqu'à Paris pour sauver *mystiquement* une amie malade ; un philosophe vagabondant de Genève à Montpellier, puis de Genève à Turin, par monts et par vaux ; son propre grand-père, le hadj Maati, promeneur solitaire trottinant vers Moulay Abdallah, avec dans sa besace quelques dattes, du pain, du lait et des olives.

Il marchait, légèrement penché en avant, en s'astreignant à un exercice difficile : «voir» les mots et les phrases qui l'assaillaient sans en chercher la signification ; que tout cela ne soit que musique ; que ce ne soit pas mon monde, mais seulement sa partition. Je voudrais que mon monde redevînt ce que mes sens m'en disent ; que j'aie faim et soif, simplement, comme un chat, comme un furet, *sans interprétation* ; que je voie le jaune des blés sans qu'un peintre hollandais s'en mêle ; que je protège mes yeux du soleil sans qu'un poète ne susurre à mon oreille : *Midi, roi des étés, épandu sur la plaine...*

Peine perdue. Ce qui s'était emparé de lui et qu'il n'arrivait pas à comprendre ni à nommer, cette pulsion de retour vers le boyau sombre, s'accompagnait d'un long poème de Hugo qu'il avait appris par cœur autrefois et qui, maintenant, ne le lâchait plus. *L'œil était dans la tombe...* Les alexandrins déferlaient, impitoyables, en rangs serrés, comme l'armée d'argile de l'empereur Qin.

Je *récite* ma vie.

14

La grange

Comme le soir tombait, l'homme sombre arriva / Au bas d'une montagne en une grande plaine. C'était Bir Jdid, la montagne n'était qu'un morne terril, pas bien haut, qui menait à l'unique école, absurdement plantée dessus.

Le bourg avait grandi en quelques années : ce qui n'était autrefois qu'un relais sur la route des Doukkala était maintenant une petite ville, « en pleine expansion », comme le claironnait la presse officielle, c'est-à-dire qu'elle lançait, de façon aussi anarchique qu'insidieuse, des tentacules de pierre et de béton dans la campagne environnante, qui reculait petit à petit devant l'assaut des pelleteuses et des engins de terrassement. Ce lent combat, à l'issue certaine, se déroulait de jour : comme beaucoup de petites villes du Maroc, celle-ci semblait s'éteindre au crépuscule, mourir après quelques heures de vie, comme les éphémères. On rentrait chez soi pour s'y terrer, on fermait les volets, on se barricadait comme si on était encore au temps de la dissidence des tribus et qu'à traîner à la brune on risquait un mauvais coup. La police elle-même disparaissait des rues, que n'animaient plus que les chiens errants.

Adam chercha des yeux une auberge. Il devait bien y en avoir une puisqu'il se trouvait sur l'artère principale, la route nationale qui traversait Bir Jdid de part en part, et le long de laquelle quelques lampadaires dispensaient une lumière chiche.

Il arpenta la route déserte, tournant la tête à droite et à gauche, scrutant les façades. Qu'était devenu le relais de poste des Français ? Le car qui l'emmenait, enfant, d'Azemmour à Casablanca y faisait halte. On s'y régalait de brochettes de viande assaisonnées de sauce piquante. Il essaya de se souvenir de l'enseigne de l'établissement, de son nom, de la tête des derniers propriétaires, mais en vain ; tout au plus, une vague couleur rosâtre lui revint en mémoire, celle des murs. En ce temps-là, il allait parfois s'asseoir dans la salle, intimidé, osant à peine commander un verre de thé, en attendant que le car repartît.

Frapper à une porte, au hasard ? On ne lui aurait pas ouvert. Il était épuisé. *« Couchons-nous sur la terre, et dormons. »* La terre, il lui sembla qu'elle était boueuse (cette boue est-elle faite de mes larmes ? Je perds la tête...). Il fit quelques pas et s'assit sur le seuil d'un café clos pour la nuit, posa la tête sur ses bras croisés sur ses genoux et sombra dans un sommeil agité.

Il ne put dormir longtemps. Un homme, qui l'avait observé depuis une des fenêtres du café, à l'étage, en descendit, ouvrit la porte, regarda longuement à droite et à gauche, puis vint se pencher sur lui et le secoua. *Ayant levé la tête, / Il vit un œil, tout grand ouvert dans les ténèbres, / Et qui le regardait dans l'ombre fixement.*

— Que fais-tu ici ? demanda l'homme. Tu n'as pas où dormir ?

« Je suis trop près », dit-il avec un tremblement. L'homme continuait, toujours penché sur lui :

— Je te conseille de ne pas rester ici. Des chiens sauvages rôdent dans les parages. S'ils s'enhardissent, ils pourraient bien s'attaquer à toi. Tu ne veux quand même pas finir déchiqueté par des chiens ? Et si les gendarmes te découvrent ici, ils t'emmèneront...

Adam se leva d'un bond. *Il se remit à fuir sinistre dans l'espace.*

— Mais où vas-tu ?

L'homme, dont Adam voyait seulement maintenant à quel point il était grand et gros, le retint par la manche.

— Viens, tu pourras dormir dans notre grange.

Le géant monta chercher une torche électrique et une couverture grise, puis conduisit Adam derrière le café. Il y avait là un petit hangar en bois contenant quelques instruments agricoles, des sacs et de la paille. Il éclaira successivement tous les coins de la remise, comme pour montrer au visiteur les dimensions de son refuge, lui tendit la couverture puis éteignit sa torche et s'en alla.

Adam s'étendit dans un coin, sur le dos, les bras croisés derrière la tête.

Qu'est-ce que je fais ici ?

Quelques instants plus tard, la porte du hangar s'ouvrit. Le géant resta dehors, se contentant d'éclairer la scène : une petite fille apportait un bol de soupe et du pain. Elle avait la peau brune et les cheveux noués en natte, sous un minuscule foulard. (Pourquoi ne dormait-

114

elle pas ? L'avait-on réveillée ? (Pour moi ?)) Elle posa avec précaution le bol par terre. Il voulut lui caresser les cheveux, en guise de remerciement, mais elle fit un bond et s'enfuit. La torche disparut et avec elle la lumière.

Il mangea dans l'obscurité, lapant la soupe en s'aidant du pain. Il ne pensait à rien, ou plutôt c'étaient des mots sans signification qui lui traversaient l'esprit. Le cercle d'acier qui opprimait sa poitrine à Casablanca, au réveil, avait disparu.

Au loin, on entendait des chiens aboyer. Il se recoucha et s'endormit.

15

La vraie vie est à Azemmour

Quand il se réveilla, il faisait grand jour.

Étonné, il constata qu'il avait le visage baigné de larmes. Il l'essuya avec un pan de sa chemise puis sortit du hangar et entra dans le café. Le géant était assis derrière le comptoir, l'air taciturne. Adam voulut le remercier pour son hospitalité. Il le fit maladroitement, l'autre se contenta de hocher la tête.

Il alla s'asseoir à une table. Le géant lui apporta du café, du lait chaud, un pain d'orge et un peu de beurre dans une coupelle. Adam se força à manger, bien qu'il n'eût pas grand appétit : il sentait de nouveau le cercle d'acier enserrer sa poitrine et pressentait que son délire allait revenir.

Il finit son petit déjeuner, sortit quelques pièces de sa poche – par bonheur, il avait encore un peu d'argent sur lui – et se leva.

— Merci encore, lança-t-il d'une voix qui tremblait.

— Bonne route, répliqua l'autre, impassible.

Adam sortit sur le seuil.

Il chercha la petite fille des yeux, en vain. Elle était peut-être à l'école ? *Le morne est bien haut...* Bon, ça recommence. Suis-je fou ? Les mots arrivent en bande, comme en un soir de libations des grappes de jeunes hommes avinés, et qui se tiennent par les épaules, chantent à tue-tête (« Père Dupanloup... »), occupent le trottoir, tanguent et chancellent, bousculent le bourgeois, chassent la gueuse (et d'une façon générale, emm... le monde (« Je t'les foutrais au régiment ! » (« au Bat' d'Af' ! »)))...

À Bir Jdid ? Père Dupanloup ?

Il reprit sa marche en direction du sud, le long de la route nationale. Au bout d'un quart d'heure, il se retrouva en pleine campagne. *Il allait, muet, pâle et frémissant aux bruits,/Furtif, sans regarder derrière lui, sans trêve,/Sans repos, sans sommeil...*

Toujours ce flot de mots qui habillait les choses... Ces mots qui lui donnaient des nouvelles de lui-même. *Je suis mon monde.* De temps à autre, il constatait de nouveau qu'il pleurait. Mais pourquoi, pourquoi ? *Ce deuil est sans raison.* (Quel deuil ? Quelle part de moi est morte, dans cet avion de la Lufthansa ?)

Il secouait la tête, s'arrêtait un instant, plaquait ses mains sur ses tempes, puis se remettait en route. Parfois de grands taxis blancs, *vastes oiseaux des mers*, ralentissaient après l'avoir dépassé ; il voyait une main sortir de la voiture, dessiner dans le ciel des points d'interrogation, le klaxon retentissait mais Adam ne réagissait pas, *exilé sur le sol au milieu des huées*, et le taxi finissait par reprendre de l'allure et disparaître au loin.

Marche ou crève. *Nous autres, camarades, retiens ça, que ça nous plaise ou que ça ne nous plaise pas, faut qu'on y aille... Marche ou crève !* Ça résonne dans sa tête, ça l'empêche de penser, de sentir que ses pieds sont en sang...

Après avoir marché toute la journée, *il atteignit la grève / Des mers dans le pays qui fut depuis Assur.* C'était Azemmour, sa ville natale, l'Azemorum des Romains.

« Arrêtons-nous, dit-il, car cet asile est sûr. » Il marcha lentement sur le vieux pont, s'efforçant de ne pas regarder le fleuve qui coulait en contrebas, puis, longeant les remparts de la vieille forteresse, il se dirigea vers la rue du Mouflon.

Des gens s'arrêtaient sur son passage pour le dévisager mais il ne les voyait pas. Guidé par son instinct, il tourna sur la gauche, en face de la grande porte du *mellah*, parcourut une centaine de mètres puis tourna de nouveau à gauche. Il entra dans la ruelle et alla frapper à la porte de l'antique maison. Le heurtoir résonna violemment dans le silence du soir.

Rien depuis la rue ne laissait soupçonner l'habitation. Pas de fenêtres, un long mur gris, une porte – puis un vestibule étroit et, alors, c'est le débouché sur la vraie maison, la cour intérieure, la lumière, l'eau, la vie. La vie... Il était né et avait grandi dans cette maison, où ne résidait plus qu'une vieille tante infirme que tout le monde appelait Nanna.

Une grande émotion s'empara de lui. Je suis revenu. Je rentre dans le boyau. La vraie vie est ici.

Lorsque j'étais petit garçon, j'habitais une maison ancienne, et la légende racontait qu'un trésor y était enfoui.

Il prit le maillet du heurtoir dans la paume de sa main, l'enserra un instant pour mieux sentir à quel point il était lisse, poli par des générations de Sijilmassi, et d'abord par son père et son grand-père, puis il en assena de nouveau plusieurs coups sur la porte.

Il y eut quelques instants de silence. Une petite fille entrebâilla la porte et la referma aussitôt après avoir regardé Adam d'un œil rond.

Adam entendit la petite crier :

— Nanna ! C'est le Diable !

Une voix furieuse répliqua :

— Si je t'attrape... Arrête de dire des bêtises ! Ouvre la porte et dis-moi qui c'est !

Si on ne m'ouvre pas, je vais m'effondrer sur ce seuil. *Et, comme il s'asseyait, il vit dans les cieux mornes / L'œil à la même place au fond de l'horizon.* La petite fille avait de nouveau entrebâillé la porte. Elle regarda Adam d'un air effaré, puis posa d'une voix pointue une question précise :

— Si tu n'es pas le Diable, qui es-tu ?

Alors il tressaillit, en proie au noir frisson. Le monde le sommait enfin de s'expliquer, par la voix de cette enfant. *Qui suis-je ?* Était-ce la seule alternative : être ou ne pas être le Diable ? Qu'avait-il fait depuis deux jours ? Errer... Que signifiait cette déambulation hallucinée, constellée de mots ? Était-il possédé ? L'Adversaire était-il ce jour-là dans l'avion, au-dessus de la mer d'Andaman ? Il sentit son cœur gonfler. Une larme coula sur sa joue.

« Cachez-moi ! » cria-t-il.

La petite fille claqua de nouveau la porte.

— Nanna ! C'est un fou, il ne dit rien, il me regarde ! Il a les yeux rouges ! Je ne veux pas lui ouvrir ! Nanna, tu n'as qu'à lui ouvrir, toi, si tu n'as pas peur du *shaytan* !

Après quelques instants, il entendit un pas lourd s'approcher de l'autre côté de la porte. L'œil de l'aïeule apparut, rond et noir, avec des nuances d'appréhension.

— Dieu nous préserve ! Qui es-tu ? Que veux-tu ?

Adam réussit à déglutir, et murmura :

— Tu ne me reconnais pas, Nanna ?

La vieille femme passa la tête par la fente étroite de la porte. Elle l'examina, l'œil plissé, la bouche ouverte. Puis elle s'exclama :

— Mon Dieu ! Mais tu es Adam, le fils de Si Abdeljebbar ! Entre, entre, mon fils !

Il entra dans la maison d'un pas hésitant. Il reconnut sans peine le patio familier, le bigaradier, la margelle du puits... Il avait joué là dans son enfance, quand rien n'avait d'importance, quand le temps prenait son temps, quand une journée durait l'éternité... *Les courses, les chansons, les baisers, les bouquets...* Nanna parlait mais lui n'entendait rien. Il chuchota :

— Nanna, je suis épuisé, il me faut dormir.

Elle se tut et lui indiqua une chambre, sur la gauche. Il y entra et s'abattit sur le lit. Quelques instants plus tard, il sentit qu'une main tremblotante étendait une couverture sur lui. La porte de la chambre se referma et l'obscurité revint.

Il s'endormit très vite.

*

Le lendemain, il se réveilla au chant du coq. Il crut d'abord qu'il rêvait encore. Mais non : un coq, un vrai, coqueriquait dans le patio.

Où était-il ? Ah oui : Azemmour. Nanna. Et la petite fille qui le prenait pour le Diable. Tout de même, on ne pouvait pas lui donner entièrement tort. Il avait bien l'air de venir de chez les damnés, avec ses habits poussiéreux, son visage sale et ses yeux fiévreux. Il se souvint avec étonnement qu'il avait marché de Casablanca à Azemmour. « C'est quand même fou... » *(Ce que j'ai fait, aucune bête ne l'aurait fait...)* Quel jour était-on ? Il fit un rapide calcul que confirma sa montre : samedi 1er avril.

Il sortit de la pièce et alla s'asseoir sur la margelle du puits, à l'ombre du bigaradier.

Nanna sortit de sa chambre et vint lui offrir un bol de *bissara*. Il détestait cette purée de fèves mêlée d'huile d'olive, et encore plus quand on devait la prendre à jeun, mais il l'avala en quelques cuillerées pour ne pas désobliger la vieille femme. Elle s'était assise à côté de lui et s'efforçait de le faire parler. Que faisait-il dans les parages ? Et pourquoi était-il seul ? *Et lui restait lugubre et hagard.* C'est à peine s'il émettait quelques grognements en guise de « oui » ou de « non ». Elle renonça à lui tirer les vers du nez, se leva et conclut :

— Reste ici tant que tu voudras. Tu y es chez toi.

La petite fille, assise dans un coin du patio sur un petit seau retourné, le regardait comme s'il était un extraterrestre. Elle portait un minuscule foulard sur les cheveux, comme la paysanne de Bir Jdid. Elle avait les yeux clairs, comme le chat d'Adam.

Il pensa alors à la petite bête (où était-elle ?) et *en conçut* de nouveau *un violent chagrin*.

16

Le mystère de la chambre bleue

Adam prit Nanna au mot. Il s'installa dans une des chambres du *riad* ancestral.

Quatre chambres s'ouvraient sur le patio. L'une d'elles, la première qu'on voyait en entrant, à droite, était condamnée depuis longtemps : son plafond s'était effondré, dans un passé lointain, et personne n'avait enlevé les gravats. (Pourquoi ? C'était curieux, il s'était posé la question, dans son enfance, mais n'avait jamais pensé à la poser aux adultes, comme s'il pressentait qu'il y avait là un grave secret.) La porte était toujours entr'ouverte, de sorte qu'on pouvait apercevoir les ruines en minces tranches verticales, si on gardait l'œil sur l'ouverture en traversant le patio. (Cela aussi était étrange : pourquoi exhiber un tel spectacle ?) On en gardait une impression oppressante, inquiétante : une catastrophe lointaine s'était produite ici... mais laquelle ?

Quand il était enfant, il avait lu le récit de l'impact d'une météorite *(La boule de feu traversa le ciel, la déflagration détruisit tout ce qui se trouvait sur son passage, l'onde de choc coucha les arbres de la taïga à des kilomètres à la ronde...)* et il en avait déduit qu'un événement du même genre avait eu lieu ici même, dans la maison de ses ancêtres. Oui, une *déflagration* (le mot l'épouvantait autrefois) s'était produite ici même... Peut-être était-ce pour cette raison qu'il *voyait* parfois, de façon très naturelle (puisque tout était possible), les pires cataclysmes se produire soudain, quand, pour les autres, rien ne s'était passé.

Une autre chambre, à gauche de l'entrée, était fermée à double tour. Sa porte, d'autant plus modeste qu'elle était un peu de guingois, était peinte en bleu (on disait donc, par métonymie, la « chambre bleue »). Une petite étoile à cinq branches avait été tracée à la chaux sur le linteau. À quoi pouvait bien correspondre ce signe cabalistique ? Enfant, il ne s'en était pas inquiété, une étoile tracée à la chaux n'était jamais un signe, elle était là, tout simplement ; mais après ces années passées chez les Français, il lui fallait tout déchiffrer, tout comprendre, il y avait *ce désir éperdu de clarté dont l'appel résonne au plus profond de l'homme.* Peut-être devait-il changer cela en lui ? Peut-être fallait-il revenir à l'époque où les significations n'importaient pas, où l'on pouvait vivre au milieu d'une forêt enchantée sans jamais sortir la règle ni le compas ?

Nanna vivait avec la petite fille dans la grande pièce qui faisait face à l'entrée, au fond du patio, et qui semblait être protégée par le bigaradier ; placé dans l'axe de la porte, il en dérobait la vue quand on entrait dans la cour, de sorte qu'on pouvait croire qu'il n'y avait là qu'un long mur blanc. Elles y avaient chacune leur lit, Nanna dans une sorte d'alcôve sombre, à droite, et l'enfant à gauche, tout contre la paroi qui séparait la chambre de celle où Adam allait vivre désormais.

C'était, sur la gauche, la quatrième pièce, celle que Nanna lui avait indiquée le jour de son arrivée, et où il était entré, épuisé, pour s'affaler sur le lit. Ce lit sommaire, une petite table basse et une simple chaise constituaient le mobilier de cette chambre qui semblait être destinée à d'éventuels hôtes de passage, et qui était devenue la sienne.

Pendant deux semaines, il y passa le plus clair de ses journées, étendu sur son lit. L'angoisse qui l'avait accompagné tout au long de son périple, de Casablanca à Azemmour, avait laissé place à un bouillonnement de pensées qui l'assaillait dès qu'il se réveillait.

Trois fois par jour, on le nourrissait. La petite fille (ou Nanna, certains jours) entrait dans la chambre et déposait un plateau par terre. C'était souvent un bol de soupe, du pain, quelques dattes. Le vendredi, on lui apportait du couscous. C'étaient les voisins qui l'offraient (profusion de semoule d'orge, de légumes, de parfums divers, chacun avait sa manière...), car Nanna était trop vieille pour cuisiner elle-même un couscous.

Nanna n'habitait là que par charité, en quelque sorte. Cette maison appartenait aux héritiers de Si Abdeljebbar et de ses frères. Comme elle était la veuve, sans enfants, de l'un des frères, on lui avait permis d'occuper ce qui était finalement un joli riad, sans payer de loyer. L'homme étendu, mutique, n'était pas seulement son neveu, il était aussi son créancier. C'était sans doute pour cela qu'elle le nourrissait sans dire mot.

Qui était la petite fille ? Il ne se posa pas la question, au cours de la première semaine, obsédé qu'il était par l'effervescence de phrases et d'images qui se bousculaient dans sa tête, ou par la question « que faire maintenant?» qui le tourmentait lorsque l'agitation avait cédé la place à une torpeur mêlée de somnolence.

Il se levait deux ou trois fois par jour pour aller se laver le visage ou les mains. Il avait oublié où étaient les toilettes dans cette maison qu'il n'avait pas revue depuis son enfance. Quand il dut le demander à Nanna, la première fois, cela donna une saynète incongrue. Nanna ne parlait pas un mot de français, lui ne savait pas comment on disait «W.-C» en arabe dialectal.

— Nanna, où sont les...?

— Quoi, mon fils?

Le visage édenté, ahuri, était tourné vers lui dans l'attente de plus de précision. Fallait-il mimer la chose? Mimer quoi? Montrer? (Montrer quoi?)

— Les...

— Les quoi, mon fils?

Il se souvint que le mot *mirhad* était écrit sur les toilettes publiques. Mais c'était de l'arabe littéraire. Allait-elle le comprendre?

— Le mirhad, Nanna. Où est le mirhad?

Peine perdue. Elle continuait de le regarder avec stupéfaction. Il parlait, cet étrange neveu – mais que disait-il?

De guerre lasse, il se prit le ventre à deux mains et simula l'affre d'une colique carabinée. Il sautilla sur place pour donner du poids à la démonstration. Le visage de l'aïeule s'éclaira :

— Le *canifou*? C'est par là.

Il alla au canifou. D'où venait ce mot? Ah oui : c'était une déformation de «caniveau». Sans doute les colons ou les militaires l'utilisaient-ils en parlant aux «indigènes», à l'époque des Français («Je vais au caniveau, Mohamed, je reviens dans cinq minutes, fais attendre les mousmées au dispensaire. ») Les Français étaient partis, abandonnant le caniveau qui avait, petit à petit, oublié ses origines, qui s'était en quelque sorte arabisé, berbérisé... *Les mots, les pauvres mots, ont de grandes douleurs.*

17

L'État, c'est lui

Au bout de deux semaines, vers la mi-avril, le bruit commence à se répandre dans la ville : il y a un mystère dans l'antique riad des Sijilmassi.

C'est probablement la gamine qui parle à tort et à travers dans la ruelle, peut-être croit-elle toujours que c'est le shaytan qui loge chez eux ; ou peut-être est-ce Nanna qui a bafouillé quelques mots au souk, quelques phrases que des niais se sont chargés de traduire vers le sens le plus abscons ? Bref : la rumeur s'affole. Personne ne sait rien (qu'y a-t-il à savoir ?) mais tout le monde *est sûr* qu'il se passe des choses pas catholiques, si l'on peut dire, au numéro 5 du *derb* « du mouflon ».

Le lundi 17 avril, à l'aube, un inspecteur de police frappa à la porte – tac, tac, tac – quelques coups secs, impérieux, qui trouèrent la somnolence du riad – holà ! c'est la force publique, manants, on se réveille !

La petite fille, encore ensommeillée, alla voir de quoi il retournait. Ayant entrouvert, elle cria d'effroi (le policier ressemblait à feu Driss Basri, l'ancien ministre de l'Intérieur (tout le monde avait sa trogne vulgaire gravée dans les rétines, il n'était pas beau, à la fin : le teint jaunâtre, les yeux chassieux, le visage ponctué de couperose...)) ; puis elle essaya de refermer la porte, mais Basri avait déjà inséré son pied dans l'ouverture. Elle eut beau pousser la porte, elle ne pouvait rien contre la chaussure cloutée taille 46.

Renonçant à faire digue de son corps frêle, elle traversa de nouveau le patio, mais en sens inverse, vers la chambre de sa maîtresse, courant, gesticulant, piaillant :

— Nanna ! Nanna ! C'est un homme ! Très laid ! Très, très laid !

Quand Nanna se fut enfin réveillée, elle s'enveloppa dans un *haïk* et sortit de sa chambre, l'air hébété. Basri était déjà dans le patio. Elle le vit de dos, qui examinait le bigaradier avec attention comme s'il se fût agi d'un suspect. Il se retourna d'un coup et son regard transperça l'aïeule.

— *Salam aleykoum*, balbutia-t-elle. Que...

Elle ne put continuer et dut s'asseoir sur une des chaises dépareillées qui s'alignaient le long du mur.

Le très laid Basri fut parfaitement courtois. Il savait que la famille Sijilmassi *comptait*, dans les parages. Après les salutations, il demanda à Nanna qui elle hébergeait ces jours-ci. La pauvre femme, inquiète, répondit qu'il s'agissait de l'un de ses neveux.

Elle ne put en dire plus : la chaise s'effondra sous son poids. La petite fille, qui s'était cachée derrière l'arbre, éclata de rire puis se mit à pleurer à tout hasard, psalmodiant : « Nanna, Nanna, elle est morte, elle est morte... » Le policier aida la vieille dame à se relever et à s'asseoir sur une autre chaise, tout aussi branlante que la première.

— Votre neveu, disiez-vous ?

— Il est venu de Casablanca passer quelques jours à Azemmour.

— Quel neveu ? demande l'inspecteur, qui connaît vaguement toute la famille (c'est son métier : tout savoir (il a des fiches)).

— Adam l'ingénieur, répond Nanna sur sa chaise instable.

— L'ingénieur !? s'exclame Basri dubitatif.

On le voit réfléchir : un ingénieur, ça ne passe pas ses vacances dans une ruelle obscure, à Azemmour (du maquillage sur de la morve, Azemmour (il n'est pas d'ici, il méprise par principe cet endroit où il se morfond)) ; un ingénieur, ça va à Marrakech, à Agadir, à la limite : à Tanger ; Fès ; ou même : El-Jadida, au Pullman, où il y a un superbe parcours de golf ; mais une venelle sombre, à Azemmour, avec une ancêtre qui s'écroule sans prévenir et une chipie (attends que je t'attrape !) : non. Non.

L'inspecteur exige de parler à l'ingénieur.

Nanna manque s'évanouir. Un faux mouvement, elle se déporte un peu, *poum* ! la chaise numéro deux s'effondre à son tour. Basri la ramasse d'un geste désinvolte (il a l'habitude maintenant), l'intronise sur-le-champ sur la chaise numéro trois, et réitère son exigence : je veux le voir, et surtout l'entendre, cet ingénieur étrange qui passe ses vacances au fond d'une ruelle-maquillage-morve.

Nanna se griffe les joues, ou du moins elle fait le geste – signe d'affliction suprême. Il a *fait* quelque chose, son neveu ? Y a du drame dans l'air ? Pire : du déshonneur ? Il a volé ? Violé ?

La petite fille, elle, jubile de frayeur, dissimulée derrière le bigaradier...

« Jubile de frayeur » ? C'est exactement ce que lit Adam dans les trépignements de la petite, derrière l'arbre. Entendant du bruit dans le patio, il s'est levé en silence et il observe maintenant la scène par l'entre-bâillement de la porte de sa chambre. Comment fait cette enfant pour exhiber à la fois les signes de l'épouvante et ceux du ravissement ?

Nanna désigne d'un doigt tremblotant la porte de la chambre qui abrite le coupable, de l'autre côté du patio. Adam voit l'index de sa tante le désigner à la force publique.

Nous y sommes.

Sans prendre la peine de taper à la porte, le shérif entre dans l'antre de Tex Willer, qui est de nouveau étendu sur son lit.

Les deux hommes se considèrent un instant, puis l'inspecteur salue (c'est le règlement : deux doigts plaqués sur le bord du képi imaginaire (puisqu'il est en civil)) et commence à poser quelques questions, anodines en apparence. En fait, elles sont peut-être *vraiment* anodines, pas seulement en apparence. (On soupçonne toujours les policiers de machiavélisme, alors qu'ils sont parfois niais, tout simplement. *N'attribuons pas à la méchanceté ce qui s'explique aisément par la stupidité.*)

Peut-être l'inspecteur ne sait-il que faire dans ce cas d'espèce ? Après tout, il vient d'entrer sans raison dans un lieu privé, ce qui doit violer quelques articles de la Constitution ; et, en dépit de l'ouï-dire et de la calomnie, qu'y a-t-il à reprocher à Adam ? Rien. C'est d'ailleurs ce qu'Adam, les yeux au plafond, dit tranquillement à l'inspecteur.

Il lui fait civilement remarquer qu'il ne met pas en danger la stabilité du royaume en résidant chez sa tante, dans une maison qui appartient à sa famille. Il offre de montrer le titre de propriété. (Là, il s'avance un peu – qui sait où se cache ce satané document ?)

Basri, après quelques instants, en convient : Adam a le droit de croupir dans son coin. Se forçant un peu, il lui présente même ses excuses. (Les Sijilmassi, y a pas un général dans leur famille ? Prudence...) Il lui explique qu'il travaille pour les renseignements généraux ; qu'il n'y a aucun problème ; qu'aucun crime ni délit n'a été commis ; mais qu'il veut quand même tirer une chose au clair : la rumeur prétend qu'Adam tient des discours *religieux*. Est-ce vrai ?

C'est un sujet délicat, ajoute-t-il, on a assez de problèmes avec les islamistes dans les mosquées, avec ces gueux de la secte du cheikh Bassine qui défilent dans la rue, roides, mutiques, menaçants ; on n'a pas besoin d'un ingénieur prêchant on ne sait quoi dans un riad de la rue du Mouflon.

Adam est interloqué. Cela fait des jours, sinon des semaines, qu'il n'a quasiment pas dit mot. (Certes, des bandes de phonèmes dévastent son cerveau comme des troupeaux d'oryctéropes traversant le Kalahari ; mais, pour autant, il ne *prononce* aucun de ses mots...) Il commence par nier, puis se ravise. Il se souvient d'une des rares fois où il a répondu à une question de Nanna. Elle lui avait demandé s'il faisait sa prière, dans sa chambre, aux heures vociférées par le muezzin. Adam avait répondu :

— D'une certaine façon, oui, je fais la prière.

— Mais, mon fils, je ne te vois jamais te prosterner.

— La prosternation, c'est une coutume idolâtre, avait répondu Adam. Moi, je fais la prière dans mon cœur. Sans bouger.

Nanna était restée bouche bée. Comment ça, une coutume idolâtre ? Nous serions des *kouffar*, des hérétiques, nous qui nous agenouillons cinq fois par jour ? Que dis-tu là, mon fils ? Est-ce la peine d'avoir tant étudié, d'avoir usé tes yeux sur ces livres que ton père t'achetait sans barguigner, d'avoir traversé les océans pour aller *au-dehors* chercher la science chez les chrétiens ? Tout cela pour traiter ta vieille Nanna d'idolâtre ?

Le chagrin l'avait rendue loquace. Adam avait levé la main :

— Chacun fait les choses selon sa nature. Tu te prosternes, je ferme les yeux. Tu gesticules, je ne bouge pas. S'il y a quelque part un Dieu, cela doit lui être égal. Il n'y a que l'intention qui compte.

Il résuma la discussion à l'inspecteur, de mauvaise grâce (au fond, je n'ai pas à me justifier (et un type qui ressemble autant à feu Driss Basri peut-il me comprendre ?)).

— Nous y voilà ! s'exclama l'inspecteur. Je me moque de ce que vous dites *ici*, dans votre riad. Mais votre tante, votre «Nanna», elle ne peut s'empêcher de bavarder – vous savez comme sont les femmes. (Petit rire gras.) Sur le pas de la porte, elle répète ce que vous lui dites, même si elle n'y comprend rien. Les commères de la ruelle rapportent vos propos, en les déformant. Tant et si bien qu'on nous dit qu'un imam inconnu prêche des choses étranges rue du Mouflon.

132

— Que voulez-vous que j'y fasse ?

Basri se rembrunit. Depuis que ce pays s'était démocratisé, peu ou prou, vers la fin du millénaire, on ne respectait plus la police. Il fut un temps où demander avec insolence « que voulez-vous que j'y fasse ? » à un représentant de la Loi conduisait directement à la geôle la plus proche, à la roue, au pal...

— Eh bien, vous pourriez commencer par ne plus raconter n'importe quoi à votre Nanna.

— Comment ça, « n'importe quoi » ? Vous avez un point de vue sur la question ?

— J'ai un point de vue sur *toutes* les questions.

Basri commençait à s'énerver.

— Et mon point de vue, le voici : les questions, on se les pose dans sa tête, à la limite entre amis dans un lieu clos, un endroit privé, mais pas sur la place publique.

— Pourquoi ?

— Parce que, mon cher monsieur, sur la place publique, il n'y a pas de question. Il y a des édifices, des rues, des arbres, des poteaux électriques, des panneaux de signalisation ; il n'y a pas de question, on n'y trouve aucune raison de douter. Vous avez déjà vu un panneau de signalisation indiquer une *probabilité* ? « Allez tout droit, *il se pourrait que* vous finissiez par arriver à Marrakech » ? Hein, vous avez déjà vu un tel panneau ? Non, n'est-ce pas ? (Basri triomphait.) Pourquoi ? Parce que dans l'espace public, il n'y a que des certitudes. La totalité des certitudes, c'est la connaissance du monde. Et qui donne cette connaissance ? L'État ! Le Makhzen ! (Que je représente.) Le monde est *ce qu'il est*. Donc l'État, c'est le monde. Pourquoi ? Parce que l'État rend le monde clair. Ce qui se dit, dans les têtes, est trouble, confus : heureusement, l'État est là, pour y mettre bon ordre. Posez-vous des questions, monsieur l'ingénieur, si vous ne pouvez pas vous en empêcher; mais posez-les dans votre tête. Si elles en sortent, c'est la *fitna*, la discorde; vous n'êtes pas venu de Casablanca pour foutre la fitna à Azemmour?

Adam ne disait rien. Les yeux écarquillés, il admirait ce cas extraordinaire où la logique la plus rigoureuse se mêlait à une apologie délirante de l'État, le tout saupoudré d'un peu d'islam. Comment cela était-il possible? Une seule explication : à l'École de police, le Basri avait mélangé ses notes de cours – logique, droit constitutionnel, pensée islamique. Peut-être les polycopiés étaient-ils tombés du haut d'un escalier et en avait-il ramassé les feuilles au hasard? Il avait tout appris par cœur, dans le désordre, avait passé l'examen de sortie tant bien que mal et cet amalgame insolite lui servait maintenant de profession de foi.

Basri porta deux doigts à son képi imaginaire, grommela un «bonne journée!» étique et tourna les talons. Adam le retint un instant :

— Vous êtes venu ici m'interroger, dans un domicile privé... Avez-vous un mandat... je ne sais pas exactement comment on appelle cela? Un mandat de perquisition?

Basri se retourna à moitié, abaissa le regard sur Adam et émit une sorte de ricanement plein de mépris.

— Un mandat de perquisition? On n'est pas en Suède, ici. Et d'ailleurs, je n'ai rien «perquisitionné». Je me suis contenté d'avoir une discussion avec vous.

— Mais n'y a-t-il pas eu violation de domicile?

— Pas du tout. Votre tante m'a aimablement fait entrer chez elle. Entre parenthèses, sachez que lorsqu'un citoyen introduit lui-même un policier chez lui, il ne peut plus s'opposer à une perquisition. J'aurais pu légalement fouiller partout. Mais je *sais* que vous ne dissimulez rien ici.

— La Constitution...

— Je la connais mieux que vous. Je la connais comme si je l'avais faite. Vous cherchez la petite bête mais vous ne la trouverez pas.

Il s'en fut. On entendit la petite fille pépier quelque chose de derrière l'arganier, la porte de l'entrée claqua et le silence revint.

Adam s'allongea sur le dos et ferma les yeux.

Un jour, à trente mille pieds d'altitude, dans un avion de la Lufthansa, on décide de *ralentir*; on perd son emploi, son appartement, sa femme; d'accord (c'est peut-être dans l'ordre des choses); mais quelques semaines plus tard, l'État lui-même se sent menacé? L'État? Le Makhzen? C'était curieux.

Il n'était pas au bout de ses surprises.

18

Oublier Voltaire

Pendant un mois, Adam ne sortit qu'à de rares occasions de sa chambre.

Le silence y était absolu. Les jours s'écoulaient, sans incident notable, à peine effleurés par les entrées furtives de Nanna ou de la petite fille, qui lui apportaient ses repas. Seule l'intrusion de Basri avait dérangé, pour quelques heures, l'ordonnancement de cette retraite à première vue paisible mais qui ne l'était pas. En effet, si le plus souvent il restait au lit, étendu sur le dos, parfois couvert d'un drap léger, il ne pouvait, pour autant, ni réfléchir ni méditer ; il se contentait, bien obligé, de regarder défiler l'ahurissant flot de mots, de phrases, d'idées qui traversait, impétueux, son cerveau, comme on contemple de loin, fasciné, le cœur battant, un fleuve en crue qui s'élance entre d'antiques parapets, luisants, moussus, à moitié submergés.

Certaines phrases revenaient en boucle, en tourbillons, sans qu'il pût comprendre pourquoi celles-là, en particulier, l'obsédaient.

Les familles heureuses se ressemblent toutes ; les familles malheureuses le sont chacune à sa façon. Et alors, pendant quelques instants, il voyait le visage de son père disparu, de sa mère, de ses frères et sœurs. Sommes-nous (étions-nous) une famille heureuse? Malheureuse?

Pas le temps de délibérer, la vague suivante arrivait, imprévue, péremptoire : *Bien des années plus tard, face au peloton d'exécution, le colonel Aureliano Buendia devait se rappeler ce lointain après-midi au cours duquel son père l'emmena faire connaissance avec la glace.* Mon père m'a-t-il jamais emmené faire connaissance avec la glace? Dans l'Atlas? Non, trop occupé à gagner sa vie pour nourrir ses enfants...

Pas le temps de creuser, déferlait alors l'oppressant *Aujourd'hui, maman est morte. Ou peut-être hier, je ne sais pas*, comme les quatre coups de la Cinquième... *comme quatre coups brefs que je frappais sur la porte du malheur...* Il ne connaissait que trop ce collier de phrases, qui l'enserrait aux moments les plus imprévus.

La crue se calme, pour quelques secondes, c'est maintenant une voix de femme qui susurre : *J'ai possédé une ferme en Afrique au pied du Ngong*. Le mot «Ngong» *résonnait*... Quelque part en Afrique... *Je hais les voyages et les explorateurs...* Ah, c'est maintenant le Matto Grosso, l'Amazonie...

Et alors, l'étrange crue reprenait, et c'était le glaçant : *Un matin, au sortir d'un rêve agité, Grégoire Samsa s'éveilla transformé dans son lit en une véritable vermine.* À propos, lui, Adam, n'était-il pas couché sur le dos? (Suis-je devenu un gros cafard? Il tendait avec inquiétude le bras devant lui et regardait sa main, ce qui amenait inévitablement la phrase suivante : *L'œil était dans la tombe et regardait Caïn.*) La tombe ? Un tombereau de mots... Il laissait retomber sa main.

Que se passe-t-il ? Est-ce que je deviens fou ? *Les curieux événements qui font le sujet de cette chronique*... Qu'avait dit le docteur Bennani ? «Décompensation» ? Ou «bouffée délirante» ?

Mais je sais bien ce qui se passe.

Ça dégorge...

Toutes ces phrases sont des incipit.

Incipit : «il commence». Qu'est-ce qui commence ? Eh bien, l'autre monde. *Incipit*... Une incision dans le tissu des journées interminables de mon enfance, tressées d'ennui, bercées de quelques tintements, de bruits divers, étouffés, qui s'insinuent à travers les murs, de l'invocation du muezzin, du martèlement du dinandier qui travaille sa feuille de cuivre, courbé dessus, éternellement...

Une incision, et ce sont toutes les merveilles du monde qui me sont offertes...

L'autre monde, l'Occidental, celui où l'on s'appelle Anna, Aureliano, Meursault, Karen, Franz, Emma, où l'on vit des aventures, où la vie *vaut la peine d'être vécue*, même quand le terme en est la mort, les *poignées d'arsenic*, les roues du train dans la petite gare de Lassenki, la guillotine *et qu'il y ait beaucoup de spectateurs le jour de mon exécution et qu'ils m'accueillent avec des cris de haine*...

Ce n'est pas la première fois. Ce qui est nouveau, c'est qu'ils arrivent en torrent, mais ils m'ont toujours accompagné, ces coups de canif – mon monde est fait d'incipits. Mais pourquoi cette révolte, pourquoi fondent-ils sur moi, pourquoi se font-ils déluge ?

(Adam esquissa un rictus. J'ai découvert une nouvelle pathologie : *l'incipitite. Ou incipitopathie*? Il faudra l'inscrire au *DSM*. Suis-je le seul à en être atteint? «Je souffre d'incipitopathie.»; «La phobie des claquettes?»; «Ça fait mal?»)

*

Il arrivait aussi que le fleuve se calmât pendant quelques heures, les *gouffres cataractants* laissant place aux *bonaces*, et alors il pouvait enfin faire le point, calmement. Je suis maintenant là où je voulais être. La vraie vie est ici. Mais encore?

Eh bien, ce serait une vie simple... *la vie est là / Simple et tranquille...* Chaque matin ressemblerait au précédent, à celui qui viendrait, à tous les matins du monde. On se nourrit peu, mais sainement, de légumes cueillis au potager, de fruits pris sur l'arbre, de lait, de dattes. On ne craint pas de rester immobile, des heures durant. On consume ses heures en d'austères études, comme le hadj Maati...

À propos, il faut je me procure quelques livres, cela fait une éternité que je n'ai pas lu une ligne. («Mais elles sont des milliers à danser dans ta tête!» «Justement : il faut combattre le feu par le feu. *En lisant, en écrivant*, j'échapperai à cette *tempête sous un crâne.*»)

Nanna, questionnée, ne comprit rien d'abord; puis le mot *k'toub* répété plusieurs fois, ayant enfin percolé dans son entendement, elle s'en forma une idée nette; on lui réclamait des livres, objets mystérieux, peut-être maléfiques; elle se leva, au prix de mille soupirs, et alla montrer à Adam un grand coffre de bois ancien, recouvert d'un vieux drap mité, qui végétait dans un coin de la chambre bleue.

Il fit coulisser deux longues tiges à moitié rouillées qui ne sortirent de leur gâche, en grinçant, qu'après plusieurs tentatives. Heureusement, personne n'avait songé à fixer des cadenas sur l'ensemble, comme si l'idée qu'on pût dérober des livres était inconcevable.

Il souleva avec précaution le couvercle du coffre. Allait-il en sortir un génie enturbanné, les bras croisés, prêt à exaucer ses vœux ? Une odeur de moisi s'en exhala. Nanna s'en alla, écœurée, peut-être effrayée, la petite fille dans ses jupes.

Il y avait là, effectivement, plusieurs dizaines de livres, empilés en désordre : de gros volumes reposaient sur des tomes plus petits, et, entre deux piles, de fins opuscules, des brochures, des pamphlets peut-être, étaient fichés verticalement. Ils avaient sans doute appartenu à son grand-père !

Le cœur battant, il en prit quelques-uns et les emporta avec précaution dans sa chambre, craignant qu'ils ne s'effritent sous ses doigts comme ces fragiles manuscrits de Tombouctou, craquelés, jaunis, mangés par le sable et la sécheresse, et qui retournent à la poussière, au fil des ans, comme si ainsi s'accomplissait une malédiction.

Tous ces livres étaient en arabe. Il les examina soigneusement puis en choisit un : *Hayy Ibn Yaqzân*, d'Ibn Tofayl. Il se mit à déchiffrer les phrases, lentement, avec le sentiment exaltant de mettre enfin en exécution la dernière partie du plan qui s'était formé peu à peu dans sa tête. Oui, c'était bien cela. Depuis l'épiphanie, au-dessus de la mer d'Andaman, il s'en était fait une image de plus en plus précise.

C'était tout simplement inouï, ce qu'il allait faire.

Il allait, comment dire ?... se détricoter. Vider sa tête... ou, plutôt, soigner sa tête, atteinte d'incipitopathie ; plus généralement, de phrasopathie ; d'allophrasopathie ; en extirper la grille de mots, la grille *qui l'obligeait à dire* ; par la même occasion, pratiquer l'ablation de cette manie du progrès, de la vitesse, qui faisait trouver tout à fait normal que le corps chétif d'un *Homo sapiens* se trouvât régulièrement à une altitude de trente mille pieds, propulsé à une vitesse supersonique (en somme, on allait plus vite que sa propre parole, que l'expression de sa pensée)...

... et pour ce faire, pour effectuer ce grand détricotage, il fallait emplir sa tête d'autre chose, d'une autre grille de mots, plus humaine, plus naturelle... plus lente ?... et ce serait précisément celle qui accompagna toute sa vie le hadj Maati, son grand-père, et Si Abdeljebbar, son propre père.

De surcroît, il l'avait compris au supermarché, *cette grille-là*, celle de ses ancêtres, ne formerait pas un monde factice, un monde de représentations.

Pour commencer, il lui fallait se plonger dans *leur* langue, lire *leurs* livres, avoir *leurs* références.

Il posa à terre *Hayy Ibn Yaqzân* et ferma les yeux. Il connaissait l'ouvrage, lu en traduction française autrefois ; il savait donc où Ibn Tofayl voulait en venir (ou plutôt, il croyait le savoir, car la relecture allait lui révéler des choses époustouflantes, qu'il n'avait pas vues alors). L'union avec l'Un... Adam, sans rouvrir les yeux, se rendit compte qu'il n'était qu'au début d'un long chemin. La *tarîqa*... *La voie étroite*... Le soufisme.

Adam s'en était toujours méfié, à cause de son éducation laïque où la raison était reine. Il imaginait bien ce qu'un Voltaire zemmouri aurait écrit, dans son *Dictionnaire philosophique*, sur les soufis. L'ironie de l'Arouet n'aurait épargné personne. Il aurait fait semblant de s'étonner : «C'est étrange... Ces gens cherchent l'union avec Dieu, avec l'absolu, l'infini, et ils commencent pas embrasser les mains d'un simple mortel ventripotent qu'ils appellent "maître"? Celui-ci prétend détenir des secrets inouïs mais ne peut soigner une fluxion de poitrine? Ils s'ensevelissent dans le silence (ce dont on leur sait gré), mais en sortent à heure fixe pour pratiquer d'étranges danses où l'on crie "hou!"...», etc.

Adam se rendit compte, non sans tristesse, que «se détricoter» signifiait aussi cela : dire adieu à Voltaire; ou s'en trouver un qui se prénommerait Ali. Vaste programme.

(Il fallait aussi cesser de crier «vaste programme!» à tout bout de champ, allusion plaisante aux deux mots que le général de Gaulle aurait un jour prononcés, en déchiffrant sur un mur ce graffiti péremptoire : *Mort aux cons!* Très amusant; mais qu'ai-je avoir avec de Gaulle? («On n'arrête pas Voltaire», disait-il, par ailleurs. Si, si. Et on vous expulse tous les deux de ma tête, comme deux étrangers au monde que je veux reconstruire.))

Oublier Voltaire. Vast...

19

Le philosophe autodidacte

Adam se plongea avec passion dans les livres qu'il avait trouvés dans le coffre.

Après plusieurs allers-retours entre la chambre bleue et sa chambre, il avait fini par les avoir tous devant lui, à même le sol, et il passait de l'un à l'autre au gré de ses humeurs. Au cours d'une de ses rares sorties dans la ville, il avait déniché chez un bouquiniste quelques dictionnaires d'arabe et cela lui facilitait grandement la lecture. L'entreprise de détricotage avançait... Il avait trouvé dans *Hayy Ibn Yaqzân* des choses étonnantes qui lui avaient échappé lors de sa première lecture, des années auparavant.

« Il décida de lui ouvrir la poitrine afin de voir ce qui s'y trouvait. Avec des éclats de pierre et des lamelles de roseau, il fit une incision entre les côtes, trancha la chair et finit par arriver à l'enveloppe du poumon... »

Adam se souvint de son professeur de sciences naturelles au lycée Lyautey de Casablanca, un matin d'automne, lors d'un cours sur la dissection. C'était il y a bien longtemps, mais la scène s'était gravée dans son cerveau. Il reposa le livre pour la revivre.

143

M. Castellani, en blouse blanche, tantôt sérieux, tantôt goguenard, allait et venait sur l'estrade.

— Le corps humain était sacré dans toutes les civilisations, pour toutes les religions. La dissection était donc prohibée. Le droit romain, par exemple, l'interdisait formellement. Le grand Galien et ses confrères autopsiaient le macaque berbère... si, si !... *Macaca sylvanus... hé, hé... Ma-ca-ca sylvanus...*

M. Castellani ajouta, en se pourléchant les babines («Je vais en choquer quelques-uns !») :

— ... car son anatomie est *grosso modo* la même que celle de l'homme.

Il s'approchait du premier rang, plongeait son regard dans celui d'un jeune Rachid ou d'une Layla adolescente :

— Car nous sommes les cousins des singes, sachez-le bien !

Il reprenait ses déambulations apodictiques sur l'estrade.

— Donc, partout les prêtres, et ce qui passe pour prêtre dans d'autres contrées... hum !... suivez mon regard... je me comprends... les prêtres emmitouflés, enturbannés..., phylactères..., barbe à poux..., lèvent le bras : holà ! Pas touche ! Sacré, le corps humain !... *haram !*... même refroidi pour l'éternité !... même frigorifié !... glacé !... zéro Kelvin ! Ces niaiseries nous ont coûté mille ans. Ce n'est qu'en en sortant... littéralement : en sortant du temple, car, vous ne l'ignorez pas, jeunes gens, «profane» vient de *pro fanum* qui signifie : «devant le temple, en dehors»... la science profane sort du temple, de l'église, de la synagogue, de la mos... (Il se mordit les lèvres en roulant comiquement les yeux, pour ne pas aller jusqu'au bout du mot.) Je n'ai rien dit !...

N'ameutez pas la garde!... la *harka* du sultan!... Donc, la science devient profane, elle dit «miel!» aux prêtres pour pouvoir, enfin, avancer, la science!, en ouvrant, *shlaaac!*... (il fit un grand geste d'assassin de mélodrame portant un coup de couteau, de bas en haut, à un adversaire invisible)... des cadavres! *Ouououhhh*...

Il imitait (très mal) l'ululement du fantôme. Les cancres du dernier rang lui rendirent obligeamment son *ouououou*. On salua de part et d'autre, Castellani et les cancres avaient leur *modus vivendi*. Il continua :

— Il a fallu attendre le XIIIe siècle pour que la dissection fût pratiquée au grand jour, en Europe, pour toutes sortes de raisons : il fallait combattre les épidémies, donc les comprendre, ou, plutôt, *essayer* de les comprendre (on n'avait pas les moyens techniques d'observer les bacilles et autres petites bestioles); il y avait aussi des affaires juridiques qui exigeaient l'ouverture du corps de la duchesse pour voir s'il n'y avait pas eu empoisonnement, etc. Mais ce n'est qu'au XVIe siècle, avec Vésale, en Suisse – soit dit en passant, un Belge qui fait des découvertes fondamentales en Suisse, voilà qui devrait nous rendre modestes, nous aut' Français... Il a sa statue, quelque part, à Bruxelles... place des Barricades, je crois...

Les cancres, au fond, se mirent à hurler, en imitant sa voix :

— M'sieur, concentrez-vous !

Castellani sourit, bonhomme.

— Donc, Vésale, la dissection obtient enfin droit de cité. L'ami Vésale, André de son petit nom, fut le premier véritable anatomiste, notez-le dans vos tablettes. Honneur aux pionniers ! Vésale découvrit ainsi deux cents erreurs de Galien, dont l'inexistence chez l'homme du fameux *rete mirabile*...

Complainte générale :

— Ça s'écrit comment, m'sieur ?

Castellani traça au tableau les deux mots, avec une délectation évidente.

— ... qu'on ne trouve en réalité que chez l'animal. Nous ne sommes pas tout à fait des macaques berbères, n'est-ce pas, monsieur Aït-Allouch ? (Aït-Allouch, au premier rang, acquiesça, à tout hasard.) Vésale corrigeant Galien, voilà qui montre à quel point rien ne vaut l'observation, l'expérience, la science empirique, quoi. Mais avant, il avait fallu se débarrasser des obstacles érigés par les religions. *Toutes* les religions. Pigé ?

Nouveau coup d'œil à Rachid (ou Layla), qui notait sagement ce que son professeur, appointé par la *Mission universitaire et culturelle française*, leur apprenait.

Adam se rendait compte maintenant qu'il y avait quand même quelques omissions béantes dans le savoir de M. Castellani. Avait-il lu *Hayy Ibn Yaqzân* ?

Avec près de trente ans de retard, il leva le doigt et interrompit le professeur :

— Mais, monsieur... (Il brandit le livre et l'agita énergiquement.) Voici un roman philosophique écrit au XIIᵉ siècle, en arabe, et dans lequel l'auteur met la dissection à la base de toute connaissance... L'observation, les expériences, la science empirique... tout cela se trouvait préconisé, glorifié, dans le petit livre d'Ibn Tofayl, plusieurs siècles avant *votre* Vésale belgo-suisse. Et Ibn Tofayl n'était pas n'importe qui : *vizir* et médecin personnel d'Abu Yaqub Yusuf, le maître de Marrakech et de Séville, le calife érudit...

C'est alors que Hayy comprend qu'il y a deux sortes d'hommes : «... la plupart d'entre eux sont au rang des animaux dépourvus de raison.» Pour ceux-là, «toute sagesse, toute direction et toute assistance réside dans les paroles des prophètes et dans la Loi religieuse. Rien d'autre n'est possible.» Il s'en retourne dans son île, pour n'en plus jamais sortir.

Moralité : il y a l'élite et il y a la masse. Celle-ci a besoin d'une religion révélée, d'un Livre sacré, d'une table des lois. «Ils étaient pourtant désireux du vrai mais du fait de leur *naturel infirme*, ils ne poursuivaient pas le vrai par la voie idoine. Au lieu d'ouvrir la bonne porte, ils cherchaient la voie de l'Autorité.»

De quel côté me trouvé-je ? Dans quel camp ? Certainement pas dans celui qu'Ibn Tofayl décrit ainsi : «Contents de ce qu'ils ont, ils prennent leurs passions pour Dieu, leurs désirs pour objets de culte.»

Adam lit, le cœur battant.

Au-delà de la signification (révolutionnaire) de ce qu'il lit, il y a les formules, dont certaines sont de petits diamants. «Ils se tuent à recueillir les brindilles de ce bas-monde, absorbés par le soin de les amasser jusqu'au bord de la tombe.» Pascal ? Non, Ibn Tofayl, quatre siècles avant.

Continuons. L'élite peut se passer de tout cela. Elle se contente de la religion naturelle, celle de la raison.

Adam repose le livre, ouvre son calepin, le feuillette jusqu'à trouver la définition copiée jadis d'un vieil opuscule : «La religion naturelle, c'est celle dans laquelle je dois d'abord *savoir* que quelque chose est un devoir avant de le reconnaître comme un commandement divin.» (C'est le philosophe de Königsberg qui parle. Emmanuel Kant... Son diplôme de doctorat, décroché en 1755, porte en première ligne ces mots en arabe (!) : *La ilâha illa 'llah*, Il n'y a de dieu que Dieu. L'université allemande reconnaissait l'éminence de la science et de la pensée arabe. (Il fut un temps où l'on nous prenait au sérieux.))

Dans le grand détricotage, je peux retrouver la terre ferme, celle de l'intellect, de la pondération, de l'intelligence ; et peut-être y rencontrerai-je mon digne grand-père et mon père : la présence de *Hayy Ibn Yaqzân* dans cette malle l'atteste. En oubliant Voltaire, je ne me condamne pas à devenir sot, ni fanatique.

Je lirai Ibn Tofayl, Ibn Rochd, Al-Ma'arri, Al-Jâhiz...

Il était dans un état d'exaltation qu'il n'avait pas connu depuis longtemps. Il posa le livre qu'il tenait à la main et sortit faire un tour sur les remparts.

L'océan s'étendait au loin, figurant le *bahr al-'ouloum*, l'océan des sciences, dans lequel il entrait maintenant avec volupté.

Adam regarda le majestueux spectacle du soleil couchant, dont la couleur orange, presque rougeâtre, formait un contraste violent avec le bleu sombre de la mer, au loin, à l'horizon.

Au moment où il s'apprêtait à disparaître, le disque lumineux sembla s'immobiliser quelques instants. Adam savait (lointain souvenir du cours de physique) que le soleil n'était plus là ; en fait, il était vraiment passé de l'autre côté. Pourtant, la courbure des rayons lumineux, causée par la masse de la Terre, imposait l'illusion de sa présence.

En somme, se dit Adam, il est là sans être là ; comme moi.

Mais moi, je vais ici *advenir*. Adhérer.

Rester.

20

Averoìs, che 'l gran comento feo...

Le lendemain, il s'attaqua au *Traité décisif* d'Ibn Rochd.

L'opuscule à couverture grise maculée de taches, aux feuilles jaunes et minces, ne payait pas de mine. Mais quel trésor! On entrait dans le vif du sujet, sans s'embarrasser de prolégomènes.

«Le propos de ce discours est de déterminer si l'étude de la philosophie et des sciences est permise par la Loi révélée, ou bien interdite...»

La réponse fuse : il est *obligatoire* d'étudier la philosophie, de mener des investigations scientifiques, d'utiliser la raison pour comprendre le monde...

Peut-on utiliser les écrits des Anciens? Bien sûr! Les Grecs antiques n'ont-ils pas fourni la base : la logique, l'*organon*, l'art de penser? Il faut leur en être éternellement reconnaissants, écrit Ibn Rochd...

Adam reposa le livre, et se mit à rêvasser... Qu'avait dit ce jour-là Mme Gobert pendant le cours de philosophie, au lycée? Ah oui, certains penseurs catholiques, n'osant vouer aux enfers les Grecs illustres mais ne pouvant, pour autant, les envoyer au paradis, les plaçaient dans une sorte d'entre-deux éternel : les limbes.

Jamais la belle Mme Gobert n'avait prononcé le nom d'Ibn Rochd, mais Adam avait lu, bien plus tard, que Dante sauvait également Ibn Rochd, qu'il nommait «Averoïs», en l'abritant dans les limbes de son «Enfer»... *Tutti lo miran, tutti onor li fanno (...) Averoïs, che 'l gran comento feo...*

... et ce même Ibn Rochd, dans le *Traité décisif*, parlait avec admiration, avec affection même des Grecs «antiques», selon ses termes.

On comprend alors que le *qadi* de Cordoue ne pouvait vouer à la Géhenne ces hommes qui n'avaient pas connu l'islam. (Peut-être rêvait-il de les rencontrer au paradis des philosophes?) La boucle est bouclée. Aristocratie de la pensée, loin, très loin, de la médiocrité des pseudo-imams de quartier, qui disposent des clés de l'Enfer et en font un usage libéral.

Il reprit sa lecture, avec le sentiment exaltant qu'il prenait son envol en direction d'un monde meilleur – ou de ce monde même, mais bien mieux exprimé.

Donc, il est *obligatoire* d'étudier la philosophie et la science... Mais s'il y a contradiction entre elle et la Révélation?

Dans ce cas, répond Ibn Rochd, il faut *interpréter* le texte. Il faut accepter les résultats de l'investigation scientifique et de la réflexion rationnelle, et relire le texte, revenir aux significations premières des mots, en faire une lecture métaphorique. Il faut forcer le texte sacré à coïncider avec le réel tel que le dévoile la science.

C'est la science qui prime.

Adam jubile.

L'après-midi passa comme en rêve. C'est à peine si Adam toucha au plat de lentilles et au pain que Nanna vint déposer sur la petite table.

Passant d'un livre à l'autre, il lut toute la nuit et s'endormit à l'aube.

Le lendemain, assis sur une chaise, près du puits, Adam reprit le *Traité* et y lut la théorie des trois natures de l'homme : «Il y a une hiérarchie des natures humaines : certains hommes n'admettent rien que par l'effet de la démonstration; d'autres sont convaincus par des arguments dialectiques [...]; d'autres enfin sont séduits par la rhétorique [...].»

Tiens! Que disait Ibn Tofayl? «La plupart d'entre eux sont au rang des animaux dépourvus de raison.»

Il entendit au loin l'appel du muezzin.

Voilà l'origine de notre médiocrité, se dit-il, il n'y a plus ici que ceux qu'on mène par la rhétorique (par la vocifération, l'incantation (par le bout du nez)). Ils ont disparu, les hommes de la démonstration, solides et mesurés, amis des seules vérités qui vaillent. *Que nul n'entre ici s'il n'est géomètre...*

Plus tard, il déchiffra quelques pages de Ghazâli mais s'en détourna bien vite, comme d'instinct. Une autre brochure le confirma dans son attitude.

«Comme Ibn Rochd, Ghazâli reconnaît l'appel à la connaissance inscrit dans le Coran. Mais, là où le Cordouan l'entend comme un appel à la connaissance *philosophique*, Ghazâli y voit la connaissance de la présence de Dieu dans le cœur, et cherche à montrer que seule cette connaissance-là est solide.»

Tiens! Il connaissait cette querelle. Il réfléchit quelques instants. Ah, oui... de nouveau, Mme Gobert et le cours de philosophie, au lycée... Les querelles entre disciples de Descartes, «qui privilégient la connaissance rationnelle» et les disciples de Pascal, «qui affirment la prééminence du cœur». *Le cœur a ses raisons que la raison ne connaît pas...*

— Un cœur inconséquent, avait ajouté, sarcastique, Mme Gobert (vive l'enseignement laïc, laissons Pascal aux bigots...).

Descartes contre Pascal, Ibn Rochd contre Ghazâli. *Nil novi sub sole...*

... sauf que ce soleil-ci est bien le mien, celui de mon père, de mon grand-père, de mes aïeux... Je ne la perds pas, cette grande querelle, en oubliant Descartes et Pascal, après Voltaire... Elle s'exprime dans la langue du hadj Maati.

Posant le *Traité* avec précaution sur la margelle du puits, il sortit faire un tour.

Le soir tombait. *Ma journée est faite.*

Adam, comme grisé par ses lectures, avait envie de courir, de déclamer des poèmes, d'apostropher les passants. Il se retint et se força à regarder posément les gens qu'il croisait. C'était curieux, les femmes, dans les ruelles, semblaient presser le pas, comme si la nuit qui venait était pleine de dangers.

Il fut vite orphelin d'une ombre qui passait et s'effaça; puis d'une autre, engoncée dans un haïk; et d'une troisième. Femmes qui sont peut-être ma famille, mes semblables, ma sœur; mais, quand je les regarde, non plus des femmes mais des formes esquissées par Delacroix ou Matisse, tous deux solidement campés dans ma tête. Il secoua la tête, ne sachant s'il devait en rire ou en pleurer. Hors d'ici, intrus!... tous deux!... (après Voltaire, après De Gaulle)... que je ne puis chasser, étant *en étrange pays en mon pays*; et en moi-même.

Il rentra, perplexe, et reprit le Traité d'Ibn Rochd.

Je finirai bien par oublier Matisse et Delacroix. Ou, au moins, par les pousser hors du cadre, dans la marge; dans la pièce d'à côté, accrochés aux cimaises, pas à mes synapses; que je puisse voir mon monde *tel qu'il est*.

21

La baraka des Sijilmassi

Quelques membres de sa famille avaient voulu lui rendre visite. Ils prévenaient par téléphone chez l'épicier qui accourait faire la commission; mais Adam avait demandé à Nanna d'éconduire tout le monde. Elle n'avait qu'à dire qu'il avait besoin de repos.

Un jour, Nanna vint lui annoncer qu'un journaliste voulait lui parler. Un journaliste? C'était sans doute une erreur. Qu'avait-il fait de spécial? Quel exploit avait-il accompli? Il n'était rien, rien qu'un individu, à peine connu de sa famille et de ses collègues – et encore, il se faisait vague dans leur souvenir. En quoi pouvait-il intéresser un journaliste?

Il demanda à Nanna de l'envoyer paître – et, par la même occasion, il lui demanda d'envoyer brouter quiconque se présenterait à la porte. («paître», «brouter», ce furent exactement les mots qui lui virent à l'esprit quand il essaya de faire comprendre à Nanna ce qu'il voulait. Bien sûr, il employa d'autres mots, en arabe dialectal, mais «paître» et «brouter» le rendirent triste, car leur connotation paisiblement pastorale ne pouvait lui dissimuler leur origine : la lettre de Voltaire à Rousseau («venez boire du lait de nos vaches et brouter nos herbes»).

Décidément, il était difficile d'oublier Voltaire (il était *coriace*, le *bougre*).)

Quoi qu'il en soit, le message était clair : Inutile de venir lui poser la question si quelqu'un venait le voir, à l'improviste. Désormais, c'était non. Nanna, malgré son grand âge, avait mué en une sorte de Cerbère.

Il avait fini par apprivoiser la petite fille – ou plutôt, elle s'était apprivoisée d'elle-même. Elle avait pris l'habitude d'entrer silencieusement dans la chambre, de s'asseoir dans un coin, ses bras serrant ses genoux relevés, la tête inclinée sur le côté ; et elle ne bougeait plus. Au début, il finissait par se retourner et lui jetait un coup d'œil interrogateur. Elle ne disait rien. Il haussait les épaules et se remettait à l'ouvrage, et elle, comme prisonnière de ses bras minuscules, ramassée dans son coin, le regardait lire.

L'énigme celée au fond de ses yeux, s'il y en avait une, lui restait incompréhensible. Parfois, le matin, il la découvrait endormie à ses pieds. Il ne l'entendait jamais entrer dans la chambre, ni en sortir. Un vrai chaton.

Il finit par demander à Nanna qui était cette petite fille. Elle s'appelait Khadija, mais on l'appelait Khaddouj ou Khouidija. (Trois noms pour une puce, se dit Adam, il nous faudrait l'État pour éclaircir ce mystère ; il y en a qui n'ont qu'un prénom (Alexandre, Napoléon...) et qui conquièrent le monde.)

Nanna poussa un gros soupir et essuya une larme en racontant la suite ; les parents de Khadija, qui avaient habité dans la ruelle, étaient morts dans un accident de la route. Ses frères et sœurs avaient été dispersés chez leurs tantes et leurs oncles. Nanna avait tenu à prendre Khadija chez elle. Elle la connaissait déjà ; toute petite, Khadija avait l'habitude de faire de menues commissions pour la vieille femme qui la récompensait en bonbons ou en caroubes.

Adam fut profondément affecté par cette histoire. *On voudrait croire en des dieux, pour les insulter.* Mais pourquoi la petite fille n'allait-elle pas à l'école ? N'était-ce pas obligatoire ? L'aïeule leva les bras en signe d'impuissance.

Il comprit alors pourquoi l'enfant pouvait le regarder lire pendant des heures. C'était pour elle une opération mystérieuse, incompréhensible, un miracle.

— Pourquoi tu parles au livre ? lui avait-elle un jour demandé, dans un chuchotement, alors qu'il répétait à voix basse, pour la retenir, une phrase d'Ibn Rochd.

*

Parfois, il entendait des pas dans le patio, des pas lourds qui n'étaient ni ceux de Nanna ni ceux de la gamine (on les entendait à peine, ceux-là, et seulement si elle portait des sandales).

Un jour, il entrebâilla la porte et vit un inconnu, muni d'un seau et d'une corde, tirer de l'eau du puits. C'est du moins ce qu'il lui sembla. Puis il s'aperçut qu'en réalité les choses étaient plus compliquées : l'homme sortait du seau des petites bouteilles en plastique qu'il disposait ensuite, une à une, dans une sorte de glacière, à côté de la margelle. Étrange. Les bouteilles reposaient-elles au fond du puits, dans l'eau fraîche ?

À la première occasion, il attrapa la petite fille par le bras et lui posa la question.

— Qui est cet homme qui vient prendre de l'eau dans le puits ?

Elle avait répondu :

— C'est Bouazza ! C'est notre voisin !

Elle s'égosillait comme si elle parlait à un sourd. Adam posa sa main sur la bouche de l'enfant, approcha son visage de sa frimousse et lui dit :

— Parle lentement, sans crier. Tu en es bien capable, n'est-ce pas ?

Elle murmura :

— C'est Bouazza... C'est notre voisin... C'est le fils d'une sorcière... Il a les dents pourries... Sa femme s'appelle Didou...

— Et ce Bouazza, il n'a pas l'eau courante chez lui ? Je veux dire : il n'a pas de robinets ?

La gamine resta silencieuse, les yeux écarquillés. Adam posa autrement la question :

— Pourquoi vient-il prendre de l'eau, ici, dans *notre* puits ?

Khadija croisa les bras et regarda Adam avec l'air de le mépriser infiniment (il ne savait donc pas ?) :

— L'eau ? Quelle eau ? Il n'y a pas d'eau dans notre puits ! Tu ne sais même pas cela ? Pffffff... Il n'y en a plus depuis des années, c'est Nanna qui me l'a dit ! Il y a des démons dans le puits mais...

— Ne crie pas, petite peste. Explique-moi seulement une chose : s'il n'y a plus d'eau dans le puits, que fait exactement ce Bouazza avec le seau ? Il le fait descendre, non ? Puis il le remonte ? Pourquoi ?

La petite fille resta silencieuse, le front barré d'une minuscule ride, le regard vague. Elle réfléchissait.

— C'est peut-être le shaytan ? avança-t-elle.

— Il n'y a pas de shaytan. Ça n'existe pas. Mais toi, en revanche, tu es une petite diablesse, une *shaytaniyya*. Bon, raconte-moi un peu. Qu'est-ce qu'il fait dans la vie, ce Bouazza ?

— Je te l'ai dit. C'est le fils d'une sorcière. Il pue. Il a les dents pourries.

— Non, je veux dire : que fait-il pour gagner sa vie ? C'est quoi, son métier ?

— Il vend de l'eau.

Adam, interloqué, se demanda si la petite se moquait de lui. Elle le regardait candidement, se dandinant d'un pied sur l'autre, les bras croisés derrière le dos.

— Comment ça, « il vend de l'eau » ? C'est un *guerrab*, un porteur d'eau ? Il n'en a pourtant pas l'uniforme, les pompons, la petite clochette...

Elle éclata de rire. Puis :

— Non, ce n'est pas un guerrab. Il vend de l'eau dans de petites bouteilles.

— Dans de...

« Les mystères d'Azemmour. » Un certain Bouazza plonge chaque jour son seau dans un puits à sec, ce qui ne l'empêche nullement de faire concurrence à Evian. Parfait. *On nage en plein paradoxe.* (Métaphore tout à fait adaptée à la situation, pensa Adam). Bientôt, ce sera la pêche miraculeuse. « Sur ta parole, je jetterai le filet. L'ayant jeté, ils prirent une grande quantité de poissons, et leur filet se rompait.... »

— Des petites bouteilles ? Tu es sûre de ce que tu dis ?

(*La presse : Un Marocain a découvert une source miraculeuse, rue du Mouflon, à Azemmour. Ayant fait fortune, il rachète la tour Eiffel et épouse Mistinguett. Où s'arrêtera-t-il ?*)

— Bien sûr. Je l'ai vu les vendre, les petites bouteilles, vu de mes yeux.

Elle indiqua avec énergie où se trouvaient ses yeux, en les écarquillant et en agitant la tête dans tous les sens.

— Tu l'as vu ? Où ça ? Il a un magasin, un hanout ?

— Non. Il les vend là (un minuscule index désigna l'entrée du riad). Devant la porte.

Bon. On était définitivement entré dans une autre dimension du monde. Adam chassa la petite fille d'une tape sur les fesses, puis alla se recoucher sur le lit.

Tout de même, tout cela n'avait pas de sens.

Il voulut en avoir le cœur net. Il se releva, sortit sans faire de bruit de sa chambre, longea à pas de loup la chambre bleue, se glissa dans l'entrée et s'arrêta, l'oreille aux aguets. Au bout de quelques instants, il entendit quelques chuchotements. Ouvrant avec précaution la lourde porte, il jeta un coup d'œil dans la ruelle.

Le spectacle était étonnant.

Bouazza était assis sur un tabouret, en face de la porte, le dos contre le mur. À sa gauche, il y avait une petite table couverte de grimoires poussiéreux (des corans, peut-être ?). À sa droite, le seau, le fameux seau, voisinait avec une sorte de glacière dont l'un des flancs proclamait : *Drink Coca-Cola !* Bouazza avait l'air recueilli. Ses yeux étaient fermés et ses lèvres bougeaient de façon presque imperceptible, comme s'il récitait *in petto* un verset du Livre saint.

Un vieil homme arriva à pas lents, vêtu d'une djellaba grise, chaussé de babouches jaunes. Il se pencha en tremblotant sur Bouazza et lui embrassa le haut du crâne, en y imposant ses deux mains parcheminées.

Bouazza prit un air compassé et murmura quelques mots. Les deux hommes rivalisèrent de chuchotis, comme deux vieux chats cacochymes. Puis le plus âgé des deux prit quelque chose dans sa poche (un billet froissé?) et le fourra dans la main de l'autre, qui redoubla de recueillement en empochant le *flouss*. D'un geste de maquignon qui *veut conclure*, il plongea la main dans *Drink Coca-Cola!* et en sortit une petite bouteille de plastique dont on avait soigneusement détaché l'étiquette, de sorte qu'elle s'offrait nue, transparente, sans apprêt – comme une honnête gredine. Il la porta à ses lèvres – il l'embrassait, ma parole! – et la tendit à l'ancêtre qui la baisa aussi – décidément! – puis l'enfouit dans le capuchon de sa djellaba.

Les deux hommes se saluèrent gravement puis le vieux s'en alla à pas lents, lesté maintenant d'une bouteille repue de câlins et qui contenait quelques déci-litres d'eau.

Adam, bouche bée, continuait de regarder l'étrange Bouazza. Que diable... Il sentit contre sa cuisse gauche la petite tête de Khadija qui, à son habitude, s'était glissée là sans faire le moindre bruit. Elle aussi semblait fascinée par ce qui se passait au-dehors. Elle lui prit la main et s'y cramponna.

Au bout de quelques instants, une femme entra dans leur champ de vision. Elle était grande, formidable-ment grosse, et semblait avoir bouché la ruelle en s'y engouffrant (on y voyait moins clair, maintenant, la ruelle était plus que jamais «un boyau obscur»). Elle marchait en jetant son poids sur une jambe puis sur l'autre, de sorte qu'elle paraissait être en proie à un roulis d'enfer, s'inclinant sur tribord et sur bâbord – à la regarder, Adam eut presque le mal de mer.

Elle jeta l'ancre devant Bouazza qui leva les yeux, vaguement inquiet. Elle murmura quelques mots mais l'homme ne lui fit pas l'aumône d'une réponse. Il se contenta d'avancer la main en psalmodiant sourdement quelque chose. Le monstre marin plongea une nageoire à l'intérieur de sa djellaba, farfouilla dans son soutien-gorge, ce qui sembla sortir Bouazza de sa feinte torpeur; puis elle ramena à l'air libre une liasse de billets dont elle détacha quelques-uns qu'elle tendit au marchand d'eau, sur la terre ferme. Sur-le-champ, celui-ci plongea la main droite dans la glacière et en sortit une bouteille. Il lui donna le baiser réglementaire et la tendit à la grosse femme qui y apposa ses lèvres et l'engloutit dans son corsage. Elle bafouilla quelques mots, puis s'en fut, dégageant la ruelle et de nouveau en prise avec le roulis, comme une péninsule démarrée.

Adam ferma la porte d'entrée et rentra dans le patio, tenant par la main la petite Khadija. Il se pencha sur elle :

— Dis-moi, cela fait longtemps qu'il vend de l'eau dans la ruelle, ce Bouazza?

— Non, cela fait juste quelques jours.

Adam eut un mauvais pressentiment. Cette énigme avait peut-être quelque chose à voir avec lui? Après tout, il ne se passait jamais rien dans cette ruelle semblable à cent autres; le seul événement récent, c'était que lui, Adam, y avait élu domicile. D'autre part, Bouazza s'approvisionnait dans «son» puits (à sec, certes; on résoudrait plus tard ce mystère).

Il lâcha la main de la gamine et alla s'étendre sur le lit.

Le lendemain, lorsqu'il entendit le pas lourd de Bouazza, Adam alla de nouveau entrebâiller la porte et observa son manège. L'homme fit les mêmes gestes que la veille mais, cette fois-ci, Adam remarqua plusieurs détails insolites. Bouazza prenait quelques bouteilles remplies d'eau dans la glacière, les transposait dans le seau et descendait celui-ci dans le puits, avec mille précautions, puis il le remontait, et faisait l'opération inverse : il les remettait dans la glacière. C'était bien les mêmes bouteilles, elles n'avaient subi aucune altération. Quand il eut fait faire à chaque bouteille ce pèlerinage vertical, il prit le seau et la glacière et s'en alla.

Quelques instants plus tard, Adam constata, par l'entrebâillement de la porte d'entrée du riad, que Bouazza avait repris son poste, sur le tabouret, le dos appuyé contre le mur, en face de la maison.

Le premier client arriva.

Adam alla frapper à la porte de la pièce du fond, où vivait Nanna. Après quelques instants, celle-ci en sortit en clignant des yeux.

— Que veux-tu, mon fils ?

— Nanna, je voudrais te poser une question. Quel est cet homme qui vient chaque jour tremper (si l'on peut dire...) des bouteilles dans le puits ?

Elle resta là un instant, la bouche ouverte, puis elle répondit d'une voix chevrotante.

— Tu ne le connais pas ? C'est Bouazza, le fils de la voisine.

— Non, je n'ai pas l'honneur... Mais qu'est-ce qu'il fait, exactement ?

Nanna ouvrit derechef la bouche, démesurément ; elle semblait mâcher de l'air. Puis :

— Il puise de l'eau dans le puits.

— Mais il n'y a pas d'eau dans le puits ! Cela fait des années qu'il est à sec.

— Ah, mon fils, je n'y comprends rien. Tout cela me dépasse. Dieu est grand ! Mais Bouazza me paie chaque semaine l'eau qu'il tire du puits. Cinquante dirhams.

— Bien. Mais pourquoi vient-il ici puiser de l'eau (qui, par ailleurs, n'existe pas) ?

— C'est à cause de la *baraka* des Sijilmassi.

La...? Nanna avait refermé la porte de sa chambre, La petite fille, cachée derrière le bigaradier, ricanait, à tout hasard. Haussant les épaules, Adam retourna dans sa chambre.

Je suis venu chercher le silence, je ne cesse de parler. C'est quoi, cette histoire de baraka ?

22

Le *Makhzen* et l'entreprise

Vers la mi-mai, Adam reçut une nouvelle visite du surnommé Basri.

C'était un lundi. En fin d'après-midi, alors que montait en lui la tristesse du crépuscule, il entendit des pas fermes s'approcher de la chambre.

Il n'eut pas le temps de se lever. Le policier était déjà entré et le regardait, le sourcil froncé. Il porta deux doigts à sa tempe, puis il esquissa une sorte de sourire qui, mal négocié, partit en tête-à-queue, heurta quelques barrières de sécurité et se termina en grimace obscène.

— Eh bien, monsieur l'ingénieur, tout va bien ?

Adam se redressa.

— Si l'on veut. Que puis-je pour vous ?

— Oh, rien. Rien de spécial. Considérez qu'il s'agit d'une visite de... comment dit-on, dans les journaux ? Une visite de *courtoisie*. Comme quand le capitaine d'un navire qui fait escale à Casablanca va voir le gouverneur : ils prennent le thé ensemble, et le lendemain il y a une photo dans *Le Matin du Sahara*.

— Vous faites escale dans la ruelle ?

— Il y a une raison à ma visite. *(Nous y voilà.)*

J'ai fait mon rapport mais le commissaire (je suis comme tout le monde, j'ai un patron (et qui n'a pas de patron, a une patronne, ha, ha, ha...)), donc : j'ai fait mon rapport mais le commissaire Daoudi (vous le connaissez?), donc Daoudi n'est pas satisfait. Il lit mon rapport, il se tortille la moustache, il réfléchit, puis il dit : non! Macache bono! Quelque chose ne tourne pas rond. Il veut bien croire que vous ne faites pas de propagande religieuse dans cette ruelle mais il ne comprend pas non plus ce que vous êtes venu y faire. Ce n'est pas une simple visite familiale puisque cela fait quelques semaines que vous séjournez parmi nous. Et puis, franchement, il n'y a qu'une tante par alliance dans ce riad, vieille femme un peu sénile, ainsi qu'une petite orpheline : Daoudi ne saisit pas exactement l'intérêt de cet endroit pour un ingénieur qui est déjà à l'échelle 7 à l'Office des bitumes du Tadla. Expliquez-moi ce mystère et mon rapport sera complet.

— Vous retardez, monsieur l'inspecteur. Je ne suis plus «à l'échelle 7 à l'Office des bitumes du Tadla», j'ai donné ma démission. Présentement, je ne suis plus rien. Même pas au bas de l'échelle.

Basri sembla fortement contrarié. Il sortit un calepin et un petit crayon de la poche arrière de son pantalon, mouilla la pointe du crayon dans sa bouche et griffonna quelque chose. Adam continua :

— D'autre part, je ne comprends même pas la question. N'ai-je pas le droit de résider où bon me semble?

— Certes, certes. L'article 24 de la Constitution est clair sur ce point. Mais n'oubliez pas que vous avez fait l'objet d'un soupçon précis, il y a quelques jours. Du coup, vous êtes entré dans notre champ de vision et nous sommes obligés de tout savoir sur vous. Sinon, à quoi servirions-nous ?

— En effet, à quoi. Eh bien, pour rassurer le commissaire, vous pourrez lui dire ceci : je fais une pause dans ma vie. Pour faire le point. Je suis venu ici un peu par hasard, comme poussé par l'instinct... J'ai marché de Casablanca jusqu'ici.

L'inspecteur sursauta.

— Comment ça, « marché » ? Vous vous moquez de moi ? Personne ne marche de Casablanca jusqu'à Azemmour. C'est impossible ! Il y a des voitures, des cars, des taxis blancs, il y a même un train, nom de Dieu ! Ou bien, vous auriez pu faire du stop, comme ces maudits hippies.

— Il y a encore des hippies dans le coin ? Parce qu'il n'y en a plus, en Europe.

— En tout cas, il y a encore de jeunes Européens, hirsutes et sales, qui débarquent dans notre beau pays, en sac à dos. Attendez, pourquoi est-ce qu'on parle de cela ? Revenons à nos moutons : *comment* êtes-vous venu de Casablanca ?

— J'ai marché. Ça m'a pris plusieurs jours mais j'ai fini par arriver ici. Et depuis, comme je vous l'ai dit, je ne fais rien. Je me repose, je réfléchis. Je médite.

— Vous « méditez » ? Ça veut dire quoi ?

Adam hésita un instant, puis répondit :

— Ça se dit : *kan-t'ammel* en arabe. Rapportez-le à Daoudi, et qu'on n'en parle plus.

Basri le regarda d'un œil rond puis il éclata de rire, se tapa sur les cuisses (ce qui l'obligea d'abord à ranger son calepin dans la poche arrière de son pantalon et à caler le petit crayon entre ses dents, le tout rendant la manœuvre (le martyre des cuisses combiné à l'éclat de rire) moins spontanée qu'il ne l'eût voulu).

S'étant calmé, il siffla :

— Hey, hey... *kan-t'ammel... kan-t'ammel...* Mais ça, ça n'existe que dans les films égyptiens ! Ou peut-être dans les livres de Taha Hussein ! C'est du luxe ! «Je médite...» Vous vous prenez pour Adel Imam ? Nous, on ne fait pas ça ici. On n'a pas le temps. On n'est pas des philosophes.

— On n'est pas des bœufs non plus.

— Pardon ?

— On n'est pas des philosophes, on n'est pas des bœufs, on n'est pas en Suède, etc. C'est curieux, nous ne nous définissons que par des négations. Bon, écoutez-moi, j'ai répondu à votre question. Je ne peux pas vous en dire plus. Notez cela dans votre rapport et votre commissaire sera satisfait.

Une pause.

— Maintenant, permettez-moi de vous poser une question. (Basri fit un léger signe de la tête.) Vous enquêtez sur un type qui ne fait rien – moi – comment se fait-il que vous ne vous intéressiez pas à quelqu'un qui *fait quelque chose* ? Quelque chose de bizarre.

Basri fronça les sourcils, l'air soupçonneux.

— De quoi parlez-vous ?

— Sans vouloir jouer les délateurs, il y a un type qui vient ici chaque matin puiser de l'eau inexistante, ce qui ne l'empêche pas de la vendre ensuite dans la ruelle, en face de la porte de cette maison. Entre nous, ça m'étonnerait qu'il ait une patente ou une quelconque autorisation. Et le service municipal de l'hygiène, si tant est qu'il existe, ne doit pas le contrôler souvent. Alors ?

— Vous parlez sans doute de Bouazza ? lui demanda l'inspecteur sans s'émouvoir.

Adam était estomaqué.

— Ah, parce que vous le connaissez ? Vous pouvez peut-être m'expliquer à quoi rime son manège ?

— Vous l'avez parfaitement décrit, son manège.

— Décrit, oui ; compris, non.

L'inspecteur regarda autour de lui. Il cherchait quelque chose. Il sortit de la chambre bleue et revint quelques instants plus tard, portant une chaise, la petite fille trottinant derrière lui. Il posa la chaise dans un coin de la chambre, s'installa sans façons, sortit une cigarette d'un paquet froissé et l'alluma.

Adam protesta :

— J'aimerais autant que vous ne fumiez pas. Je suis sujet à des crises d'asthme.

— Vraiment ? s'étonna Basri.

Il sortit de nouveau le calepin de sa poche et écrivit quelques mots. Sans cesser pour autant de tirer sur sa cigarette, il se mit à discourir, en ponctuant ses phrases de petits nuages de fumée.

— Vous m'avez demandé de vous expliquer ce que fait Bouazza. C'est très simple, c'est un entrepreneur. Vous savez que notre beau pays manque d'entrepreneurs ? de gens qui prennent des initiatives, qui osent se lancer dans les affaires, la production, la plus-value... Bien sûr, nous avons les Soussis et les Fassis – heureusement ! –; mais les autres ? Pour ne prendre qu'un exemple, les gens du Gharb n'en fichent pas une, ils veulent tous être fonctionnaires ou rentiers. Ils préfèrent louer leurs terres plutôt que les cultiver eux-mêmes...

— Ôtez-moi d'un doute : vous n'êtes pas du Gharb ?

— Non. (Basri cracha par terre.) Donc, Bouazza est

un entrepreneur. Bravo! L'État doit l'encourager. C'est pourquoi je l'ai pris sous mon aile.

— Tout cela ne me dit pas exactement dans quelle branche de l'industrie ledit Bouazza déploie ses talents. J'ai bien constaté qu'il vendait de l'eau...

Basri l'interrompit, l'air offensé.

— Vendre? Quel mot fâcheux... Disons qu'il *dispense* de l'eau (Basri avait utilisé un mot d'arabe classique : *kay-wuzzaˁ l'ma*). Mieux, il l'offre. C'est un bienfaiteur.

— Ouais... J'ai vu, de mes yeux vu, que les gens le payaient. Drôle de bienfaiteur!

— Correction : ce sont des dons. Pour rebâtir la *zaouïa*.

Pendant toute cette discussion, Adam était resté assis sur le bord du lit, faisant face à l'inspecteur, la cigarette et la petite fille (qui s'était dissimulée derrière la chaise). Découragé, fatigué, il se jeta en arrière sur le matelas et ferma les yeux.

Il murmura :

— Écoutez, monsieur l'inspecteur, tout cela m'épuise. Ce que vous me racontez a l'air d'être une gigantesque énigme, ou un de ces dessins pour enfants qui sont inscrits en pointillés. Je suis censé relier tous les points pour avoir le fin mot de l'affaire mais, vraiment, je ne peux pas. Je suis venu ici pour me reposer, pas pour m'attaquer à des charades. Alors, soit vous me faites un exposé clair et bien construit, comme on a dû vous apprendre à en faire à l'École de police, soit vous repartez avec votre chaise, votre cigarette et vos énigmes et vous me laissez tranquille.

Basri serra les dents, son regard flamba de colère (sous Hassan II, j'aurais eu le droit de gifler cet insolent!) mais il se contint.

Après avoir allumé une deuxième cigarette, il se lança dans son « exposé ».

— Comme je vous l'ai dit, Bouazza est un entrepreneur... pardon, un bienfaiteur de l'humanité. Constatant que le dernier Sijilmassi était revenu vivre dans la maison ancestrale, il s'est souvenu bien à propos de leur baraka, la grâce à eux accordée par Dieu. Quiconque s'approche d'un membre mâle de cette noble lignée peut profiter de cette baraka. Le grand-père de Bouazza lui avait souvent répété que l'eau qu'on puisait chez les Sijilmassi était éclaboussée de baraka – encore faut-il qu'un authentique Sijilmassi habite dans les lieux ! Vous savez que Nanna n'est que la veuve de votre grand-oncle, c'est une pièce rapportée, en somme, elle ne fait pas l'affaire...

— Tandis que moi, je suis authentique ?

— Beaucoup de gens, ici à Azemmour, veulent en avoir, de cette eau, pour se protéger contre le shaytan. (La petite fille poussa un cri d'effroi.) N'écoutant que son grand cœur, Bouazza s'est offert à en fournir à qui en demanderait. Rien n'empêche les pèlerins... pardon, les clients, d'offrir ensuite une obole pour reconstruire la zaouïa.

Bouffée de fumée nauséabonde.

— Maintenant, vous me demandez : elle est où, cette zaouïa ? Mais, mon cher ami, nous nous y trouvons, ou presque, c'est la pièce d'en face, la « chambre effondrée », comme on dit dans le quartier. Bouazza s'est souvenu de ce que lui racontait son grand-père, il y a des lustres. Figurez-vous qu'il y a eu autrefois, ici même, un saint homme, un *wali*, qui avait fondé une zaouïa pour enseigner les mystères de l'Est...

— Vous voulez dire les mystères de l'Ouest ?

— Je sais ce que je dis : les mystères *de l'Est*, pour expliquer notre belle religion, le véritable islam. Je suis un vrai Marocain, moi ; pas comme vous. Vous, vous êtes *désorienté*.

— Il y a quelques instants, j'étais « authentique ».

Basri fit quelques ronds de fumée et continua, sans répondre à l'objection :

— Bref, il s'est passé quelque chose de terrible, dans cette ruelle, pendant le règne du roi Moulay Slimane... Vous savez quand même qui était Moulay Slimane ?

— Rafraîchissez ma mémoire.

Basri se cala sur sa chaise et plissa les yeux.

— Eh bien... (Sa voix s'altéra légèrement. Il se mit à *réciter*. Décidément, il les avait appris par cœur, les polycopiés de l'École de police...) Eh bien, Moulay Slimane était un sultan très pieux qui entretenait de solides rapports avec les Ibn Saoud, en Arabie. En quelque sorte, il fut le premier à introduire le wahhabisme au Maroc. Il alla même jusqu'à interdire les *moussems* et les pèlerinages sur les tombes des marabouts. Tout cela finit par provoquer un soulèvement général des tribus berbères. D'ailleurs, même sa capitale, Fès, se révolta...

— Ah... *ce* Moulay Slimane, coupa Adam d'un ton ironique.

— Vous en connaissez d'autres ? s'étonna Basri.

— Non, non, continuez.

Le policier se remit à réciter :

— Après un règne agité, assombri par des famines, des sécheresses et deux terribles épidémies de peste en 1799 et en 1820, Moulay Slimane finit par abdiquer au profit de son neveu, Moulay Abderrahman.

Adam fit mine d'applaudir.

— Bravo, je vous mets 10 sur 10. Mais revenons à

173

cette bicoque, unique objet de mes préoccupations. Vous disiez qu'il s'était passé quelque chose de terrible, ici même, sous Moulay Slimane?

— Oui. Des adeptes de l'islam le plus rigoriste, des *wahhabis* donc (Basri cracha de nouveau par terre) sont venus jusqu'ici et ont détruit la zaouïa. Du moins, ils ont détruit la pièce dans laquelle le saint homme dispensait ses cours à quelques disciples. Lui-même a choisi l'occultation...

— La quoi?

Basri avait introduit un mot d'arabe classique dans son sabir franco-marocain, mais il l'avait si mal prononcé qu'Adam ne l'avait pas reconnu.

— La *ghayba*, répéta le policier, en faisant l'effort de le prononcer correctement. Attendez, je connais le mot en français.

Basri ferma les yeux et se mit à geindre, comme s'il était constipé. Il finit par évacuer le mot qu'il cherchait :

— *Au cul d'l'action*!

— Pardon?

— *Au cul d'l'action*!

— Occultation?

— C'est cela même : il s'est *occulté*. Il a disparu, on ne sait pas ce qu'il est devenu. Il réapparaîtra peut-être à la fin des temps, avec le Messie et le Mahdi.

— Joli trio.

— *En attendant*, Bouazza amasse des fonds pour reconstruire la zaouïa. Maintenant que le dernier Sijilmassi est revenu vivre ici, peut-être l'enseignement reprendra-t-il? Voilà! (Il se frotta les mains.) Tout est clair maintenant, n'est-ce pas?

23

L'État est plus fort que la philosophie

Adam s'était redressé sur le lit. Il avait écouté les divagations de Basri avec un sentiment grandissant d'inquiétude. *Il y a quelque chose qui ne va pas.* Le dos calé contre le mur, il protesta :

— Comment ça, tout est clair ? Il y a au moins une dizaine de trucs qui clochent dans votre histoire.

— Où ça ?

— Vous me dites que ce Bouazza est un entrepreneur, mais, en fait, il se contente de décoller les étiquettes des bouteilles...

— Faire ou défaire, c'est toujours travailler.

— Vous me parlez de la baraka des Sijilmassi, mais comment se fait-il que, moi-même, je n'en aie jamais entendu parler ?

— Peuh ! On a dû l'évoquer plusieurs fois, dans votre famille, la baraka ; mais c'est entré par une oreille et sorti par l'autre ; vous êtes allé au lycée Lyautey, chez les Français. Vous ne croyez donc pas à ces « absurdités », vous êtes « rationaliste », « cartésien », « voltairien »... (Dans la bouche de Basri, ces mots sonnaient comme des injures.)

175

— Vous dites que «l'eau qu'on puise chez les Sijilmassi est éclaboussée de baraka» – passons sur cette expression bizarre. Mais alors, comment se fait-il qu'elle se soit tarie, cette onde magique?

— Vous êtes tous partis, elle est partie avec vous. Elle vous a suivis.

— Jolie image. Mais, à mon avis, c'est plutôt la nappe phréatique qui a baissé, par excès de pompage.

— C'est une explication d'ingénieur. Moi, je vous parle de Dieu.

— Vous dites que beaucoup de zemmouris veulent en avoir, de cette eau, pour se protéger contre le shaytan. Mais alors, pourquoi ne se sont-ils pas manifestés, avant? Pourquoi tout cela n'a-t-il commencé que quelques semaines après mon arrivée?

— Ah! Mais c'est justement le nœud de l'affaire. C'est parce que vous avez eu une vision.

— Attendez, attendez... J'ai eu une vision, moi?

— Ben oui, répondit benoîtement Basri. Vous me l'avez dit vous-même. Dans l'avion...

— Mais ce n'était pas une vision! C'était une... (Il se mordit les lèvres pour ne pas dire «épiphanie».) Enfin, bref, non, c'était juste une pensée. Et quand bien même... Tout cela est idiot. Les Allemands ne feront jamais un lieu de pèlerinage du siège 9A d'un avion de la Lufthansa parce que quelqu'un y a eu une... une sorte de révélation.

— Les Allemands ne croient plus en rien, c'est bien leur malheur. Leur ciel est complètement vide (à part les avions.) Nous, on est à l'affût des signes. Convenez avec moi que tout concorde. Le dernier Sijilmassi...

176

— Arrêtez de m'appeler comme ça! On dirait *Les Aventures du dernier Abencérage*. Ils ont mal fini, ces gens-là, vous savez.

— Non, je ne sais pas. Les Ben Serraj, dites-vous? (Le calepin et le crayon étaient réapparus comme par enchantement.) Ils habitent où?

— Non, non, laissons tomber, ce sont des choses qui ont eu lieu il y a des siècles, en Andalousie, et qui ne nous regardent ni de près ni de loin. Continuez plutôt d'éclairer ma lanterne.

Cela fut dit sur un ton sarcastique mais Basri ne le releva pas.

— Donc, tout concorde. Le dernier Sijilmassi a une vision, il laisse tout choir.

— Mais ça, vous ne le saviez pas il y a un quart d'heure.

— Peu importe, il y a le *pressentiment*. Donc, le dernier Sijilmassi a une vision, il laisse tout tomber, empoigne son bâton de pèlerin et vient, mû par le Destin..., non, mû par Dieu, et s'installe dans la maison de ses ancêtres. Vous n'allez pas me faire croire qu'il n'y a pas un *signe* là-dedans? Et il s'installe où, précisément? À côté de «la chambre effondrée». Y a pas un signe, là? D'autre part, il était quoi, avant d'avoir sa vision, le Sijilmassi? Ingénieur! C'est pas un signe? Un ingénieur, ça construit, non? À l'occasion, ça *reconstruit*?

— Mais qui nous dit qu'il y a eu autrefois une zaouïa ici?

— Bouazza a eu une vision. Vous n'êtes pas le seul...

— Attendez! Tout à l'heure, vous disiez: «Bouazza *s'est souvenu* de ce que lui racontait son grand-père.»

Basri secoua la tête en souriant.

— Comme vous vous êtes éloigné de votre culture...
Sachez que le mot arabe ru'yâ signifie «rêve» – pendant le sommeil, donc – et jamais «vision» au sens français du terme, c'est-à-dire «vision éveillée». L'âme ne peut recevoir d'image d'origine surnaturelle que pendant le sommeil ; les sens sont désactivés et ne peuvent perturber la réception desdites images. Vos amis chrétiens considèrent qu'une vision éveillée a plus de validité qu'un simple rêve. *Nous* n'en croyons rien.

Renonçant à objecter que lui-même était bel et bien éveillé quand il avait eu sa prétendue «vision» dans le Boeing, Adam soupira :

— Et alors ?

— Et alors, Bouazza a vu *en rêve* son grand-père qui lui a *rappelé* ce qu'il lui disait autrefois : il y a ici un saint homme qui avait fondé une zaouïa. Devant tant de signes du Ciel, Bouazza a compris ce qu'il devait faire. Il a raconté tout cela à ses voisins, qui l'ont répété à leurs voisins, etc. Bref, toute la ville sait maintenant que l'eau qu'on puise ici est miraculeuse.

— Et cette histoire de Moulay Slimane ?

— Elle est authentique. Étudiez un peu l'histoire de votre pays au lieu de me parler de Louis XIV. Donc, je vous le répète, sous le règne du sultan Moulay Slimane, l'aïeul de not' bon roi actuel, il s'est passé ceci : des wahhabis, roides comme autant de bâtons, sont venus jusqu'ici...

— Ici *ici* ?

— Ici ici ; ... et ont détruit la zaouïa. C'est-à-dire qu'ils ont détruit la pièce dans laquelle le saint homme dispensait ses cours.

— Ouh les vilains. Je veux dire, les wahhabis.

— Lui-même a choisi de s'occulter : il a disparu, pfuiiit ! comme ça, dans l'air pur. On ne sait ce qu'il est devenu. Il réapparaîtra peut-être à la fin des temps, avec Jésus et le Mahdi.

Ronds de fumée. Basri conclut :

— Donc, Bouazza amasse des fonds pour reconstruire la zaouïa. Maintenant que le dernier Sijilmassi est revenu vivre ici, peut-être l'enseignement reprendra-t-il ?

Adam protesta :

— Mais comment se fait-il que je ne sois au courant de rien ? Pourquoi ne me parle-t-il pas, ce bienfaiteur de l'humanité ?

— Il n'ose pas. Bouazza, c'est un ver de terre à côté du dernier des Sijilmassi.

Justement, le ver de terre entrait dans le patio.

Voyant les deux hommes en grande conversation, il s'enhardit et s'approcha d'eux. Basri, qui était assis de façon à surveiller, simultanément, tout ce qui se passait dans la chambre et le patio, l'avait vu arriver et il avait maintenant le visage tourné vers lui. Il lui fit un signe désinvolte et Bouazza, s'autorisant de ce blanc-seing tracé en l'air, franchit le seuil pour serrer la main du policier, courbé d'humilité, un sourire obséquieux aux lèvres. Puis, au grand étonnement d'Adam, il se prosterna devant lui, lui prit la main avec fougue et voulut y appliquer ses lèvres.

Adam eut un geste violent, presque un réflexe, et se dégagea avant que le baisemain fût accompli, de sorte que le puisatier ne réussit qu'à baiser ses propres doigts jaunis par le tabac.

— C'est un grand jour, balbutia-t-il. Je rencontre enfin Votre Seigneurie.

Adam, stupéfait, ne sut que répondre. *(Tu sais ce qu'elle te dit, la Seigneurie ?)*

Basrit sourit d'un air indulgent et renvoya d'un geste Bouazza à ses activités hydrodynamiques.

— Revenons à nos...

— Vous avez vu ? Il a voulu m'embrasser la main ! Je ne suis pourtant pas le sultan, ni une gente dame coiffée d'un hennin... C'est quand même fou ! On est en l'an 2000 passé de quelques années et il y a encore des Marocains qui font le baisemain !

— Bah... Puisque ça lui fait plaisir. Il baigne ainsi dans la baraka qui émane de vous. C'est du moins ce qu'il croit, tant mieux pour lui. Pourquoi enlever au peuple ses illusions ?

Adam haussa les épaules et reprit le fil de la conversation interrompue par l'intrusion de Bouazza :

— Une dernière question : quel est exactement votre rôle dans cette affaire ?

— L'État, mon cher ami. Le Makhzen. Je vous l'ai dit : l'État rend clair le monde. L'État est plus philosophique que la philosophie, plus fort que Platon ; il explique même l'accident, la bizarrerie, le monstre...

Sentant que l'inspecteur était reparti dans ses divagations, Adam l'interrompit :

— Ça me rappelle plutôt la phrase de Cocteau : «Ces événements nous dépassent, feignons d'en être les organisateurs.» N'est-ce pas là l'attitude constante du Makhzen ?

Basri réfléchit un instant, sortit son calepin, nota quelque chose puis répliqua :

— *Dépasser?* Rien ne dépasse le Makhzen. Merci quand même de m'avoir signalé ce Kokto. Vous avez son prénom? Non? Tant pis. À bientôt.

Le policier se leva et s'en alla. Adam le suivit à pas de loup et entrouvrit la porte du riad, quelques secondes après que Basri l'eut fermée. Malgré l'obscurité, il vit Bouazza plonger la main dans sa poche, en sortir des billets de banque et les donner à l'inspecteur de police.

L'État est plus philosophique que la philosophie... Tu parles.

Basri se dirigea en sifflotant vers l'entrée de la rue du Mouflon et Bouazza se rassit à côté de sa glacière, guettant le gogo.

Adam rentra, pensif, dans sa chambre. («Messieurs, nous nous devons de réagir!»; *«Bien entendu, nous n'allons rien faire.»*; «Munichois!»; «Comment osez-vous!»; «C'est en notre nom que cela se fait, sur chacune de ces petites bouteilles s'étale notre patronyme, et vous voudriez que nous nous couchassions?»)

Il envoya les CRS boucler le Parlement et s'efforça de s'endormir, bien qu'il n'eût pas dîné. La nuit était maintenant complètement tombée.

Demain, il fera jour.

24

Mademoiselle Cormon

Deux semaines passèrent sans visite inopportune. L'affreux Basri se fit oublier – il avait sans doute d'autres âmes à tourmenter, dans d'autres venelles obscures. Bouazza ne tenta plus de raid sur la main droite de Sa Seigneurie. Un calme apaisant régnait maintenant dans le riad qui semblait s'assoupir dans une torpeur intemporelle, que seul le chant du coq venait troubler, à l'aube – mais cet accroc ne durait que quelques minutes. Pendant la journée, on entendait à peine, derrière les murs, au-dehors, la vague rumeur des pèlerins hydrophiles. C'est peut-être une longue procession de damnés, pensait parfois Adam, je suis dans ma caverne (ou je suis aveugle (ou je suis Faust)), et je ne vois rien. Qu'importe ? *Qu'il est doux de vivre au fond des solitudes / Loin de la lutte humaine et loin des multitudes !* Il dormait, la nuit, d'un sommeil profond, lisait, rêvassait, faisait de longues siestes. Parfois, en fin d'après-midi, il allait faire un tour sur les remparts.

Bouazza vaquait à ses occupations sans faire de bruit. Il avait obtenu de Nanna qu'elle lui prêtât une clé de la maison, sans doute contre une somme modique, et cela lui permettait d'entrer et de sortir à sa guise sans avoir à cogner violemment l'anneau du heurtoir, ce qui avait été son habitude jusque-là – le fracas de ces coups secs, qui semblaient résonner jusqu'au fond de son crâne, avait constitué une torture récurrente pour Adam. Il fut reconnaissant à Nanna et à l'étrange puisatier de ce marché qui arrangeait tout le monde.

Seul le tintement ténu du seau contre la paroi du puits troublait par intermittence la torpeur du temps.

Chaque fois, Adam en était ému, parfois ses yeux en étaient légèrement mouillés. Pourquoi le monde se signalait-il autrefois par la violence du heurtoir, quand le carillon léger du seau faisait aussi bien l'affaire ?

Azemmour, au-delà des murs du riad, semblait tapie comme un fauve dans les herbes de la savane, haletant doucement au plus chaud de la journée, quand des nappes de plomb fondu tombaient *des hauteurs du ciel bleu.*

L'austère passé de la petite ville, les palpitations de sa vie enfouie dans les ruelles, ses multiples effluves, tout cela se mêlait et se confondait en une atmosphère un peu moite, un peu oppressante. Heureusement, on pouvait lever les yeux, dans le patio, et il n'y avait plus, alors, que ce grand carré d'azur qui délivrait l'âme de l'enfermement.

La petite orpheline ne faisait pas de bruit non plus : elle avait le don de pouvoir jouer dans le plus parfait silence.

Adam l'observa un jour, par l'entrebâillement de la porte de sa chambre, alors qu'elle était assise sur la margelle et qu'elle s'amusait avec des chiffons et des bouts de bois. On voyait ses lèvres bouger mais elles n'émettaient aucun son. Les chiffons s'animaient, dansaient, traçaient des spirales dans l'air puis, au gré de la volonté du chétif démiurge, retombaient dans leur inertie d'objets inanimés. Les bouts de bois étaient peut-être des maisons, des palais, des ponts, ils figuraient – qui sait ? – des voitures ou des dragons... Elle ne cessait de les déplacer, de les dresser contre la margelle, puis de les lier et de les jeter par terre comme des fagots, le sourcil froncé. Elle les fichait parfois dans la terre, près du bigaradier, et semblait alors célébrer une sorte de culte barbare, sans qu'aucun son ne sortît de sa bouche, sans que personne ne le sût.

Une religion idéale, pensa Adam.

*

Un jour, en rentrant rue du Mouflon après une promenade, il aperçut à la devanture d'une échoppe des bâtons de craie multicolore, parmi un bric-à-brac d'objets. Il était bien passé dix fois devant cette vitrine grise de poussière, au cours des semaines précédentes, mais il ne les avait jamais remarqués.

Il s'arrêta et contempla les humbles petits paquets qui semblaient venir d'un autre âge. Oui, c'était cela : c'était son enfance ; un autre âge, effectivement. Le vert paradis... *U vert, A noir, E blanc, I rouge, U vert, O bleu...*

Obéissant à une impulsion soudaine, il entra dans la boutique et acheta trois paquets, ainsi qu'une ardoise. Le boutiquier voulut engager la conversation mais Adam coupa court et sortit.

De la craie, oui, mais pour quoi faire ? Il leva les yeux et vit une cigogne installée dans son large nid, au haut d'un lampadaire, et qui pointait sur lui son long bec. Elle semblait attendre une réponse. Avait-elle posé la question ? Allons, j'entends des voix...

Il reprit sa marche. Si tu veux le savoir, oiseau, sache que je veux faire quelque chose qui mûrissait en moi depuis plusieurs semaines, mais dont je n'avais pas vraiment conscience. Cette petite orpheline qui ne va pas à l'école, je lui apprendrai à lire et à écrire.

Autant me rendre utile, maintenant que je ne suis plus un *high-flyer*. C'est comme cela que M. Jbilou me surnommait, du temps de ma splendeur. Il m'aimait bien, Jbilou... J'étais un « jeune cadre dynamique ». *High-flyer* : qui vole haut. Mais je t'ai abandonné le ciel et les nuages, cigogne.

Ce même jour, en fin d'après-midi, il donna à la gamine sa première leçon.

Il la prit par la main, alors qu'elle s'amusait à gronder les feuilles les plus basses du bigaradier, l'emmena dans sa chambre et la fit s'asseoir sur une chaise. Puis il prit l'ardoise, traça dessus un cercle, le montra à l'élève et modula un « o » long et grave. Il lui fit signe, c'était son tour.

Elle comprit immédiatement ce dont il s'agissait. Elle piailla « ooooo » en regardant le cercle. Ses yeux s'écarquillèrent et un sourire illumina sa frimousse. Un jeu de plus ! Ou peut-être quelque chose de plus sérieux, mais de tout aussi excitant ?

Oooooo...

Je dois être le pire pédagogue de la planète. Mais elle n'a que moi, elle devra faire avec. Et puis il ne s'agit que de l'alphabet, on n'en est pas encore à la concordance des temps ni au subjonctif du verbe « moudre ».

(Et pourquoi lui apprends-tu les lettres latines ? Pourquoi pas les lettres arabes ? N'est-ce pas toi qui as abandonné le ciel aux machines volantes pour mieux renouer le contact avec le sol natal, avec le sang des ancêtres, qui ne connaissaient ni le U vert ni le E blanc, qui ne pouvaient même pas prononcer ces deux voyelles qui n'existent pas en arabe ?

Adam avait vu le problème, mais les choses étaient bien plus complexes que cela. Il y avait cette épineuse question des langues, ce *drame linguistique* qui rendait l'éducation des enfants si difficile. Oui, il aurait pu commencer par lui apprendre l'alphabet arabe ; mais quels mots, quelles phrases devait-il ensuite utiliser, comme exemples ? L'arabe classique, langue du Coran et de la poésie antique, qui n'avait pas changé depuis quatorze siècles et dans laquelle, depuis quatorze siècles, tonnait et menaçait le Seigneur, semblait incongru dans la vie minuscule de Khadija. L'arabe dialectal ? Il ne s'écrit pas. Et puis, cette gamine avait peut-être parlé berbère avec sa mère, quand celle-ci vivait encore ?

Dans le doute, enseignons-lui l'alphabet latin. Après tout, les lointains ancêtres de cette puce étaient citoyens romains...)

Adam se mit à rire. Voilà un argument tiré par les cheveux, un joli sophisme – « ses ancêtres étaient citoyens romains »... C'était quoi, ce truc... ah oui, l'édit de Caracalla... 212 – date facile à retenir, comme Bouvines 1214 et Marignan 1515.

(Réponds à cette question : pourquoi cette entreprise ? Pourquoi apprendre à lire à cette enfant ? Tu veux retrouver le monde lent et paisible du hadj Maati; très bien, mais, dans ce monde-là, les petites filles n'allaient pas à l'école, les femmes ne savaient pas lire. Seuls les hommes, et encore : *quelques-uns*, pouvaient déchiffrer Ibn Tofayl ou Averroès. Alors, qu'est-ce que tu fais? Qu'est-ce qui te prend de t'improviser précepteur de cette puce?

Tu veux le savoir?

Cette phrase : «Si mademoiselle Cormon eût été lettrée, si elle avait lu l'Arioste, les effroyables malheurs de sa vie conjugale eussent-ils jamais eu lieu?»

Voilà pourquoi je «m'improvise précepteur», comme tu dis.

(On est très sérieux quand on a dix-sept ans et qu'on lit une telle phrase, faussement interrogative, dans un Balzac emprunté à la bibliothèque du lycée.)

J'ai rêvé cette nuit d'un viol affreux mais légal : Bouazza épousant dans quelques années Khadija, sans demander son avis à sa première femme, on lit la *fatiha* du Coran devant témoins, et, le soir venu, le rustre frotte son cuir épais contre la chair tendre de l'enfant, qui deviendra son esclave, son souffre-douleur, pendant quelques décennies, grattant, lavant, récurant, épluchant...; et produisant à la chaîne des mini-Bouazza, qui perpétueront l'espèce.

Si mademoiselle Cormon eût été lettrée...)

Adam secoua la tête et revint à son sacerdoce.

Oooooo...

Après le *o*, il lui apprit le *a* puis les autres voyelles. À la fin du cours, il les lui fit réciter dans l'ordre de Rimbaud; ce qu'elle fit; et lui, ému, se dit que le Parnasse entrait rue du Mouflon, ce qui était parfaitement idiot, mais lui sembla être le début de quelque chose. Quoi ? On verrait bien.

Le lendemain, il essaya de lui apprendre quelques consonnes, ce qui ne fut pas facile. En tout cas, cela allait moins vite que l'apprentissage des voyelles. Il dut ralentir un peu. C'est peut-être cela, le fameux rythme scolaire ? se dit-il.

Les jours suivants, il pensa atteindre une sorte de vitesse de croisière. Les premiers mots allaient venir.

Entre la lecture, les promenades et les cours dispensés à sa nouvelle Héloïse, les jours s'écoulaient, paisibles.

25

Le cousin Abdelmoula

Tout cela ne dura pas longtemps. Un matin à l'aube, vers la fin du mois de mai, les coups secs du heurtoir retentirent de nouveau, doublés de grands battements portés directement par une main impatiente sur la porte. Nanna se précipita, prête à jouer les Cerbère. Elle cria : «Qui est là?»; une voix d'outre-porte lui répondit fièrement : «Moi!»

Alexandre le Grand n'eût pas mieux réussi ce «Moi!» emphatique, mais ce n'était que le cousin Abdelmoula qui s'annonçait ainsi.

Nanna ayant ouvert, il lui fit l'accolade sur le seuil, la poussa un peu sur le côté, l'embrassa sur les deux joues, la refoula dans l'entrée, puis déclara être venu s'enquérir de la santé de son cousin Adam, dont il venait d'apprendre qu'il s'étiolait ès lieux.

Il étouffa les protestations de Nanna sous un flot de belles paroles et de bises qui claquaient comme autant de fins de non-recevoir – quoi, que dis-tu, mais je ne suis pas un étranger, voyons, je suis ton neveu, je suis chez moi ici, écarte-toi donc, et il est où, ledit cousin?

Adam, tendant l'oreille, reconnut la voix grinçante d'Abdelmoula. Il fit la grimace. Ce zèbre était un Sijilmassi... comment dire ? de la branche « inférieure », ou « cadette » (si tant est qu'il y ait des branches dans le règne animal. (Concentre-toi, Adam.))

Donc, un grand-oncle avait autrefois épousé la petite-fille d'une esclave guinéenne et en avait eu une ribambelle d'enfants au teint sombre, dont le dénommé Abdelmoula. Ils s'étaient égaillés aux quatre vents, on en signalait même un en Alaska, creusant des trous ; un autre, en Finlande, qui escaladait les façades rocheuses ; une coiffeuse à Douarnenez, en France. Ils étaient tous partis, sauf Abdelmoula, qui s'était installé dans la ville voisine d'El-Jadida, où il enseignait l'arabe classique dans une école. Il avait aujourd'hui la cinquantaine.

On le surnommait *ould l-khâdem*, c'est-à-dire « le fils de la négresse », et il ne s'en formalisait pas, riant de bon cœur quand on le charriait, citant à l'occasion Bilal l'Éthiopien, le premier muezzin de l'Islam, qui était noir comme lui ; avec cela, bon garçon, un peu niais, ne voyant pas plus loin que le bout de son nez camus... (mais peut-être était-ce une façon de cacher son jeu, car son regard prenait parfois, dans certaines circonstances et pendant quelques secondes, une acuité presque métallique ; et il prononçait alors, sur un ton froid, quelques phrases courtes, une réfutation sèche et précise, la pointe d'un raisonnement implacable qui avait mûri, sans qu'on s'en rendît compte, derrière sa face de clown noir.)

Il traversa le patio d'un pas vif, poussa la porte et se pencha sur Adam qui s'était recouché. Il lui fit une longue accolade horizontale – la manœuvre n'était pas aisée – en émettant des hé! hé! qui ne signifiaient rien; puis l'embrassa sur les deux joues (c'était mouillé) et s'assit enfin, sans façons, sur le bord du lit, ce qui obligea Adam à se redresser, de très mauvaise grâce, et à s'appuyer du dos contre le mur. La position était inconfortable.

Abdelmoula attaqua sans précaution oratoire.

— Eh bien, Adam, mon cher cousin, le bruit court que tu nous fais une terrible dépression nerveuse?

— Quoi?

— *Ma ykoun bass...* Je suis venu te réconforter et t'apporter une bonne nouvelle : sache qu'il n'y a pas de dépression nerveuse! Ça n'existe pas chez nous, c'est un truc de chrétiens ou de juifs! Nous, nous pouvons éprouver une torpeur passagère, de la tristesse même, mais notre religion nous permet de surmonter cela aisément...

Nous y voilà. «Notre religion»...

Tout le pays avait été saisi d'une intense ferveur religieuse, dans les années quatre-vingt du siècle dernier. Étrange cas d'hallucination collective, et qui durait encore, qui s'éternisait, qui n'allait jamais prendre fin, peut-être.

Comment, pourquoi, tout cela avait-il commencé? On ne le savait pas vraiment. Les sociologues se grattaient l'occiput... La ruralisation des villes? Mais les campagnes étaient moins dévotes que les villes...

Peut-être ce phénomène soudain avait-il été la conséquence de la prise du pouvoir, en Iran, en 1979, par l'ayatollah Khomeiny? D'Arabes humiliés par la défaite de 1967, orphelins de Nasser depuis 1970, ils étaient des millions à s'être métamorphosés, en quelques mois, en musulmans conquérants faisant la nique à l'Amérique, prenant en otages ses diplomates, foulant aux pieds son drapeau... L'ayatollah ne craignait ni le grand Satan ni les petits, parce qu'il avait Dieu avec lui. On en frissonnait d'exaltation, de Qom à Casablanca.

Et tant pis si ledit ayatollah n'était ni arabe ni sunnite ; peu de Marocains le savaient, à l'époque. Dans diverses villes du royaume, des pères venaient inscrire fièrement le prénom de leur dernier-né vagissant dans ses langes : «Khomeiny !» L'officier d'état civil devait alors leur expliquer patiemment que ce «prénom» inusuel était «interdit par le Makhzen».

Hassan II, Commandeur des croyants (sunnites), avait fini par fulminer une *fatwa*, par oulémas interposés, qui affirmait que le lointain ayatollah iranien était un hérétique... (ce qui avait grandement amusé Adam, à l'époque, parce que ça lui avait rappelé le cours d'histoire d'un M. Porte hilare, au lycée Lyautey : «En 1054, le légat du pape déposa à Sainte-Sophie une bulle d'excommunication contre le patriarche de Constantinople...» Ces vieilles lunes, nous y étions encore, dans les années 1980...).

Il n'y avait pas que l'onde de choc de la révolution iranienne. Cet accès de ferveur religieuse était aussi le résultat (voulu ?) de la politique d'arabisation et d'islamisation de l'enseignement, une politique décrétée par Hassan II et le parti de l'Istiqlal, et qui avait commencé à la même époque, au début des années quatre-vingt.

Dans la foulée, on avait supprimé l'enseignement de la philosophie. Oust ! Au rebut, Aristote et son Dieu indifférent ! Descartes et le doute méthodique ! Kant et son rejet de la métaphysique ! Sartre et son culte athée de l'individu ! Pas de ça chez nous ! *Abêtissez-vous...* Les nouvelles générations ne devaient connaître que l'«éducation islamique», le dogme, l'orthopraxie. Faites ceci, pas cela.

Le voile était ainsi apparu, qui n'était jusque-là porté que par les grands-mères. Puis le *niqab*, puis la *burqa*, selon le principe bien connu : «Je suis plus pieux que toi, gugusse, car je vais plus loin dans l'observance du dogme.» Cette émulation crétine avait transformé en linceuls ambulants des jeunes filles dont les mères avaient porté des jupes et des chemisiers, et s'étaient promenées les cheveux au vent, par les rues et les chemins.

Le cousin Abdelmoula n'avait pas échappé au raz de marée conformiste. Lui qui, dans sa jeunesse, dans les années soixante-dix, s'était trémoussé sur les rythmes des chansons yé-yé, qui avait tenté de bécoter les filles dans les surprises-parties, qui avait chanté Brel, Brassens, Ferré, qui avait dévoré *Salut les copains* et accueilli avec ferveur tout ce qui venait de France, ne jurait plus aujourd'hui que par le Coran, les *hadiths* et cinq prières par jour.

Que disait-il, en ce moment ?

— ... mais il faut que tu ailles te prosterner auprès du tombeau de Moulay Bouchaïb. Tu aurais dû le faire dès ton arrivée, c'est quand même le saint patron de notre ville. Et pour doubler tes chances (Abdelmoula gloussa), tu peux aussi aller demander la bénédiction de rabbi Abraham Moul' Ness, le saint juif d'Azemmour. Lui aussi guérit ce genre d'affliction.

Parlait-il sérieusement ? Adam ferma les yeux. *Il ne faut pas débattre avec le premier venu mais unique-*

ment avec les gens que l'on connaît, dont on sait qu'ils sont suffisamment raisonnables pour ne pas débiter des absurdités... Mais l'autre était là, à quelques centimètres de lui et il attendait une réponse, la face éjouie, plein de sollicitude.

— Écoute, Abdelmoula...

Il voulait lui dire que cette invasion lui semblait manquer de tact, qu'on n'entre pas chez les gens en évoquant, sans prendre de gants, leurs problèmes, leurs ennuis, leur santé ; qu'enfin, ils n'avaient pas gardé les chèvres ensemble. Mais un scrupule l'arrêta : l'autre n'était pas un mauvais bougre et, en dépit de sa maladresse, il avait de bonnes intentions.

— Écoute, Abdelmoula... D'abord, je n'ai pas fait de dépression nerveuse...

— C'est bien ce que j'ai dit !

— Soyons précis, tu en as d'abord fait l'hypothèse avant de la réfuter – et de donner un autre nom à la chose. Moi, je te dis qu'il n'y a même pas lieu de parler de ça – je ne suis *pas* malade. Ensuite, comment peux-tu utiliser un vocabulaire médical et proposer ensuite d'aller voir un marabout ? On est au XXIe siècle ou à Médine au temps de l'Hégire ?

Le cousin fronça les sourcils.

— Notre religion couvre tous les domaines. Le Prophète a fondé toute une branche de la médecine : ça s'appelle la médecine prophétique.

Il ne faut pas débattre avec le premier venu...

Prenant le silence d'Adam pour une approbation, ou la manifestation d'un intense désir d'en savoir plus, Abdelmoula leva le doigt et dit :

— Le Coran fait état de la dépression...

— Mais tu disais que ça n'existait pas «chez nous»?

— Attends, laisse-moi finir. Le Coran fait bien état de la dépression : «Ainsi faisons-Nous alterner les jours tantôt bons, tantôt mauvais parmi les gens.» C'est la sourate 3, verset 140.

Il avait énoncé la phrase en arabe dialectal et maintenant il la récitait en arabe classique : *wa-tilka al-ayyâmu nudâwiluha bayna an-nâss*.

Adam, malgré lui *(il ne faut pas débattre...)*, fit remarquer qu'il n'était question dans cette phrase que de «jours»; littéralement, ça donnait : «Ainsi faisons-Nous alterner les jours parmi les gens», ce qui lui semblait être un truisme. Où l'autre avait-il trouvé «tantôt bons, tantôt mauvais»?

Abdelmoula se renfrogna. Il fallait être de bonne foi, ouvrir son cœur au texte, ne pas chipoter. C'était la condition *sine qua non* pour l'entendre véritablement. Et alors il y avait là la définition de la mélancolie.

— Admettons, dit Adam. Et alors?

— Alors, la médecine prophétique offre plusieurs remèdes. La *talbina*, par exemple.

— *Talbi*... quoi?

Abdelmoula se tourna vers la petite fille qui, à son habitude, s'efforçait de se rendre invisible, accroupie dans un coin de la chambre.

— Va donc, mon enfant, demander à Nanna de nous faire du thé.

L'orpheline détala. Abdelmoula reprit son exposé, de sa voix grinçante :

— Sache, mon cher cousin, que la talbina est une préparation à base de farine d'orge, de lait et de miel.

La farine d'orge doit être, naturellement, de production traditionnelle. On ne l'achète pas chez Félix Potin. *Félix Potin, on y revient*. C'est leur slogan, n'est-ce pas ?

Il avait prononcé les trois dernières phrases en français, avec un large sourire (« J'ai roulé ma bosse, je suis cultivé, je n'ignore rien de ces mécréants, je parle leur langue, etc. »).

Adam refroidit son enthousiasme :

— Félix Potin, ça n'existe plus. Mais laissons cela. D'après toi, de l'orge, du lait et du miel, ça suffit pour soigner la dépression nerveuse – qui, par ailleurs, est une fiction ?

— Absolument ! Aïcha, la Mère des croyants, prescrivait la talbina pour les personnes affligées d'un deuil récent. Nous le savons grâce à 'Urwa, qui a rapporté ces paroles de Aïcha : « J'ai entendu le Prophète (prières et salutations de Dieu sur lui) dire ceci : « La talbina réconforte le cœur et dissipe le chagrin. » On trouve tout cela dans le *Sahih* de Boukhari.

Ses yeux brillaient.

— Tu devrais compulser le *Sahih* plus souvent, au lieu de perdre ton temps à lire Montaigne ou Voltaire.

Il avait dit cette dernière phrase sur le ton de la plaisanterie, en clignant de l'œil, comme s'il voulait se faire pardonner d'avance son effronterie – il n'était que *ould l-khâdem*, après tout – mais on sentait bien qu'au fond, il était très sérieux.

Adam commençait à se sentir las.

— Dis-moi, Abdel, tu as fait des études, non ? Donc tu sais que c'est la chimie qui régit nos humeurs ? Malgré tout le respect qu'on leur doit, 'Urwa, Aïcha et *tutti quanti*, ce n'étaient pas des chimistes, non ? Ils ne maniaient pas la pipette et le bec Bunsen ?

Le cousin intempestif esquissa un sourire de l'espèce «commisérative», sous-genre «tu crois m'avoir, c'est moi qui t'aurai», une lueur de triomphe s'alluma dans ses yeux et tout son faciès, qui réussissait l'exploit d'être à la fois brun, rubicond, réjoui et goguenard (figurant ainsi le drapeau d'une république improbable), exprima cette forte pensée : «Je t'attendais là !»

— De la chimie, dis-tu ? Mais la talbina est une source de tryptophane ! (Il ferma les yeux, comme s'il récitait un texte appris par cœur.) Le tryptophane est l'un des vingt-deux acides aminés constituant des protéines. C'est un acide aminé essentiel pour l'homme, c'est-à-dire qu'il doit être apporté par l'alimentation ; la talbina, par exemple (et toc !).

Il continua, impitoyable :

— Le tryptophane est à l'origine de la sérotonine. Or la sérotonine, cher cousin, est une substance qui améliore l'humeur. C'est la cible principale des médicaments antidépresseurs. Pourquoi payer des fortunes aux Américains pour leur Zoloft ou leur Prozac, alors que le Prophète nous a révélé que ces prétendus médicaments ne sont pas plus performants que la bonne vieille talbina des familles ?

Adam restait bouche bée. (Je rêve... Un intrus m'assène un cours de chimie entrelacé d'histoire religieuse. Tout ce que je voulais, c'était le calme et la tranquillité.) Croyant avoir gagné cette bataille, Abdelmoula se fit protecteur.

— Tu demanderas à Nanna de te faire de la talbina, tu en mangeras après être rentré de ta visite à Moulay Bouchaïb. Attention, l'ingrédient principal, la farine d'orge, est sensible à l'humidité. Gare à la moisissure ! Tu demanderas à l'aïeule de prendre les précautions nécessaires.

Adam secoua la tête et sortit de sa sidération.

— Excuse-moi... Tu as bien prononcé cette phrase : «... alors que le Prophète nous a révélé que ces prétendus médicaments ne sont pas plus performants que la talbina » ?

— Oui.

— Le Prophète a cité Zoloft et Prozac ? Au VIIe siècle ?

L'autre leva les bras au ciel.

— Tu recommences ! Je te l'ai dit : il ne faut pas ergoter, il faut ouvrir son cœur. Bien sûr que le Prophète n'a pas *littéralement* parlé de Prozac. C'est façon de parler.

Adam hocha la tête.

— Ah, d'accord... Autre chose ?

Abdelmoula se rengorgea, très fier d'être enfin pris au sérieux par l'ingénieur – l'ironie avait glissé sur lui comme l'eau sur les plumes d'un canard.

— Oui ! La *hijama*. Tu dois la pratiquer en même temps que tu fais ton régime à base de talbina. Elle permet de se relaxer, elle améliore le sommeil, etc. Avec la hijama, adieu les symptômes liés à la dépression : mal de tête, courbature, constipation... Tu ressens tout cela, n'est-ce pas ?

— Oui, ma dépression imaginaire est impitoyable.

— Le Prophète (prières et salutations de Dieu sur lui) a dit : « Parmi les meilleurs moyens de vous guérir, il y a la hijama. » C'est Anas (que Dieu soit satisfait de lui) qui rapporte ces paroles de l'Envoyé.

Avant même qu'Adam ait pu objecter quoi que ce fût, le cousin mit prestement son autre casquette :

— Une étude publiée dans le *Journal of Biomechanics* en 2005 affirme que la hijama (ils appellent ça *cupping therapy*, les Américains)... que la hijama est une alternative valable à l'acupuncture. Elle permet d'utiliser les mêmes points avec un avantage majeur : l'absence de pénétration de la peau évite le risque d'une transmission de maladie par les aiguilles. Au diable, l'acupuncture ! Qui a besoin des Chinois ?

26

Une ondée pour mon cœur

Adam restait sans voix. En entendant le mot «Chinois», il avait pensé à Naïma et ressenti soudain une grande tristesse – ce qui l'étonna et l'inquiéta. (L'aimait-il, à sa façon? Ou était-ce le corps d'albâtre, plantureux, qui lui manquait?).

Nanna entra de son pas pesant et déposa un plateau portant deux verres de thé sur la table de chevet. Abdelmoula tendit un verre à Adam. Celui-ci, toujours troublé (l'image de Naïma voltigeait devant ses yeux), but une gorgée de thé et demanda distraitement :

— Tu me parles de hija quelque chose... Mais je ne sais pas de quoi il s'agit.

— Mais si, tu sais ce que c'est! On la voit pratiquer partout dans les souks!

— Cela fait longtemps que je n'ai pas mis les pieds dans un souk.

— Eh bien, ce sont les..., comment dit-on en français?... les *ventouses*! Tu sais bien, on extrait le sang de la surface de l'épiderme à l'aide de ventouses...

— Ah oui, je vois. Et ça aussi, ça fait partie de la médecine prophétique?

— Et comment! Anas ibn Malik rapporte que le Messager de Dieu *(salla-llahou 'alayhi wa sallam')*...

— Excuse-moi... Est-ce que tu es obligé d'ajouter *salla-llahou 'alayhi wa sallam'* chaque fois que tu évoques le Prophète? Ça devient assez répétitif. C'est lassant, quoi.

Abdelmoula, interrompu dans son élan, eut une sorte de haut-le-cœur. Il ne s'agissait sans doute que d'exprimer quelque sentiment qui tenait de l'indignation et de l'incrédulité (et aussi du message codé, en direction du Ciel : je ne suis pas le gardien de mon cousin, c'est lui qui doit encourir ton ire, ô Seigneur).

— Bien sûr! Tout musulman doit réciter cette formule après avoir prononcé le nom du Prophète.

— Mais puisqu'il ne s'agit que d'une formule, elle peut être abrégée, non? Tu pourrais te contenter d'énoncer les premières lettres de chaque mot : *s-a-w-s*. C'est joli, *saws*... Ou même, on pourrait gazouiller *piiip* ou *tûûûût*. Ça donnerait du rythme à la phrase. «Le Prophète, *piiip*, a dit...»

— Comment ça, *piiip* ou *tûûûût*? Tu blasphèmes!

— Pas du tout. L'important, ce n'est pas ce qu'on profère mais le sens qu'on met là-dedans. Tout est dans l'*intention*. Tu peux parfaitement dire *piiip* ou *tûûûût*, du moment que pour toi cela signifie «Prières et salutations de Dieu sur lui». Tu devrais savoir cela puisque tu es prof. Vous aviez quand même la linguistique au programme, à l'école normale? De Saussure... «Le lien entre le signifiant et le signifié est arbitraire...», ça te rappelle quelque chose?

Abdelmoula, l'air soucieux, sirotait son thé en écoutant Adam parler. Puis ses traits se détendirent et un large sourire éclaira sa face :

— Tu plaisantes, n'est-ce pas ? C'est bon signe, tu sors du marasme. L'influence du Prophète agit. Mais ce n'est pas bien de plaisanter en matière de religion. Bon, où en étais-je ?

— Anas ibn Truc rapporte que Machin...

— Ah ! oui. Donc le Prophète *(salla-llahou 'alayhi wa sallam')* a dit : « Pendant mon Voyage nocturne, je ne suis jamais passé devant un groupe d'anges sans qu'ils me disent : Ô Muhammad ! Ordonne à ta communauté de pratiquer la hijama. » Ça se trouve dans le *Sahih* de Jamii'.

— Mais ce hadith est idiot ! Les anges n'ont pas d'autre conversation que parler de ventouses ? Pourquoi pas de scoubidous ou de spatules dorées ? C'est invraisemblable ! C'est niais de chez niais !

— Tu oses contredire un hadith ?

— Ce n'est pas parole d'Évangile, tous ces on-dit du genre : « J'ai entendu X raconter que Y lui avait affirmé qu'un pèlerin afghan avait confié à son grand-père bossu que le Prophète, *piiip*, se nettoyait les dents avec une bûchette... » Quel intérêt ?

Abdelmoula ne se laissa pas démonter.

— Je suis content de constater que tu connais quelques *hadiths*, même si c'est pour les contester à ta façon bien française : sarcastique, sans respect pour le sacré. Effectivement, le Messager de Dieu *(salla-llahou 'alayhi wa sallam')* a dit : « Utilisez régulièrement le siwak car c'est une bonne façon de se purifier la bouche et cela plaît au Seigneur. » Le siwak, le bâton d'arak, c'est ce que les *mécréants* (il avait appuyé sur le mot) appellent sans doute une « bûchette ».

— Siwak, bûchette, *potato, tomato*... Tout de même, ça ne te semble pas étrange qu'on mette sur le même plan «se purifier la bouche» et «cela plaît au Seigneur»?

— Non, ça ne me dérange pas.

— Dans ce cas, j'abandonne.

Abdelmoula esquissa un sourire triomphant et revint à ses obsessions thérapeutiques :

— Quand tu seras dans le marabout de Moulay Bouchaïb, après avoir salué le saint, tu devras réciter les paroles suivantes : «Ô Dieu, je suis ton serviteur. Mon toupet est dans ta main...»

— Mon quoi?

L'autre continuait de réciter :

— «Que ton décret s'accomplisse. Je te demande par tous les noms qui t'appartiennent, que tu as révélés dans ton Livre ou que tu as gardés dans la science de l'invisible...»

Il fit une pause, ferma les yeux un instant puis continua :

— «Je te demande de faire du Coran une ondée pour mon cœur, une lumière pour ma poitrine. Qu'il dissipe ma tristesse et fasse disparaître mes soucis.»

Il s'arrêta, avala une dernière gorgée de thé et assena à Adam :

— Retiens ces phrases, il te faudra les réciter sur le tombeau de Moulay Bouchaïb !

— Ne t'en fais pas, je retiendrai cette euphonie : *ham* et *gham*, pour dire «les soucis». Et puis, «une ondée pour mon cœur, une lumière pour ma poitrine», c'est beau. On dirait du Lamartine. Elle vient d'où, cette prière?

Le fils de la négresse tiqua. Il fit une grimace qui exprimait sans doute sa désapprobation des formulations profanes de l'ingénieur. Néanmoins, il répondit à la question :

— Ces paroles sont rapportées par Abdullah ibn Mas'oud. On les trouve dans un hadith consigné par l'imam Ahmed.

— Et qu'est-ce que c'est que cette histoire de «toupet»? «Mon toupet est dans ta main...» Il faut que j'aille chez le coiffeur me faire faire une coupe de coolie chinois, comme au temps du Far West? Avec une natte?

(Tex Willer étonna beaucoup les cow-boys lorsqu'ils le revirent à El Alamo, au printemps : il avait la tête rasée, à l'exception d'une touffe de cheveux sur le sommet du front.)

— Tu fais encore le mauvais esprit. Il ne s'agit que d'une image. Ça signifie que ton destin est dans la main de Dieu.

Tex-la-houppette hocha la tête, renonçant à contester l'expression «la main de Dieu». (Dieu, combien de doigts? (Longue discussion sur le *tajsid*, l'anthropomorphisme (les Américains sont sur la Lune et nous, nous nous disputons à propos du tajsid.)))

Il but une gorgée de thé et dit tranquillement :

— Merci pour les conseils. Au revoir. Je suis encore un peu souffrant, il faut que je me repose.

Abdelmoula se leva, un large sourire fendant son visage. Il serra la main du gisant, gifla gentiment l'orpheline, sortit dans le patio, hurla un au revoir à la cantonade, adressé sans doute à Nanna, et s'en alla en faisant claquer fort la porte du riad, comme s'il venait de reconquérir Cordoue.

27

Ressusciter la marionnette

Adam alla faire un tour sur les berges de l'Oum er-Rbia.

Le soleil baignait d'une lumière blonde les remparts dont semblait émaner la chaleur environnante. Adam, assis sur une souche, s'en imprégna pendant quelques minutes, puis il se mit à réfléchir. La visite d'Abdelmoula l'avait ébranlé. *Il y a quelque chose qui ne va pas.* Essayons d'y voir clair.

Donc, épiphanie au-dessus de la mer d'Andaman. Avion, altitude, vitesse... «Qui suis-je?», «Que fais-je ici?», etc. Mon grand-père, «digne vieillard qui jamais ne dépassa la vitesse du cheval au galop»... mon père, «qui jamais ne posséda automobile»... Très bien! Je freine donc, je ralentis, je m'arrête. Je reviens aux sources. Dans le boyau natal. Le riad ancestral. C'est bien *cela* que je suis, que nous sommes. Cette torpeur, où il y a sans doute de la sagesse. *Le temps scintille et le songe est savoir.*

Je renie Voltaire et tout le siècle des Lumières.

Et puis je tombe opportunément sur un coffre empli de livres de «chez nous». Choc à la relecture du *Hayy*

205

Ibn Yaqzân, enfin compris. Oui, c'est bien cela que je cherchais. Ibn Tofayl, Ibn Rochd, calme été cordouan... Quand les Arabes savaient penser, quand l'islam était intelligent... Je peux être le petit-fils du hadj Maati, sans rien renier, fier et droit, et pourtant *le monde est fait à ma mesure...*

Et soudain, Abdelmoula! La niaiserie incarnée. Talbina, hijama... Est-ce *cela* que nous sommes? que nous sommes *devenus*, depuis une trentaine d'années? lents et lourds? bêtes? bébêtes?

Et avant Abdelmoula, le puisatier. Qui exploite la crédulité générale. La baraka des Sijilmassi... Dois-je, moi aussi, acheter l'eau de Bouazza? Tu voulais un retour aux sources? Bois à celle de Bouazza. «Fontaine, je ne boirai pas de ton eau.» Mais si! Tu veux être *authentique*? Deviens Abdelmoula, aime Bouazza. Il faut aimer Bouazza. Et Basri, tiens. L'État. *Le plus froid des monstres froids...* Le Makhzen. Qui a l'air de tirer les ficelles.

Cesse de voir Mallarmé dans un bâtiment qui ne te demande rien, oublie Valéry, Breton, Hugo... Oublie Marx, Freud, Darwin...

Le soleil déclinait. Assis sur sa souche, Adam sentait la tristesse s'emparer de lui.

Admettons. *Abêtissez-vous.* Mais comment? L'imposture de Bouazza, l'imbécillité d'Abdelmoula, l'ambiguïté de Basri, je les vois grandes comme des pyramides. Comment tuer en moi le discernement? Comment ressusciter la marionnette? Que faire?

Frapper du front contre le sol à s'en rendre sot?

Même dans ce cas, je serai l'homme lucide qui s'observe s'abêtissant. Celui qui s'abêtit aiguise sa lucidité à mesure qu'il s'abêtit. Celui qui fléchit le genou se méprise en tant qu'il s'abaisse, mais, pour cela même, il s'estime : parce qu'il se méprise...

Il y a là un cercle vicieux, ou vertueux, en tout cas une sorte d'impossibilité logique.

Il revint lentement vers la maison, avec l'impression d'être aux prises avec un problème insoluble, une suite d'oxymores... *Comme un vol d'oxymores hors du charnier natal...* Ce vers, appris autrefois au lycée, venait de surgir en lui, légèrement déformé, le mot « oxymores » remplaçant l'élégant « gerfauts ». Curieux...

En y réfléchissant, Adam se rendit compte que cette phrase venue d'on ne sait où n'était pas dénuée de sens. Il faut laisser les oxymores quitter le nid, il faut rester dans la ville natale (la langue natale ?... maternelle ?), là où il n'y a plus de contradiction, plus de doute, plus de cercle vicieux. *Il n'y a plus d'éclipse au front de l'univers.*

Il s'arrêta à l'étal d'un maraîcher, acheta quelques légumes, puis entra chez le boucher et fit l'emplette de beaux morceaux de viande. Il tendit le tout à Nanna, assise dans le patio, et alla s'allonger dans sa chambre.

La petite fille y entra bientôt, sans un bruit, les yeux écarquillés, l'ardoise fermement serrée sous le bras gauche, comme s'il s'agissait d'un bouclier. Elle brandissait un bâton de craie de la main droite. Elle alla s'asseoir devant le mur, se tourna vers Adam et esquissa un sourire qui exprimait une requête peureuse.

Tu n'es encore pour moi qu'une petite fille toute semblable à cent mille petites filles. Je ne suis pour toi qu'un renard semblable à cent mille renards. Mais, si

tu m'apprivoises, nous aurons besoin l'un de l'autre.
Tu seras pour moi unique au monde. Je serai pour toi
unique au monde...

Adam lui rendit son sourire et se leva.

S'armant à son tour d'un bâton de craie, il commença
à tracer des lettres sur le mur. Où en était-il resté? Ah
oui, les minuscules, les majuscules... Ne connaissant
rien à la pédagogie, il se fiait à son instinct. Qu'elle
apprenne à reproduire ces simples signes, on s'occuperait des syllabes plus tard, puis des mots, puis des
phrases.

Assise en tailleur, sa minuscule langue sortant un
peu de sa bouche, l'orpheline se mit à dessiner les
lettres sur son ardoise. La voix du muezzin résonna,
mais ni l'élève ni son professeur n'interrompirent leur
tâche.

Quand l'ardoise fut remplie de lettres, Khadija la tendit à Adam. Les lettres étaient parfaitement formées.
Était-ce son imagination? Il lui sembla que certaines
étaient plus grandes que d'autres. Elles formaient le mot
baba. Interloqué, il baissa les yeux vers l'orpheline. Elle
lui rendit crânement son regard.

Il pointa le doigt sur les lettres :

— Ça, c'est quoi?

Elle répondit joyeusement :

— Baba !

Il ne sut que répondre. Les larmes lui montèrent aux
yeux et il dut se mordre les lèvres pour ne pas éclater
en sanglots. Cette petite orpheline prononçait le mot
«père» pour la première fois de sa vie, peut-être. Il
finit par faire un petit geste de la main, comme s'il la
congédiait.

Elle sortit en chantonnant *baba, baba, baba...*

28

Tempêtes théologiques

Abdelmoula prit l'habitude de passer chaque soir, avant l'heure du dîner, pour bavarder avec Adam.

Il ne venait jamais les mains vides : il apportait toujours quelques gâteaux ou du poulet rôti ou de la *harira* dans une sorte de gamelle militaire. Nanna était ravie. La petite fille éprouvait sans doute des sentiments mitigés : Abdelmoula n'oubliait jamais de lui glisser quelques bonbons dans la main, mais il lui pinçait ensuite la joue, ou bien il lui mettait une petite gifle affectueuse, et ces violences minuscules déclenchaient de grandes bouderies qui passaient inaperçues.

Parfois, un ami d'Abdelmoula l'accompagnait, un certain Nadir. Cet homme-là avait l'air gourd, empêtré, hésitant. C'était sans doute une manifestation de cette forme de timidité maladive qui convainc ceux qui en souffrent que leur corps est de trop, qu'il dérange les autres, qu'il leur répugne même, alors que les autres ne voient rien, ou ne remarquent en fait, et de façon paradoxale, que l'embarras et la gêne que ces grands timides respirent par tous les pores de leur corps qui, sans cela, serait passé inaperçu.

Adam avait renoncé à expliquer à Abdelmoula qu'il désirait plus que tout la solitude. Il le recevait sans chaleur excessive, se laissait embrasser, rigide, et s'asseyait sur le lit. Le cousin s'emparait d'une chaise et commençait à lui poser des questions. Sa curiosité semblait insatiable.

Nadir, quand il était présent, ne disait rien, ou presque, et évitait de croiser le regard de son hôte; mais il était tout ouïe.

Au fil des jours, une évolution se produisit en Adam; il commença à apprécier, parfois, ces visites quotidiennes (c'était peut-être l'appétence qui revenait?), même s'il lui en coûtait toujours de mener une vraie discussion. Mais, se disait-il, n'était-ce pas ainsi que les hommes, à l'époque de son grand-père, passaient leurs journées? Et Ibn Tofayl avec son ami l'émir? Ne déambulaient-ils pas dans les jardins de l'Alcazar, en parlant de philosophie, de poésie, de science? L'émir ne tenait-il pas conseil sur son divan, où se traitaient les affaires du monde? Ces grands palabres, en somme, faisaient partie de la vie lente et sereine à laquelle il aspirait.

Abdelmoula avait une idée fixe qui se déclinait en deux parties :

1. Adam faisait une dépression nerveuse.

2. La seule façon d'en sortir était l'islam. (L'islam est la solution *de tout*.)

Il était persuadé qu'Adam était athée, ou au moins agnostique, ou *zindiq*, libertin, bien que ledit Adam n'eût rien révélé de ce côté-là. Mais le fait qu'on ne le voyait jamais prier suffisait à Abdelmoula.

Au bout de quelques jours de discussions, ils en arrivèrent aux choses sérieuses. C'était au tout début de juin.

— Mais enfin, en quoi crois-tu? Le monde est absurde, c'est ça? Comme le dit *ton* Sartre?

(*Mon* Sartre? (Je fais concurrence à Simone.))

— Pas exactement, répondit Adam. Il y a du sens, si on veut. (Allons, il faut que ça sorte.) Disons qu'il y a quatre niveaux de sens.

— Quatre? Pas un de plus? railla Abdelmoula en se calant sur sa chaise. Je suis curieux d'entendre ce que tu vas nous raconter.

Ce jour-là, Nadir était de la partie. Ses yeux semblaient exorbités.

De mauvaise grâce, Adam commença à parler.

29

Credo de l'agnostique

Au niveau zéro, celui des atomes, il n'y a rien. Rien de plus que cela : des particulaires élémentaires. On ne sait pas vraiment ce que c'est (des vibrations ? (Mais de quoi ?)). Quel sens cela a-t-il ? Aucun. On peut juste dire : *il y a quelque chose*. On peut tout juste constater. Mesurer, si possible. (Mesurer, c'est *savoir*.)

Abdelmoula renifla un grand coup, c'était sans doute une forme d'objection mais il ne dit rien. Nadir ouvrait grand la bouche.

Dans un deuxième niveau, il y a des *relations* entre ces particules. (Peut-être ces relations sont-elles le seul monde *réel*.) Par exemple, les quatre forces élémentaires...

— Rappelle-nous ce qu'elles sont, grinça Abdelmoula.

Était-ce de l'ironie ? Ou une vraie soif d'apprendre ? Mais tout le monde savait cela, non ?

Après quelques secondes d'hésitation, Adam se lança. Quatre interactions élémentaires répondent de *tous* les phénomènes observés dans l'univers. Chacune se manifeste par une force : les interactions nucléaires forte et faible, l'interaction électromagnétique, la gravitation. D'une certaine façon, il y a du sens là-dedans : ce sont des *équations*. Quelque chose égale autre chose. Rien de plus. Mais, après tout, c'est une forme élémentaire de sens... (Reniflement.)

Oui, c'est une forme de sens, puisqu'il y a un certain ordre : «La nature s'écrit en langue mathématique.»

— Tu cites qui, là?

— Galilée.

— Mmmm. Continue.

Puis, et on arrive au troisième niveau, la vie était apparue sur cette Terre. Le sens, ici, était celui de l'évolution. Darwin avait tout dit là-dessus.

(Coup de trompette nasale d'Abdelmoula. La guerre est déclarée.)

— La finalité d'une structure vivante ne peut être que de se maintenir en tant que structure, affirma Adam; puis il évoqua le «gène égoïste».

— Je te prêterai le livre de Dawkins.

— Non, non, fit Abdelmoula du bout des lèvres. Je me passe de tous les livres qui se fondent sur Darwin. Le darwinisme n'est qu'une théorie, et c'est une théorie erronée. L'immense savant Harun Yahya l'a démontré. Mais revenons à ce que tu disais avant. Cette histoire d'interactions, de forces, etc. (Il hésita un instant, regarda autour de lui, puis prit un crayon sur la table de chevet.) Regarde bien : je tiens ce crayon avec mes doigts au-dessus du sol. (Petite pause.) Si j'ouvre les doigts, qu'est-ce qui va se passer?

Adam répondit, de mauvaise grâce :

— Il va tomber au sol.

— *Peut-être*. Mais pourquoi?

— À cause de la force de gravité. À quoi riment ces questions ?

— La gravité ? Faux ! C'est la volonté de Dieu qui le fait tomber. À chaque milliardième de seconde, c'est Dieu qui décide de ce qui se passe. Ibn Arabi l'a très bien exprimé dans *Risâlat al-anwar*. (Il ferma les yeux et se mit à déclamer :) « S'Il venait à être séparé du monde le temps d'un battement de paupières, le monde disparaîtrait... »

— Le crayon...

— Eh bien quoi, le crayon ? Dieu appuie dessus à chaque milliardième de seconde, à chaque *atome de temps*, pour le pousser vers le sol, jusqu'à ce qu'il touche le sol ; c'est ça, une chute. Tes interactions, tes forces, tout ça, ce n'est qu'une illusion, une invention de philosophes. Ghazâli a tout dit là-dessus.

Adam protesta :

— Mais le crayon tombe *toujours* ! Il ne reste jamais suspendu en l'air. On peut donc dire qu'il s'agit d'une loi de la nature et ne pas impliquer Dieu dans des événements aussi banals que la chute d'un crayon ou d'une balle de ping-pong ! Comme disait Laplace, on n'a pas besoin de cette hypothèse...

Sursaut indigné du cousin :

— Dieu est une *hypothèse* ?

— Non, c'est ton truc de crayon qui est une hypothèse : que Dieu intervienne dans la marche du monde, pour la perpétuer ou pour corriger de temps en temps ce qui se déglingue. C'est en ce sens que Laplace dit qu'on n'a pas besoin de cette hypothèse.

— Comprends pas.

— C'est pourtant simple. Il y a des lois de l'univers, tu peux croire que Dieu les a créées et puis qu'Il

214

s'est retiré sous sa tente. C'est même plus... plus *élégant*, en somme. Plus *digne*. Ça évite à Dieu d'intervenir dans le choix de la cravate de Tartempion quand Tartempion va au bal des pompiers.

— Ce n'est pas ton pompier qui choisit sa cravate, c'est Dieu. C'est dans la sourate du Butin : «Ne dis pas : j'ai tiré la flèche, mais : Dieu a tiré la flèche». (Il répéta la phrase, le doigt levé :) *ma ramayta idh ramayta walakinna Allah rama...* Quand tu liras Ghazâli, tu comprendras. Alors, c'était quoi, le quatrième niveau ?

Adam inspira profondément. Fallait-il continuer ? Il se rendait compte maintenant qu'il ne faisait que réciter le credo de n'importe quel agnostique européen, dans un monde désenchanté. Était-ce *cela* qu'il était, au fond ?

Il reprit son exposé.

Oui, il y avait les hommes. *L'homme*. Le quatrième niveau. Là, il y a des affects, une certaine liberté. Un sens *que chacun donne à sa vie*. Et si on veut le faire sous forme de croyance, pourquoi pas ?

Cela ressemblait à une concession faite au cousin mais il ne le vit pas ainsi.

— En d'autres termes, toutes les croyances se valent ? demanda Abdelmoula, stupéfait.

Nadir écoutait, la bouche entrouverte, sans rien dire.

— Oui, répondit Adam.

— Tu ne mets quand même pas sur le même niveau l'islam et les autres croyances ?

— Quel islam ?

30

Zniga et les deux notaires

Il y eut un silence de quelques secondes, un silence chargé de tous les dangers.

— Comment ça, quel islam ? Tu te moques de moi ?

— Non, mais je constate que chacun est persuadé que *sa* façon de pratiquer l'islam est la seule valable ; en d'autres termes, que c'est lui qui connaît le *vrai* islam. Moyennant quoi, ce sont des dizaines de religions qui revendiquent ce nom, comme si des dizaines d'individus prétendaient s'appeler Archibald Pompon, et en plus, être le seul, l'unique, le vrai Archibald Pompon. C'est pourquoi je te demande : *quel* islam, quand tu me parles de « l'islam » ?

— Archibald Pompon ?

— Laisse tomber, c'est juste une image. Mais ma question est sérieuse. D'abord, il y a les sunnites, les druzes, les qarmates, les ismaéliens, les ibadites, les ahmadis, les adeptes du Vieux de la Montagne (on se croirait dans Tintin), les nizârites, les mustaliens, etc. N'en jetez plus ! Et d'autre part, à l'intérieur de chacune de ces sectes, chaque individu a des conceptions différentes de son voisin, même s'ils prient ensemble à la mosquée. L'un imagine Dieu comme un grand gaillard à la barbe blanche, brandissant un gourdin, prêt à taper sur les mécréants ; l'autre le voit vieillard illuminé, assis en tailleur sur un nuage ; un autre encore n'imagine rien du tout et se contente de se prosterner. En quoi peut-on dire que ces gens-là ont *la même* religion ?

— Qui est Archibald Pompon ? Un orientaliste ?

— Mais non, oublie Archie, je l'ai inventé de toutes pièces, c'était juste pour t'expliquer qu'on ne peut pas parler de l'islam, au singulier, comme s'il n'y en avait qu'un. Il y en a exactement un milliard, autant que d'individus qui se disent musulmans.

— Nous nous référons tous au même Dieu, non ?

— Non. Déjà, toi et moi, nous ne parlons pas de la même chose quand nous utilisons le mot «Dieu».

— Comment ça ?

— Ton Dieu, mon cher Abdelmoula, est en fait une sorte de Superman ; mais Superman, c'est quoi ? Ce n'est encore qu'un homme doté de pouvoirs extraordinaires. Ton Dieu n'est qu'un homme éternel, très fort, très futé... Une sorte de colosse de foire, avec un œil de lynx, l'ouïe d'un chat, l'odorat d'un chien... Ton Dieu est une espèce de bestiaire-en-un, l'homme-orchestre-miaou-ouah-ouah plus le cri du lynx. Ce n'est pas l'idée que je me fais de l'Être suprême, qu'on ne peut pas se représenter, qu'on ne peut même pas imaginer.

— *A'oudou billah...* Tu traites Dieu de chat ? Tu le compares à un chien ?

— Non, c'est toi qui le fais. Toi et les millions de benêts qui te ressemblent dans ce beau pays et dans toute la *oumma* musulmane.

Après quelques secondes de sidération, Abdelmoula se ressaisit et joua à la perfection la grande scène de l'indignation. Il pointa le menton vers Adam, roula des yeux comme Roland furieux, rejeta les pans d'une toge imaginaire par-dessus son épaule, se leva et fit mine de s'en aller («Je ne resterai pas un instant de plus dans ce lieu où l'on m'insulte, etc.»); mais constatant que son féal Nadir restait vissé à son siège, l'œil exorbité, il se rassit en grommelant.

Puis :

— Qu'importe l'apparence que Dieu a, ou qu'il n'a pas ? Il s'agit bien du même Dieu, puisque nous lui prêtons les mêmes pouvoirs, toi et moi... (Silence.) Car nous lui prêtons les mêmes pouvoirs, non ?

— Même pas, répondit Adam.

— Ah bon ? Eh bien, explique-nous cela, cher cousin.

(Il réussit l'exploit de cracher «cher cousin» comme une injure.)

— Commençons par ce qui semble le plus simple. Dieu est-il omniscient ?

— Bien sûr ! C'est écrit en toutes lettres dans le Coran : *wa huwa bi-kulli chay'in 'alîm*... Dieu est le *'alîm*, le «sachant» par excellence. Il sait tout, absolument tout.

— Eh bien, tu vois, ça, ça me pose un problème. Et même trois.

— Allons-y.

— Premier problème : si Dieu est éternel et immuable, comment peut-il connaître des événements contingents ?

— Contingents ?

— ... oui, c'est-à-dire qui peuvent se produire, mais qui pourraient aussi bien ne pas se produire.

— Explique.

— Par exemple, un footballeur va tirer un penalty. S'il marque, Dieu le sait-il à ce moment-là ? Si oui, cela veut dire qu'il y a eu un moment où Dieu ne le savait pas, puis un moment où il le sait. Donc sa nature change à ce moment-là, Dieu sait un truc de plus : que le footballeur a marqué (olé !). Pour moi, c'est inconcevable : Dieu «changé», son savoir «augmenté», par un coup de pied ! Comment l'infini, l'éternel, peut-il être changé par un banal tir au but ?

Abdelmoula esquissa un rictus méchamment scolastique, du genre «je t'attendais là !», «on ne me la fait pas !», «je ne suis pas né de la dernière pluie !».

Il cria triomphalement :

— Mais non ! que ce mécréant de footballeur score ou non ne change rien à la nature de Dieu, car Dieu a toujours su qu'il allait le faire !... de toute éternité !

Nadir approuva énergiquement de la tête (on parlait football, c'était à sa portée). Adam continua, posément :

— Très bien. Donc il y a eu, de toute éternité, ce fait *potentiel* que le footballeur allait convertir ce pénalty et Dieu le savait. Mais au moment où le but est marqué, le 3 mai de cette année, à 19 h 35, on passe du potentiel au réel, à l'actuel. Il y a un changement de nature du fait. On peut même soutenir qu'il s'agit de deux faits différents. Savoir que quelque chose va se produire n'est pas la même chose que savoir que quelque chose vient de se produire *effectivement*. Et donc Dieu change aussi à ce moment-là ; ou alors, il n'est pas omniscient.

Abdelmoula resta silencieux, ruminant les arguties de son cousin métaphysique.

Celui-ci en profita pour élaborer sa démonstration.

— Le deuxième problème que je me pose est celui-ci : si Dieu est omniscient, il sait donc tout ce qui va se passer dans l'avenir, et en particulier nos actes futurs, n'est-ce pas ?

— Exact, tout ce que nous penserons, dirons, ferons est connu de Dieu de toute éternité.

— Mais alors... *quid* du libre arbitre de l'homme ?

— Il existe. C'est ce qui relève de la conscience, de l'intention, de la volonté.

— Mais comment ? Puisque Dieu sait déjà ce que nous ferons ! C'est donc lui qui l'a déterminé, pas nous.

— Non, c'est nous. L'être humain est créé libre et responsable de ses actes. Contrairement à l'animal, il n'est pas guidé par ses instincts.

— Mais comment puis-je être responsable de mes actes si Dieu les a déterminés de toute éternité ?

— Ce n'est pas lui...

— Ah bon ? Il n'est pas Tout-Puissant ?

— Il nous inspire les notions du bien et du mal, du vrai et du faux, etc., et ensuite nous sommes libres d'agir.

— Mais pourquoi, sachant que Zniga allait noyer les deux notaires, n'a-t-il pas modifié la marche du monde pour que Zniga ne les noie pas ?

— Tiens ! Tu te souviens de cette histoire ? C'était il y a longtemps...

— Ben oui, le crime a été commis dans une maison qui se trouvait juste en face de la nôtre, quand j'étais môme...

— Donc, Zniga?

— Dieu savait ce qui allait se produire. Il pouvait modifier la marche du monde pour que ledit Zniga ne noie pas la paire de tabellions, mais il ne l'a pas fait. C'est donc lui le responsable, pas l'infortuné Zniga, qui rôtit injustement en enfer.

— Non! Dieu n'impose que ce qui est indépendant de notre volonté. C'est ça, le vrai sens de *mektoub*.

— Zniga...

— Tu nous emmerdes avec ton Zniga!

— Tu as raison, la question est insoluble. Eh bien passons au troisième problème : est-il convenable que Dieu sache tout? Ton petit pipi du matin, par exemple... Dieu doit-il savoir que tu as uriné trois petits décilitres à 7 h 56, ce matin? Et que tu portes un slip vert à petits pois orange? Ça manque de dignité, non?

— Qu'est-ce que mon slip vient faire dans cette histoire?

— Je ne peux pas concevoir un Dieu qui s'intéresse à la couleur de ta culotte.

— Culotte toi-même!

— Restons philosophes.

— C'est toi qui as mis mon caleçon dans l'affaire!

— Je le retire (métaphoriquement); mais tu vois ce que je veux dire. Je ne peux pas concevoir un Dieu qui observe que tu as fait pipi à 7 h 56, ce matin, avec tous les détails, avec l'afférent dont il vaut mieux que nous n'en sachions rien.

Adam avait dit tout cela en français, sans introduire le moindre mot de *darija* dans les phrases. Les deux comparses, n'ayant, de ce fait, aucune béquille linguistique pour s'assurer d'une bonne compréhension de ce qu'il venait d'affirmer, restèrent silencieux.

Il enfonça le clou :

— Tu vois bien que personne n'a la même conception de Dieu que son voisin. Le Diable est dans les détails.

— Mais que *sait* Dieu, selon toi ?

— D'abord, il faudrait s'entendre sur le sens du mot *savoir*. Ton Dieu-Superman « sait » comme l'homme, mais seulement *mieux* que lui ; il a les yeux partout, en somme, et il a les sens singulièrement aiguisés, comme je le disais tout à l'heure : œil de lynx, ouïe de chat...

— A'oudou billah...

— Or c'est idiot. Si Dieu était ce Superman, il ne serait pas absolu, incommensurable avec l'homme, il lui ressemblerait trop... Pour moi, Dieu n'a pas d'yeux, il n'a pas d'oreilles, il n'a pas de nez. Donc son savoir est d'une tout autre nature que celui de l'homme. C'est le savoir de celui qui crée, pas de celui qui observe, sent, goûte, écoute, etc.

— Mais que sait-il alors, *ton* Dieu ?

— Il a créé les principes généraux, les lois de l'Univers, la géométrie, la nécessité de l'évolution... Voilà ce qu'il « sait ». On pourrait dire : voilà ce qu'il *est*. Le reste, « le monde de la génération et de la corruption », comme dirait Ibn Tofayl, ça n'entre pas dans son domaine. C'est la marche banale du monde, le choix que tu fais chaque matin entre trente-six caleçons.

Nadir hochait la tête, imperceptiblement, comme s'il éclusait le flot d'idées qui traversait la chambre.

Abdelmoula fronçait les sourcils. Sans relever l'allusion à sa garde-robe, il se dressa à moitié sur son siège et cria :

— Mais alors, il ne sait pas que je fais cinq fois la prière, chaque jour ? Que je fais l'aumône aux nécessiteux ? Que je jeûne pendant le mois de ramadan ?

— Il est au-dessus de tout cela.

— Dans ce cas, comme saurait-il que je dois aller au paradis, après ma mort ? C'est par ces actions-là que j'y gagne ma place, non ?

Adam resta silencieux. De nouveau, il regrettait d'avoir trop parlé. Le fils de la négresse et son acolyte ne le suivraient jamais dans ses raisonnements. Il leva les deux mains en signe d'apaisement.

— À chacun sa façon de voir les choses.

— Ta façon de voir les choses, c'est de l'incroyance !

— Dans ce cas, Ibn Rochd était un hérétique, c'était exactement sa position. Je n'ai fait que la résumer. Il était quand même *qadi* à Cordoue, issu d'une famille de juges...

— Ibn Rochd a vraiment dit cela ?

— Oui. Mais arrêtons, il vaut mieux ne pas discuter. Tout ce que je voulais te prouver, c'est que chacun est persuadé que *sa* façon de comprendre l'islam est la seule valable. Or tous ne peuvent pas avoir raison en même temps. La meilleure façon de vivre ensemble est donc que chacun croie ce qu'il veut dans son coin, sans vouloir convertir les autres et, même, sans parler avec les autres. Je le répète : le Diable est dans les détails.

Abdelmoula secoua la tête.

— Non, non, le Diable est dans la discussion avec des gens comme toi. Hassan II a eu raison d'interdire la philosophie. N'oublie pas que *nous autres Marocains* (il avait appuyé sur ces trois derniers mots) sommes *ash'arites* : nous croyons que l'homme ne peut pas comprendre tous ces mystères. Il faut les laisser de côté, sans demander «pourquoi» ni «comment». Il faut croire *bila kayf*.

— Si tu précises «*nous* sommes *ash'arites*», c'est donc que tous les musulmans ne croient pas la même chose. C'est bien ce que je disais.

Abdelmoula et Nadir se regardèrent, l'air dubitatif.

Le fils de la négresse fut le premier à reprendre ses esprits.

— Peut-être. Mais les vrais musulmans, c'est nous. Les soixante-dix sectes iront en enfer, une seule sera sauvée : la nôtre, ceux de la sunna et de la *j'ma'a* : les sunnites ; nous, quoi. Il suffit de s'en tenir au Coran et aux *hadiths*. Et aux grands exégètes, comme Ghazâli.

Il ricana. Nanna, alertée par les éclats de voix qui sortaient de la chambre où se tenait le conclave, vint discrètement jeter un coup d'œil sur le trio d'hommes ; lesquels en profitèrent pour réclamer du thé : il fallait abreuver le débat.

Adam, sautant du coq à l'âne, fit remarquer à son cousin que cet islam-là, celui dont il venait de se targuer, avait été défini par le calife Omar plus que par le Prophète lui-même. Poussant la provocation, il pointa l'index sur Abdelmoula :

— D'une certaine façon, tu n'es pas musulman, tu es *omariste* !

31

Le deuxième homme

Abdelmoula bondit sur ses pieds, indigné par principe car il ne pouvait pas avoir compris ce qu'Adam venait de dire. Il balbutia :

— Retire ce que tu as dit !

Il ne souriait plus du tout. Nadir semblait pétrifié.

— Calme-toi, dit Adam. Je vais t'expliquer ce que j'entends par là. On peut quand même avoir une discussion sereine, comme Ibn Tofayl et son copain l'émir ?

Il prit une grande inspiration puis se lança, sous le double regard, l'un abasourdi, l'autre courroucé, de Nadir et d'Abdelmoula.

— Or donc... (Je me demande pourquoi je me fourre dans des histoires pareilles. Je vais encore avoir l'air d'un cuistre, à débiter des cours.) Or donc, cher cousin, il y a un phénomène bien connu dans toutes les religions, dans toutes les sectes, c'est celui du *deuxième homme*.

— N'est-ce pas *le troisième homme* ? interrompit Nadir, heureux de pouvoir apporter sa contribution au débat. Il y a même un film, avec l'Américain, le gros...

C'était la première fois qu'il prononçait trois phrases successives rue du Mouflon. Hélas, elles étaient hors sujet. Adam chassa l'interruption d'un geste de la main :

— Non, non, je parle du deuxième homme des religions. Par exemple, le christianisme a été inventé par Paul et non par le Christ, le mormonisme par Brigham Young et non par Joseph Smith, le prophète des mormons... (Ricanement plein de mépris à bâbord, où mouille le fils de la négresse.) Il y a aussi Nathan Ha'azati, et plein d'autres, mais bon, vous voyez ce que je veux dire, c'est toujours le deuxième homme qui met en place les rites, ce qu'il faut faire, ce qu'il faut croire, etc. En islam, c'est le calife Omar...

— Que Dieu soit satisfait de lui ! interjetèrent Nadir et Abdelmoula.

— ... c'est Omar qui joue ce rôle de «deuxième homme». Or... (Adam fit un petit geste d'apaisement en direction de son cousin, qui avait ouvert la bouche pour l'interrompre.) Attends, laisse-moi continuer, tu pourras m'objecter tout ce que tu voudras, mais *après*, d'accord ? Donc, Omar. Sa personnalité était aux antipodes de celle du prophète Mohammad. Là, je ne dis rien d'impie, tous les musulmans sont d'accord là-dessus : autant Mohammad était accommodant, plutôt doux, un peu féminin en somme, autant Omar était dur, sec, intransigeant. Notez que les chiites détestent particulièrement Omar parce qu'ils ont eux-mêmes leur *deuxième homme*, Ali.

— Que Dieu soit satisfait de lui !

— Amen. Maintenant, posons-nous cette simple question : qui s'est lancé à la conquête du monde et a gagné toutes ces batailles étonnantes, après la mort du Prophète ? Omar ! Victoire sur les Byzantins, en

Syrie, à Yarmouk, offensive à l'est contre les Perses sassanides...

— Je *dois* t'interrompre, dit Abdelmoula d'une voix forte. Tu parles de «conquêtes», or il s'agit de *foutouhât*.

— C'est le même mot, «conquêtes» en français, *foutouhât* en arabe.

— Pas du tout. Foutouhât, c'est positif, Omar apporte l'islam, donc la lumière, à des peuples qui vivent dans l'ignorance. Tu ne vas quand même pas mettre ça dans le même sac que les conquêtes des Espagnols au Mexique, par exemple ? Les conquista-dors ne cherchaient que l'or et l'argent.

— Du point de vue des peuples qui voient fondre sur eux des hordes de conquérants, sabre au clair, hurlant *hoï, hoï, hoï* sur un ton menaçant, c'est un peu la même chose... D'ailleurs, les Espagnols apportaient aussi une religion dans leurs fourgons : le catholicisme. Mais bon, on ne va pas faire de la sémantique. Je dis «conquête», tu n'as qu'à entendre foutouhât dans ta tête.

— Ouais... Je ne suis pas convaincu. Continue.

— Après ces con... foutouhât (heureux ?), c'est Omar qui met en place l'Islam, c'est-à-dire l'État : l'administration, les lois, la vie politique et sociale, etc.

Nadir et Abdelmoula, sentant qu'ils étaient mainte-nant en terrain connu, loin de Brigham Young et Nathan Ha'azati, se mirent à s'agiter sur leurs chaises, et leurs voix se confondirent en une protestation en basse continue, le premier posant sa voix entre le vio-loncelle et la contrebasse, et l'autre se faisant théorbe grinçant :

— Oui, mais c'était le plus juste des gouvernants, Omar ! (L'exact contraire des corrompus qui nous

227

mènent aujourd'hui !) Je te prêterai un livre : *Omar, le premier chef démocrate.* (Et moi, je t'en donnerai deux : *Omar et les autorités constitutionnelles* et *Omar et le pouvoir législatif.*) J'ai un livre de Taha Hussein sur Omar ! (Et moi, un ouvrage d'Al-'Aqqâd...)

Abdelmoula se leva, imposant le silence de sa main dressée vers le Ciel ; puis il ferma les yeux comme pour se ressouvenir de quelque chose d'important et se mit à déclamer de sa voix de girouette percluse par la rouille. On voyait bien qu'il citait une phrase apprise par cœur, en essayant de «mettre le ton».

— «Omar le Grand... était... grand... parce qu'il était à la fois Salomon, Alexandre, Jules César, Justinien, Pierre Ier de Russie et Napoléon : un général qui a gagné toutes ses batailles, un homme d'État avisé, un législateur, un réformateur... et un chef spirituel.»

Il se rassit, éperdu d'admiration. Nadir lui tapota le dos, comme on le fait de l'avant-centre après qu'il a marqué un but.

Adam, après avoir tué en lui cent phrases qui arrivaient virevoltantes, insolentes, flanquées de ricanements en stéréo, réclamant d'être dites comme antidote salubre après la tirade du cousin («N'en jetez plus !» ; «Et avec les oreilles, qu'est-ce qu'il sait faire ?» ; «Et c'est ainsi qu'Omar est grand !», etc.), reprit calmement :

— Votre enthousiasme confirme ce que je dis. Je vais même plus loin. Mohammad n'a-t-il pas confié : «S'il y avait un prophète après moi, ce serait Omar» ? (Approbation frénétique de la contrebasse et du théorbe.) Il lui reconnaissait donc un statut quasiment égal au sien. Cela a dû faciliter la mise en place de l'islam tel que le comprenait Omar, après la mort de Mohammad. De plus, celui-ci n'a-t-il pas affirmé dans certains *hadiths* qu'Omar était plus intransigeant que lui? Donc, d'une certaine façon, plus *droit*? (Hésitation des duettistes.) Par conséquent, ce qu'il y a de rigide, de puritain et de... (Il hésita.)... de *fanatique* dans l'islam vient plutôt d'Omar que de Mohammad. CQFD.

Le fils de la négresse et l'aut' zig restèrent cois. Ils avaient accordé les prémisses du syllogisme ; comment en réfuter la conclusion ? Nadir avait l'air d'un enfant pris en faute, ou qui a compissé ses braies. Adam poussa son avantage.

— Il y a des dizaines de *hadiths* qui confirment tout cela. Sur son lit de mort, Mohammad demande qu'on apporte de quoi écrire et qu'on note ces dernières recommandations : il veut laisser un testament à sa communauté. Omar s'y oppose : « Le Coran nous suffit. » N'est-ce pas le slogan des islamistes les plus bornés, aujourd'hui ?

Abdelmoula fit la moue. Adam continua :

— Omar s'est même opposé à ce qu'on mette par écrit les dits du Prophète, les *hadiths*. C'est encore la même idée : le Coran nous suffit. C'est la solution *de tout*.

Cette fois-ci, le cousin intervint :

— L'attitude d'Omar peut s'expliquer autrement : c'était pour éviter de faire comme les juifs qui ont tout mis par écrit. Ils ne s'y retrouvent plus, les pauvres. Ils doivent étudier pendant quarante ans et, après, ils n'ont pas tout compris.

— Peu importe. Vous savez aussi ce qu'on disait à l'époque du Prophète : « Omar a eu une idée, la Révélation l'a confirmée. » Ou bien, lorsqu'un problème se posait : «Pourvu que la Révélation vienne vite et qu'elle soit conforme à ce que pense Omar...»

Les deux hommes semblaient pétrifiés, car ils commençaient à comprendre ce que tout cela impliquait. C'était proprement inimaginable... Après quelques instants de silence, Abdelmoula secoua la tête, sauta sur ses pieds et fit signe à Nadir, qui se leva à son tour.

Il fit mine d'épousseter ses habits et murmura :

— Tu vas trop loin, cousin. Beaucoup trop loin.

Fais attention. On n'est pas en Suède. Tu ne peux pas dire n'importe quoi.

Adam soupira :

— Bon, ce n'était qu'une discussion entre nous, je voulais juste t'expliquer pourquoi je t'ai traité d'*omariste*. Ce qui n'est pas une insulte, d'ailleurs.

— Je suis peut-être omariste mais toi, qu'est-ce que tu es? Le sais-tu?

Il ajusta sa veste et s'en alla, sans attendre la réponse, suivi de Nadir. Adam entendit leurs pas s'éloigner. Quelques instants plus tard, la porte du riad claqua.

32

Premiers disciples

Le lendemain, le vendredi 2 juin, il se passa quelque chose d'insolite, et qui allait avoir des conséquences spectaculaires sur la suite des événements.

À l'heure du déjeuner, Nadir revint seul, sans Abdelmoula, dans cette rue du Mouflon qui, décidément, connaissait depuis quelques semaines une affluence, un va-et-vient, des activités diverses qui auraient grandement étonné ceux qui, au cours des siècles, l'avaient habitée, et pour qui elle avait toujours constitué le type même du derb marocain quiet, paisible, éternellement assoupi.

Nadir, au comble de l'exaltation, tambourina sur la porte du riad, sans relâche, jusqu'à ce que Nanna allât, de son pas lent, et en geignant, lui ouvrir.

Enhardi par une espèce de transe, Nadir entra dans le patio sans y être invité, comme si la pauvre femme n'eût pas existé – il la repoussa fermement, sans lui accorder d'importance, comme on repousse un mulet qui gêne, dans une ruelle étroite.

Adam était assis sur la margelle du puits, un livre à la main, la petite fille jouant à ses pieds.

Nadir se précipita sur les mains de l'ingénieur, les prit dans les siennes et les serra longuement, les yeux luisants, la bouche entrouverte et légèrement tordue, un minuscule filet de bave suintant de la commissure des lèvres. Tout son visage, son visage d'imbécile heureux ayant une raison de plus de l'être, exprimait une immense ferveur, au grand déplaisir d'Adam qui avait horreur des effusions, surtout quand il n'en comprenait pas le motif.

Allons bon. Qu'est-ce qu'il me veut, celui-là ? Pourvu qu'il ne me fasse pas le baisemain, je serais obligé de le précipiter dans le puits.

Peut-être a-t-il besoin d'argent ?

Ou bien vient-il me déclarer sa flamme ?

Même issue : le fond du puits. *(Bal tragique à Azemmour, un noyé...)*

Adam dégagea ses mains de celles du possédé et se tortilla un peu sur la margelle, se translatant sur le côté comme pour réclamer de l'air, le sourcil froncé.

Nadir semblait faire un grand effort pour maîtriser ses émotions. Il émit d'abord quelques balbutiements qui n'exprimaient pas grand-chose, sinon une grande confusion de sentiments. Après quelques instants, il réussit à poser sa voix et se mit à parler.

Ce fut alors un flux de phrases où se mélangeaient le français et le dialecte marocain, avec quelques mots d'arabe classique, très recherchés, très élégants, et qui donnaient à l'ensemble beaucoup d'allure, comme une malle de grande marque, fixée sur l'impériale d'une 2 CV, réussit à conférer à l'attelage un je-ne-sais-quoi qui en impose.

Il affirma avoir été grandement impressionné par ce qu'Adam leur avait exposé la veille, à lui et au fils de la négresse. Ça avait résonné dans sa tête, pendant toute la soirée, à tel point qu'il n'avait pu avaler son dîner et qu'il avait dû sortir faire une promenade le long du fleuve, l'Oum er-Rbia ayant, personne ne l'ignore, la vertu d'apaiser les turbulences de l'âme.

La nuit venue, et alors qu'il avait enfin réussi à s'endormir, il avait eu une vision, lui Nadir, «tel que vous me voyez» (geste enveloppant). Le Prophète lui était apparu... Oui, le Prophète! Hélas, il ne se souvenait plus des paroles que l'Envoyé de Dieu avait employées, ni même s'il avait ouvert la bouche, mais il savait maintenant, lui Nadir, ce qu'étaient sa mission, son destin, sa voie.

«Que de grands mots», pensa Adam.

Nadir s'arrêta, de nouveau vaincu par l'émotion. Il éprouva le besoin de faire le tour du bigaradier, ce qui ne prit que quelques secondes : le périmètre était modeste.

Revenu à son point de départ, il était tout aussi agité, mais il réussit à se reprendre, en s'ébrouant comme un cheval. Quelque peu calmé, il expliqua alors à Adam ce qu'il attendait de lui. Il voulait *savoir*... savoir ce qu'était cet islam dont le dernier Sijilmassi avait eu l'intuition... ce que serait réellement un islam spirituel, doux, «féminin», sans les apports du calife Omar. Je veux tout connaître... Enseignez-moi les mystères... Monsieur Sijilmassi... *Oustad*! Je serai votre deuxième homme! aux pieds du Maître! Le visage levé vers lui... vers les aubes... Comme à la mosquée Al-Quaraouiyine, à Fès! Comme dans la grande *mezquita* de Cordoue!

Adam sauta sur ses pieds, posa son livre sur la margelle et leva la main, la paume tournée vers Nadir, comme une digue dressée contre ses débordements :

— Holà! On arrête ces divagations! Je n'ai strictement rien à enseigner. Hier, nous avons eu une longue discussion, comme on peut en avoir dans n'importe quel café ou gargote ou banc sur la place de la Mairie ; mais c'est tout ! Je regrette d'ailleurs d'avoir discuté philo ou théologie ou Histoire, je ne sais trop comment qualifier tout ça. La prochaine fois, on parlera de football. Le *Difaa Hassani Jadidi* a, paraît-il, un nouvel entraîneur ?

Après quelques secondes de flottement, Nadir balbutia :

— Oustad... comment pouvez-vous dire cela ? Quand on a un savoir, il faut le partager.

Il avait l'air sincèrement étonné.

Il continua :

— Pourquoi êtes-vous revenu, sinon pour nous montrer la voie, nous qui n'avons pas eu la chance de mener nos études aussi loin que vous, nous qui ne sommes pas issus d'une aussi prestigieuse lignée que la vôtre ?

— Pourquoi suis-je revenu ? Je commence à me le demander moi-même... En tout cas, pas pour fonder une nouvelle religion, comme ces escrocs américains ou indiens qui finissent par rouler carrosse après avoir dépouillé leurs ouailles. Je suis venu me reposer à Azemmour, je fais le point dans ma vie. (J'ai besoin de me justifier devant ce benêt ?) En gros, je voudrais qu'on me fiche la paix. C'est clair ?

— Maî-aî-aître...

— Non, vraiment : il n'y a ni maître, ni oustad, ni beurre en branche. Il n'y a qu'un ex-ingénieur, très las, qui veut qu'on lui f..., euh, qu'on le laisse tranquille. C'est clair ? Et maintenant, en allez-vous, s'il vous plaît.

Nadir accusa le coup. Sa mâchoire sembla se décrocher sous le poids de la déception, ses yeux s'éteignirent, toute exaltation évanouie, son dos se voûta ; puis il tourna le dos et s'en alla, laissant dans son sillage une sorte de sifflement ténu, comme si ses bronches, elles aussi, participaient à son désarroi.

Pour autant, il ne s'avoua pas vaincu. S'il ne revint jamais voir Adam, on le signala à plusieurs reprises rue du Mouflon. On le vit parler à Bouazza, appuyé contre le mur pendant que l'entrepreneur écoulait son eau miraculeuse ; on l'aperçut aposté à l'entrée de la rue, immobile et silencieux ; on crut distinguer son ombre, la nuit, vive, insaisissable. De grandes manœuvres avaient commencé ; mais lesquelles ?

Une semaine plus tard, Adam, assis sur une chaise à côté du bigaradier, eut la surprise de voir entrer Nadir dans le patio, un trousseau de clés à la main. Il s'apprêtait à pousser la porte de la chambre bleue. Adam, sidéré, laissa choir le livre qu'il tenait à la main et l'apostropha :

— On peut vous aider ?

Nadir inclina la tête en direction de l'ingénieur :

— Bonjour, oustad. J'espère que vous allez bien ? Non, je n'ai pas besoin d'aide. Merci beaucoup. Dieu vous protège. Dieu vous garde.

Il entra dans la chambre bleue et referma la porte. On l'entendit bientôt psalmodier un chant soufi qui avait récemment été mis à la mode par la radio de Tanger.

Comme en terrain conquis... La petite fille, hilare, la bouche en fleur, l'œil pétillant, regardait Adam avec l'air de dire :

— Ça, c'est un peu fort de café, non ? Qu'est-ce que tu vas faire ? Hein ? Hein ?

Adam contourna le bigaradier et entra dans la

chambre du fond, ce qu'il ne faisait jamais ; mais la situation était exceptionnelle.

Sans s'embarrasser de salamalecs, il cria :

— Nanna ! Est-ce que tu connais un certain Nadir ?

La vieille femme, qui était allongée sur son lit, sursauta puis se dressa sur son séant en arrangeant son foulard sur ses cheveux épars, roussis par le henné. Elle balbutia :

— Quoi ? Qu'est-ce ? Que veux-tu, mon fils ?

— Je te demande si tu connais un homme nommé Nadir, un grand dépendeur d'andouilles qui accompagne parfois le cousin Abdelmoula ? C'est incroyable : il a l'air de s'être installé dans la chambre bleue. En tout cas, il en possède la clé.

Assise au bord du lit, Nanna prit le temps de réfléchir, comme si l'affaire demandait réflexion ; puis elle répondit :

— Tu veux parler du fils de Lekbira, la masseuse du hammam ? Oui, je lui ai loué cette chambre qui était vide. Il m'a promis de ne pas nous déranger. Il fera moins de bruit qu'une souris, tu ne l'entendras jamais, sauf aux heures de la prière. C'est un homme très convenable.

Nom de Dieu... ! Saisi par une fureur incontrôlable, Adam se mit à crier en français, ce qui n'avait aucun sens puisque Nanna n'en connaissait pas le premier mot. À tout hasard, elle se mit à pleurnicher, promptement imitée par la petite fille, vite revenue de son hilarité, et qui ajouta à l'affliction générale quelques trépignements très réussis.

Puis Nanna murmura :

— Mon fils, tu sais bien que je n'ai pas d'argent. Heureusement que tu es revenu ici, la baraka est revenue avec toi, Bouazza m'achète l'eau du puits et le fils de Lekbira a loué la chambre bleue. Dieu est grand !

Adam, sans ajouter un mot, revint dans le patio, hésita un instant (Fallait-il aller expulser Nadir *manu militari* ? Mais à quel titre ?) puis il rentra dans sa chambre et s'étendit sur le lit, les yeux fixés sur une tache du plafond. Que faire ?

Il retourna la question dans tous les sens pour aboutir à cette conclusion déprimante : pour le moment, il ne pouvait qu'accepter cette situation insolite. Nadir, son premier disciple, son disciple autoproclamé, habitait désormais de l'autre côté de la cloison, dans la chambre bleue. Attends, je rêve ! Ça devient ridicule, cette histoire. Le fils de la masseuse, dissident du fils de la négresse, devient mon coloc' à mon corps défendant (corps qui, pour le coup, aurait bien besoin d'un massage, tant tout cela m'épuise). Ma parole, c'est un vaudeville. *Les portes claquent ! Boeing-Boeing !* (Ça devait finir comme ça. (Une histoire d'avion...)) Oui, mais encore une fois : que puis-je y faire ?

Les choses évoluèrent rapidement.

Au cours des jours qui suivirent, Nadir commença à recevoir dans sa tanière un groupe de «paumés» (ce fut le mot qui vint à l'esprit d'Adam quand il les vit la première fois) qui entraient furtivement dans le riad, la tête baissée, et obliquaient à main gauche pour entrer dans la chambre bleue, sans jamais regarder en direction du bigaradier ou de la chambre du fond, comme de pieux fidèles qui ne veulent pas surprendre les femmes de la maison, car elles pourraient être en cheveux, ou pis, monsieur, nues comme des succubes, et la malédiction divine n'est pas loin, n'est-ce pas ?

237

Qui diable étaient ces pèlerins si bien élevés?

Ces événements nous dépassent... Adam décida de noter avec soin l'apparence des paumés, leur physionomie... leur jeu de jambes, l'âge du capitaine... (Non, non, concentre-toi, tout cela pourrait mal finir, j'aurais peut-être besoin d'un alibi, un jour, ou de décrire les suspects, c'est fou comme on devient flic dans sa tête à force de vivre au pays de Basri.)

Leur physionomie? Eh bien, monsieur le commissaire, je ne puis les décrire autrement qu'avec les épithètes «doux, féminins, évanescents»... Tiens, ils me rappellent le prince Myshkin...

— Vous fréquentez un prince, vous?

— Je veux dire que mes pèlerins ont l'air bons, naïfs, un peu idiots.

La chambre bleue était devenue le lieu de réunion d'une étrange secte de corniauds fugaces; et ce qui inquiétait Adam, c'est que lesdits corniauds semblaient se réclamer de lui. Ils ne venaient jamais lui parler, on ne pouvait donc savoir ce qu'ils voulaient, ni qui ils étaient, mais leur chef de file était incontestablement Nadir-aux-grosses-lèvres, Nadir qui était en train de réaliser sa folle ambition : devenir un «deuxième homme».

Adam croisait maintenant des illuminés à toute heure du jour, lorsqu'il entrait dans le riad ou en sortait. Certains se figeaient et semblaient esquisser une sorte de révérence lorsqu'ils l'apercevaient, d'autres plaquaient leurs deux mains sur leur poitrine et inclinaient la tête vers lui. Adam ne pouvait s'empêcher de leur rendre leur salut par un léger signe de la tête, quitte à pincer les lèvres pour exprimer quelque réticence, ou un reste de dépit.

«Je suis cerné», murmura Tex Willer.

33

Lee Van Cleef entre en scène

L'été arrivait. Comme les jours s'allongeaient, Adam prit l'habitude d'aller au bord du fleuve attendre qu'il fît nuit pour revenir au riad et s'endormir. Assis sur un tronc d'arbre, le regard noyé dans le lent cours d'eau, il lui semblait parfois qu'il se dissolvait dans la nuit qui descendait enfin, dans le silence qui s'épaississait, dans le vent léger qui apportait à la ville des senteurs d'iode et de varech.

Alors il ne se posait plus la question : «qu'est-ce que je fais ici?», puisqu'il n'y avait plus rien *ici* qu'un cœur qui palpitait doucement et une âme immobile, passive, une âme qui n'éprouvait aucun besoin de lier entre eux, pour donner un sens au monde, les signaux ténus qui effleuraient ses yeux comme de minuscules phalènes, les vibrations de l'air qui apportaient la vaine rumeur des remparts et les effluves presque imperceptibles qui montaient du sol humide et noir.

Il y avait alors la tentation de l'extinction définitive, dans le prolongement de celle-ci, momentanée et tellement apaisante. Il suffisait de lester ses poches de galets...

... et apparaissait alors le visage long et fin d'une romancière anglaise, évoqué par cette image ; et elle entrait dans la rivière Ouse les poches pleines de cailloux...

... et même ma mort ne serait pas authentique, pâle reflet de celle de cette femme...

... même cela, on me le prendrait.

Un matin, alors qu'il revenait du hanout, une bouteille de lait à la main, Adam tomba, à l'entrée de la rue du Mouflon, sur deux hommes vêtus de gris qui semblaient l'attendre en fumant des Marquise. Ils surveillaient les allées et venues des citoyens sur un bout de trottoir défoncé, à côté d'un tas d'ordures sur lequel gigotait une portée de chatons abandonnés. Pourtant, le soleil brillait, l'air était pur, il y avait bien d'autres choses à faire, et de plus gratifiantes, que s'adosser à un mur et lorgner salement le badaud.

L'un des hommes était Basri ; l'autre, un grand échalas inquiétant, était le portrait craché de l'acteur Lee Van Cleef, lequel acteur avait connu une célébrité étonnante dans l'Empire chérifien, au cours des années soixante-dix. Les Marocains des villes connaissaient par cœur les répliques du western *Le Bon, la Brute et le Truand*. Certains se les répétaient dans les impasses et dans les bouges, quand ils étaient d'humeur bagarreuse.

Adam s'arrêta et le contempla, fasciné.

Ce visage taillé à la serpe, ces petits yeux méfiants, ce nez en bec d'aigle, ces traits burinés par le soleil... Le parangon du flic de cambrousse !

Basri le tira de sa rêverie :

— Dites-donc, l'ingénieur, je viens vous mettre en garde, avec mon collègue Lguerjourma, ici présent.

On s'inquiète en haut lieu ! Le commissaire est sur ses ergots ! Il peste, il fulmine, il menace... Écoutez, tant que vous étiez une sorte de marabout vivant, tout allait bien. Les gens sont crédules, ils ne demandent qu'à croire aux miracles. L'eau mouillée de la baraka des Sijilmassi, quel mal pouvait-elle faire ?

— Et en plus, elle n'était pas perdue pour tout le monde.

— Plaît-il ?

— Rien, rien. Continuez.

— Donc, marabout, bout d'ficelle, baraka liquide, talismans, tout ça, ça ne dérangeait personne. Mais maintenant que vous avez fondé votre propre secte (il leva un bras impérieux pour arrêter Adam qui s'apprêtait à protester)... maintenant que vous avez fondé votre propre secte, dis-je, il y a un problème. « La secte de la chambre bleue »... Eh oui, c'est comme ça qu'on l'a baptisée, au commissariat, jusqu'à plus ample informé... Et on se pose des questions. C'est quoi, ces types qui commencent à parler d'un islam « sans Omar » ? On sèche. On n'y comprend rien. Nous avons demandé son avis au conseil local des oulémas – discrètement, vous pensez bien... – et le conseil, après une lune de réflexion, a répondu ceci : au nom de Dieu le clément, le miséricordieux, d'une part, cette hérésie est inconnue (ils ont vérifié dans le *Kitab* de Shahrastani) ; il s'agit donc d'une innovation blâmable, et vous savez quel est le lot des innovations blâmables ?

Il se tourna vers Lee Van Cleef, leva la main comme un chef d'orchestre au moment d'attaquer le premier morceau d'une symphonie, hop-hop ! et les deux compères récitèrent :

— ... *wa koulla bid'atin fi-nnar!* Toutes les innovations mènent à l'enfer !

(« Et c'est ainsi qu'on fait du surplace pendant des siècles », pensa Adam ; mais il ne dit rien.)

Basri reprit :

— D'autre part (je vous résume toujours l'avis du conseil des oulémas), votre hérésie est d'autant plus dangereuse qu'elle confine étrangement au chiisme. Les chiites, vous ne l'ignorez pas, détestent le calife Omar. Dites donc, on n'est pas loin de *votre* islam sans Omar... Par ailleurs, j'ai entendu dire, par Ouajjou l'historien local, que les Sijilmassi étaient chiites il y a quelques siècles. Si, si ! Ceci explique peut-être cela. Votre sunnisme est de fraîche date, c'est peut-être un paravent, il n'est pas impossible que vous soyez, vous les Sijilmassi, des crypto-chiites en pleine *taqiyya*... Hé, hé... « L'hypocrisie sacrée »... Hein ? On ne nous la fait pas, nous autres... On sait des choses !... On maîtrise la situation, on assure... Mais bon, les Sijilmassi, on s'en fiche, c'est une famille prestigieuse et discrète, fourrée dans ses bouquins, elle ne dérange pas plus qu'un papillon qui agiterait ses petites ailes dans une jarre enfouie dans une cave... Mais « la secte de la chambre bleue » ? C'est le peuple, ça, des culs-terreux, des bouseux, ouh là ! c'est dangereux... De la graine de *kharijites*... Supposez qu'ils se convertissent en masse à l'hérésie des ayatollahs ? Soyons clairs : nous ne voulons pas de chiites ici. Pas de ça chez nous ! Hassan II avait excommunié l'ayatollah... Notre beau royaume est musulman sunnite malékite. Point. Il y a quelques milliers de juifs qui n'embêtent personne. À part cela, tout Marocain est, je le répète, musulman sunnite malékite.

— On n'a pas le choix ?

Lee Van Cleef intervint, d'une voix insinuante :

— Si, si, on a le choix. À condition de faire le bon, musulman sunnite malékite.

Adam examina attentivement l'homme qui venait de parler. Sa physionomie était impassible. Pourquoi Basri avait-il jugé bon de s'adjoindre un comparse, cette fois-ci ? Était-il le spécialiste des hérésies, au sein des renseignements généraux ? ou le préposé aux sectes ?

Il protesta :

— Mais que dit la Constitution dans son article 3 ? « L'islam est la religion de l'État, qui garantit à chacun le libre exercice de son culte. » Cela ne veut-il pas dire que chacun a le droit d'avoir son culte ?

Lee Van Cleef répliqua froidement :

— Où lisez-vous cela ? Moi, je lis : « L'islam est la religion de l'État, qui garantit à chacun le libre exercice de son culte *musulman sunnite malékite (sauf quelques milliers de juifs qui n'embêtent personne)* ».

— Mais... vous avez ajouté plusieurs mots ! Ce n'est pas écrit dans l'article 3 !

Lee tira une bouffée de sa Marquise puis riposta :

— Pourquoi écrire ce qui est évident ? Il n'y a que des fortes têtes de votre espèce qui ne voient pas, ou font semblant de ne pas voir, ce qui est évident. (Il se pencha en avant.) La Constitution ne dit pas non plus que le ciel est bleu, ni qu'un chat fait miaou. Vous contestez que le ciel est bleu ou que les chats font miaou ?

— Non.

— Alors, vous voyez bien.

Je vois, effectivement, que nous sommes au-delà de la logique, dans un monde que ni Aristote, ni Boole, ni

243

Frege n'avaient prévu. Adam se tut, ne sachant que dire.

Driss Basri et Lee Van Cleef se regardèrent, l'air satisfait. Allons! cet ingénieur n'était pas si coriace que ça. On aurait vite fait de lui faire entendre raison.

Pas si vite!

— Oublions la Constitution, oublions votre étrange logique, grinça Adam, revenu de sa sidération momentanée. Il y a autre chose, qui me turlupine : vous parlez de «ma» secte... Je vois bien à quoi vous faites allusion, ce va-et-vient... mais qu'est-ce que j'ai à voir avec ces hurluberlus? Ce sont les affidés d'un certain Nadir, que je ne connais ni d'Ève ni d'Adam, que j'ai vu en tout et pour tout trois fois dans ma vie. Il a loué une chambre à ma tante Nanna. Moi, j'en occupe une autre. C'est tout. Suis-je le gardien de mon colocataire? Ce Nadir...

Basri l'interrompit.

— Nous savons tout cela. Nous savons aussi, de source sûre, que vous n'assistez à aucune des réunions de la secte. Mais la question n'est pas là. La question est : pourquoi Nadir (qui s'appelle en fait Tibari, nous avons sa fiche), pourquoi Nadir s'est-il installé dans votre riad? *Parce que vous y habitez.* Et d'où tire-t-il sa doctrine? Eh bien, c'est simple, de vos élucubrations...

— Quelles élucubrations? J'ai eu un jour une discussion avec mon cousin Abdelmoula, sur un sujet d'histoire religieuse, un sujet tout à fait légitime sur lequel des érudits...

— Nous savons tout cela. Nous avons un résumé de votre exposé (par ailleurs très intéressant, toutes nos félicitations, plus celles du commissaire) sur ce que vous appelez la «théorie du deuxième homme». Mais la question n'est pas là, on n'est pas dans un congrès universitaire, on est à Azemmour, ici et maintenant.

Il pointa l'index vers le tas de détritus sur lequel trois chatons se chamaillaient, comme si c'était là le *hic* et *nunc*.

— Écoutez, on ne va pas faire de la philosophie, vous avez un mois pour résilier le bail de Nadir, si bail il y a. Qu'il aille s'installer ailleurs ! Au moins il n'y aura plus cette proximité, que le commissaire juge dangereuse, entre le rejeton d'une famille illustre, vous, et une bande de gueux auxquels un chômeur, *votre* Nadir, prêche des bizarreries. Le moment venu, on les arrêtera en douce, on les jugera vite fait bien fait, Tibari en tête, et on en enverra quelques-uns planter des eucalyptus au pénitencier d'El-Adir ou dans les ergs du Sahara. En attendant, ce qui nous importe, c'est qu'ils ne puissent plus se réclamer, implicitement, de votre ascendance. Vu ?

Les deux hommes écrasèrent chacun leur Marquise sur le trottoir, du bout du soulier, dans un beau mouvement synchrone qui suscita l'admiration de quelques passants désœuvrés, puis ils saluèrent en portant l'index à la bordure d'un chapeau qu'ils ne portaient pas et s'en allèrent.

Après avoir fait quelques pas, Lee Van Cleef se retourna soudain et décocha à l'ingénieur, qui était resté planté à l'entrée du derb, un regard chargé de toutes les menaces du Far West. C'était une manœuvre qu'il avait dû longtemps travailler devant son miroir. Il l'exécuta à la perfection.

Adam rentra chez lui, pensif, et donna un autre cours à la petite orpheline. Le cœur n'y était pas, mais comment refuser à l'enfant ce rendez-vous ? Elle l'attendait dans le patio, son ardoise sous le bras. Il lui apprit plusieurs noms d'objets, en français. Quand il s'étendit sur son lit, après le cours, il l'entendit réciter de sa voix claire les mots qu'elle venait d'apprendre, en trottinant autour du bigaradier : la maison, le mur, la chaise, le puits..., ce qui donnait, avec sa prononciation : « le mison, la mour, la haise, le poui »... Il sourit.

Voilà qui nous change de la police et des va-nu-pieds vendeurs de vent.

34

Notre secte et la leur

Une semaine plus tard, le 26 juin, les deux amateurs de Marquise revinrent voir Adam, mais ils lui tinrent un tout autre langage.

C'était une belle fin d'après-midi. Ils débarquèrent sans façons dans le patio ; sans doute avaient-ils trouvé le riad ouvert, ou peut-être avaient-ils un double des clés.

Quand il les vit surgir, Adam laissa tomber son livre à côté de la chaise sur laquelle il était assis, à l'ombre du bigaradier, et les dévisagea, intrigué.

Bien entendu, il n'avait pas résilié le bail de Nadir, à supposer qu'il en eût un, puisqu'il avait décidé de ne plus s'occuper des tribulations des uns et des autres. Il avait, pour ainsi dire, fermé ses yeux au monde ; il ne s'agissait que d'ombres dans la caverne, et l'essentiel était ailleurs – dans les livres. Il était aux prises avec le très complexe *Tahâfut at-tahâfut* d'Ibn Rochd.

Cette fois-ci, ce fut Lee Van Cleef qui prit l'initiative. Après les salutations d'usage, il attaqua :

— Monsieur Sijilmassi, on ne va pas jouer au plus fin avec vous. Vous êtes ingénieur, *donc* intelligent. On joue cartes sur table, d'accord ?

— On joue à quoi ?

Lee ne releva pas le ton ironique qu'avait pris Adam et continua sans ciller :

— Vous savez qu'il y aura bientôt des élections municipales dans tout le pays, donc ici aussi, à Azemmour, à la fin du mois de juillet, pour être précis. C'est sérieux, les municipales. La secte du pseudo-cheikh Bassine nous cause des soucis. Elle est capable de «mobiliser», comme on dit, tout ce que la ville compte de désœuvrés, d'aigris, de miséreux...

— ... d'illuminés... inséra Basri.

— ... d'ignorants, d'instituteurs, de fous...

— N'en jetez plus ! protesta Adam.

— Bref, on se comprend, n'est-ce pas ? Ça fait du monde... Ces gens-là risquent d'envoyer au conseil municipal une majorité islamiste qui choisira un maire dans ses rangs. Vous imaginez ce cauchemar ? Un maire cinglé, un premier adjoint fada, le délégué à la «culture» qui sort son tromblon dès que le mot est prononcé, le tuteur des associations qui les interdit toutes, le chargé de l'environnement qui fout le feu au lac, et dans la salle de réunion, quand les séances sont publiques, les dingos de l'urbi et de l'orbi réclamant l'abolition du tourisme et la convocation, séance tenante, de l'Apocalypse !

Il était devenu extraordinairement loquace, Lee Van Cleef. Il mélangeait avec maestria la *darija* marocaine au français, à l'arabe classique, le tout parsemé de quelques mots espagnols venus du Nord.

— Pourquoi me soumettez-vous ce scénario bis-cornu ? s'inquiéta Adam.

— J'y arrive. Vous savez qu'il y a eu autrefois, ici même, dans la «chambre effondrée», un saint homme qui avait fondé une zaouïa...

— Oui, je sais, pour enseigner les fameux mystères de l'Est. Et alors ?

Basri et Lee Van Cleef le fixèrent un bon moment, les yeux brillants, et deux sourires isomorphes se dessinèrent sur leurs trognes. *Ils avaient un plan.*

Lee reprit, à voix basse.

— Vous savez aussi que des wahhabis ont détruit la zaouïa, sous Moulay Slimane, c'est-à-dire la pièce dans laquelle le wali dispensait ses cours à ses adeptes...

— Lui-même a disparu, interjeta Basri.

— Exactement, continua Lee Van Cleef. Vous savez aussi, monsieur l'ingénieur, qu'en attendant la parousie, c'est-à-dire la réapparition du saint homme, notre ami Bouazza a pris sur lui d'amasser des fonds pour reconstruire la zaouïa...

Adam protesta :

— Toutes ces histoires abracadabrantesques, je les connais. Et elles commencent à me faire suer, pour être franc. Elles m'encombrent le crâne. Quel est exactement l'objet de votre visite ?

Lee et Driss se regardèrent avec un air de triomphe, auquel se mêlait une jubilation anticipatoire (« On va t'en dire de belles ! »).

Cette fois-ci, ce fut Basri qui parla, ou plutôt qui hoqueta :

— Mais enfin, monsieur Sijilmassi, vous ne voyez pas où nous voulons en venir ? C'est pourtant évident ! Grâce à vous, nous tenons le moyen de damer le pion à la secte du soi-disant cheikh Bassine !

— Grâce à moi ?

— Oui ! Votre retour dans la maison de vos ancêtres est un vrai don de Dieu. Maintenant, toutes vos aventures prennent enfin leur sens véritable. C'est comme un puzzle : les petites pièces se mettent en place. Ce périple à pied, de Casablanca à Azemmour... Nous ne voulions pas y croire, au début, nous nous disions : il affabule, l'ingénieur. Il exagère... Il se vante, il galèje... Et puis hier, alors que nous examinions, une fois de plus, votre cas avec le commissaire Daoudi, nous avons compris. Euréka ! On était trois, nous deux plus Daoudi, à l'heure du déjeuner, trois sandwiches, trois Coca, et votre dossier étalé devant nous, sur une table basse, dans le bureau du patron. Et ça a été une révélation ! Soyons justes : c'est le commissaire qui l'a eue, la révélation. Il s'est pris l'occiput dans la main droite et a crié : «Il a marché depuis Casa ? Mais... c'est comme les prophètes : ils vont toujours à pied !» On s'est regardés. Il avait raison, le boss : on n'a jamais vu un prophète prendre un taxi, ni un pousse-pousse. Abraham en vélo, Joseph en berline, Moïse en jeep dans le Sinaï : personne n'a jamais signalé de telles scènes.

— Attendez, j'ai peur de comprendre. Vous me prenez pour un prophète ?

— Qu'importe ce que *nous* pensons. L'important, c'est ce que croiront les électeurs, la masse, la *'amma*. Maintenant que le dernier Sijilmassi est revenu vivre ici, et à pied en plus, à pied !... comme bouna Adam, comme *sidna* Moussa, peut-être l'enseignement ésotérique reprendra-t-il, dans la chambre effondrée ? Le commissaire a embrayé : «Finalement sa secte, à l'ingénieur, c'est pas mal... Y a du bon ! Les élections municipales approchent, et ensuite, il y aura les législatives. Pourquoi ne pas fusionner l'ingénieur et Tibari, son bras droit, avec Bouazza le puisatier, et recréer vraiment la zaouïa ? Il y a déjà les adeptes, tous ceux qui achètent l'eau miraculeuse, et le noyau dur : les gueux de Tibari (que vous appelez Nadir)... On peut susciter des articles dans les journaux, nous les tenons tous : on prouvera l'efficacité de la source miraculeuse (des médecins signeront) et on fera le lien avec la zaouïa reconstruite. L'eau sacrée, la baraka, la zaouïa, tout cela sera de notre côté, pas de celui de cette vieille fripouille de cheikh Bassine. Pourquoi ? (Écoutez ça, c'est génial, c'est la pointe de la combinaison...) Parce que, le moment venu, le dernier Sijilmassi (c'est-à-dire vous, précisa le policier qui rapportait les paroles du commissaire) prendra publiquement position dans cette affaire d'élections municipales, en faveur du maire sortant ! » À propos, vous le connaissez ? Dahane ? l'avocat ?

— Je n'ai pas cet honneur.

— « De cette façon, nous dissuaderons des milliers de citoyens de voter pour la secte du cheikh Bassine », a conclu le commissaire en se flanquant une énorme claque sur la cuisse. Il était tellement content de sa trouvaille, Daoudi, qu'il nous a laissé son sandwich à peine entamé pour aller dare-dare voir son ami Dahane, à la mairie. Il tombait à pic !

Basri reprit son souffle, puis, sur le ton de la confidence :

— Figurez-vous que cela fait des mois que l'avocat se fait un sang d'encre. Il a peur de perdre sa place, de devoir la céder à un allumé de la Bassine... Rabat aussi s'inquiète. Azemmour, c'est petit, mais symboliquement, c'est énorme. L'antique cité d'Azama, les Phéniciens, les Romains, Juba II, vous connaissez la litanie, le bureau du tourisme nous la récite assez souvent... Azemmour aux mains du cheikh ? Rabat frémit, Rabat trépide... Et voilà que nous avons la solution ! Grâce à vous !

Adam interrompit l'archer en levant la main, comme s'il faisait un appel au règlement.

— Messieurs, il y a quelque chose qui m'intrigue. Vous êtes en train d'élaborer des plans mirobolants devant moi, des plans dans lesquels je semble jouer un rôle essentiel ; et vous le faites sans aucune précaution oratoire, sans vous gêner ; comme si mon accord vous était d'avance acquis ; en somme, comme si j'étais des vôtres.

Les duettistes se regardèrent, ébaubis, puis Lee Van Cleef répliqua, sur le ton de l'évidence :

— Mais vous *êtes* des nôtres. C'est la nature des choses. Franchement, entre le Makhzen et la secte du pseudo-Bassine, vous choisissez qui ?

— Je *dois* choisir ?

— Bien sûr. Vous êtes embarqué. (Il se racla la gorge.) Posez-vous une question simple : est-ce que vous préférez vivre dans un pays régi par des intégristes illuminés qui finiront par vous lapider parce que vous ne vivez pas en conformité avec les lois du Coran, telles qu'*ils* les interprètent ; ou bien dans un pays moderne, régi par un Makhzen rationnel, qui vous laisse faire tout ce que vous voulez du moment que vous respectez des lois somme toute peu contraignantes ?

Adam resta silencieux pendant une bonne minute. (Des lambeaux de phrase, où il était question de la peste et du choléra, apparaissaient devant ses yeux.) Les deux policiers en profitèrent pour allumer chacun une cigarette. Ils faisaient des ronds de fumée en le regardant, comme s'ils attendaient une réponse à cette question qui semblait pourtant n'en exiger aucune.

Il sortit enfin de son silence :

— Admettons. Mais vous ne comptez tout de même pas sur moi pour assurer un enseignement religieux ?

— Pourquoi pas ?

— Pour commencer, je ne suis pas fqih.

— Ce n'est pas une marque déposée. Chacun peut se bombarder fqih.

— D'autre part, je suis venu ici faire le point, réfléchir...

— Vous aurez tout le temps de réfléchir après les élections, une fois Dahane réélu. On vous paiera un séjour dans le meilleur hôtel d'Agadir, y a pas meilleur endroit pour cogiter, face à la mer, un cocktail à la main. En attendant, vous ferez œuvre salubre ici. Il faudra seulement laisser tomber vos élucubrations sur Omar, le «deuxième homme», le «rigide», l'«intégriste», etc. Contentez-vous du juste milieu, de notre bonne vieille sunna saupoudrée d'un peu de mystique. Bien entendu, vous serez rémunéré, comme un imam ou comme un professeur, d'ici aux élections. Ou, si vous préférez, nous vous paierons un loyer pour l'usage de la chambre effondrée, qui sera devenue la «chambre reconstruite». Hé, hé...

— Hé, hé ? Quoi, hé, hé ? Votre plan est bancal. Une zaouïa, c'est du soufisme, non ? Ces gens-là ne se mêlent pas de politique. Comment voulez-vous les mettre au service de l'État ?

Lee Van Cleef ouvrit la bouche pour répondre mais Basri lui fit un petit signe de la main («Attends, je prévoyais cette objection, j'ai de quoi lui clouer le bec...»), s'éclaircit la voix et se transforma en sophiste de haut vol :

— Réfléchissez. Ils cherchent l'union avec Dieu, vos soufis, n'est-ce pas ? C'est le stade ultime de leur ascension, hein?... l'union, le fna', l'extinction de l'ego dissous en Dieu pour l'éternité... «Il n'y a pas de réalité en dehors de Lui», disent-ils. Bien. Mais Lui, Dieu, qu'est-il d'autre que la Raison suprême? Absolue? (Petite pause.) Or qu'est-ce que l'État, sinon une forme suprême de la Raison? (Ne dit-on pas : la «raison d'État», pour exprimer ce qui a le droit de transgresser la Loi?) Donc, l'État gère les corps de la façon la plus rationnelle qui soit; libre aux âmes de faire ce qu'elles veulent (du moment qu'elles n'embêtent personne, ces sauterelles). (Il tira une bouffée de sa cigarette, puis, désinvolte :) Par exemple, qu'elles cherchent l'unité avec Dieu, les âmes, du moment que les corps se donnent à l'État. (Ne dit-on pas : les corps d'État?)

— Ça n'a rien à voir, protesta Adam.

— Tout est dans tout, répliqua posément Basri, en faisant quelques ronds de fumée; et inversement. Où en étais-je? Ah oui, les âmes à Dieu, les corps à l'État. Votre ami Hegel...

— En quoi Hegel est-il mon ami?

— ... votre ami Hegel a cherché toute sa vie la forme la plus haute de la rationalité. Il l'a trouvée où, en fin de compte? Dans l'État prussien! Alors, vous voyez bien.

— *Mehr licht*, s'il vous plaît, je ne vois rien.

— Allons, ne faites pas l'idiot. Vous avez parfaitement compris. Le soufi cherche l'union de son âme avec la Raison suprême, il est donc parfaitement logique qu'il lie son corps à l'État, qui incarne ici-bas la Raison.

Adam était abasourdi; d'où un simple inspecteur de police, en poste à Azemmour, l'air épais et l'œil louche, pouvait-il bien tirer tout ce galimatias philosophique, toutes ces références érudites et ce raisonnement digne de Gorgias? Cela tenait du prodige. Il finit par lui poser la question, en ajoutant :

— Vous savez que vous n'êtes pas très *crédible*? Je veux dire, en tant que personnage. Si vous étiez un personnage de roman ou de film, personne ne croirait en vous. Un poulet métaphysicien, qui cite Hegel? Ça n'existe pas.

L'autre renifla, le regard mauvais, comme s'il remuait de vieilles rancunes.

— La culture n'est pas réservée à ceux qui ont «fait la Mission». Moi aussi, paysan de l'Oum er-Rbia, j'ai posé mes fesses sur les bancs de la fac, avant d'entrer à l'École de police. J'ai étudié la philosophie, les sciences politiques et *tutti quanti*. Mais, n'étant fils de personne, j'ai abandonné ma thèse en cours de route et j'ai cherché un métier stable. D'où me voilà fonctionnaire des renseignements généraux. Basri, simple flic. Mais pas simplet – je lis, pour me cultiver; et pour comprendre comment pensent les gens comme vous, et aussi les gauchistes, les islamistes, les folles de Tanger, les rupins de Casa, l'épicier berbère, les émigrés, les femmes et les criminels : tout le monde, quoi. Si tu sais comment pense ton vis-à-vis, tu as un coup d'avance sur lui.

— Et moi? Vous savez comment je pense?

Basri alluma posément une autre cigarette. Puis il murmura :

— Je sais parfaitement comment vous pensez. Et maintenant que je vous ai expliqué le lien entre les soufis et l'État, je regarde ma belle montre Casio et je constate que le temps passe...

— ... et que vous ne nous avez pas encore donné votre assentiment, compléta Lee Van Cleef.

35

Adam dit non

Les deux comparses se turent de nouveau et le fixèrent intensément. Adam ne savait s'il fallait rire, s'émerveiller ou s'indigner de ce qu'il venait d'entendre.

— Vous voulez une réponse franche et nette ?

Approbation muette des duettistes.

— Eh bien, messieurs, c'est simple et définitif : non. Non, je ne vais pas me travestir en prophète ni en prédicateur. Non, je ne vais pas jouer le rôle que vous m'avez assigné dans la course à la mairie. Non, je ne vais pas entrer dans vos combines. Et vous m'obligeriez en quittant cette maison qui est encore un lieu privé, et non un moulin.

Les deux policiers restèrent cois. Puis Lee murmura :

— Qu'est-ce qui vous gêne, exactement, dans le plan du commissaire ?

— Ce qui me gêne ? Reprenons : il s'agit, si j'ai bien compris, de former une sorte d'alliance sacrée entre ce ballot de Nadir, Bouazza et ma pomme ? OK ? Mais posez-vous une simple question : qu'est-ce que j'ai à voir avec ces deux gus ?

Basri répondit benoîtement :

— Eh bien, pour commencer, vous êtes, tous les trois, marocains.

— Mais encore ?

— Ça ne vous suffit pas ? Vous êtes marocains, *donc* patriotes, *donc* vous voulez le bien de votre pays, tous les trois ; et par conséquent, vous ne voulez pas que la Bassine arrive au pouvoir. Et c'est pourquoi vous allez collaborer avec nous pour éviter cette catastrophe.

— Vous n'avez pas compris le sens de ma question. Écoutez, je suis désolé d'avoir à dire cela, je sais que ça a l'air terriblement arrogant, mais... euh, j'ai fait des études, moi ; pas comme Nadir...

— ... Tibari...

— ... ni comme Bouazza, qui est carrément analphabète. (Il commençait à s'échauffer.) Dites donc, on ne mélange pas les torchons et les serviettes, j'ai quand même des diplômes, je suis ingénieur, j'ai lu Montaigne et Voltaire...

Adam s'arrêta, déconcerté.

Je ne peux pas croire que je viens de dire cela. *Voltaire ?* Mais ne s'agissait-il pas, justement, d'oublier Voltaire ? Et voilà que je le brandis comme... comme un sauf-conduit, comme un titre de gloire... rosette... grand-croix de l'ordre... les palmes académiques... « torchons et serviettes » (j'ai vraiment dit cela ?)... Suis-je à ce point... vain ? orgueilleux ? élitiste ? Qu'est-ce qui m'arrive ?

Il ne disait plus rien, absorbé dans cette grande confusion qui s'était emparée de lui. Les deux policiers se regardèrent, puis Basri leva l'index, l'air menaçant :

— Allons, on n'a pas que ça à faire. Pour la dernière fois : que devons-nous dire au commissaire Daoudi ? Quelle est votre réponse ?

Adam se ressaisit.

— Eh bien, je vous le répète, c'est définitif : non. Non, je ne vais pas fonder un club avec deux bouffons illettrés pour faire élire maire un type que je ne connais même pas. La politique, ça ne m'intéresse pas, et vos salades encore moins. Au revoir.

Les policiers ne bougèrent pas.

Les fortes paroles de l'ingénieur avaient sans doute du mal à percoler dans leur encéphale. Basri laissa son regard errer sur les murs intérieurs du riad, sur les portes des chambres, sur l'arbre et la margelle du puits, comme s'il faisait un état des lieux. Lee Van Cleef, lui, alluma une cigarette, lentement, avec des gestes étudiés, et en souffla la fumée en direction d'Adam, qui fit la grimace et se mit à tousser. Puis ils se concertèrent du regard et tournèrent les talons.

La porte d'entrée claqua.

Au loin, le muezzin se mit à lancer l'appel à la prière.

Tout cela ne présage rien de bon. Ai-je bien fait de les envoyer bouler ? N'aurais-je pas dû prendre rendez-vous avec le commissaire et m'expliquer avec lui ? *Mieux vaut parler à Dieu qu'à ses saints...* Mais d'un autre côté, cette histoire devient aberrante, c'est n'importe quoi ; si je n'y mets pas le holà, où s'arrêtera-t-elle ? Je risque de me retrouver adjoint du maire, ou mignon du gouverneur, ou grand mamamouchi, sans avoir compris ce qui m'arrivait. Ce Maroc ! Je suis venu chercher le calme, je me retrouve dans des intrigues à n'en plus finir... *La descente dans le maelström...* Allons dormir.

Ce qui fut fait.

36

Le plan B

Que se passa-t-il ensuite ? Adam devina que de grandes manœuvres se tramaient lorsqu'il tomba, de façon fortuite, sur une sorte de conciliabule entre Nadir, Basri, Bouazza et Lee Van Cleef dans un minuscule café, en face des remparts.

Il était entré là pour se désaltérer car il faisait particulièrement chaud, ce jour-là, qui était le dernier jour du mois de juin, et il les vit au fond de la salle, penchés sur une table autour de laquelle ils faisaient cercle. Basri chuchotait en tapant de l'index sur la table, comme s'il scandait une concaténation de manœuvres devant mener au coffre-fort d'une banque ; et les autres l'écoutaient attentivement, soucieux de ne pas perdre le fil.

Ça conspire sec, pensa Adam. Il sortit aussitôt, sans rien consommer. Les comploteurs ne s'aperçurent de rien.

Tout devint clair deux semaines plus tard, lors d'une visite impromptue d'Abdelmoula. Le cousin débarqua avec un couffin plein de sardines grillées enveloppées dans une grande serviette blanche à carreaux. Il les déballa dans le patio et invita toute la famille à participer aux agapes.

La petite fille poussa des petits cris de joie, Nanna fit des manières (« ce n'est pas raisonnable, j'ai la *maladie du sel* »), Adam ne se fit pas prier pour en déguster quelques-unes.

Abdelmoula évita, cette fois-ci, de se lancer dans de grandes discussions à propos de Dieu ou des anges, il se contenta de dévider des chapelets de platitudes sur le temps qu'il faisait, les aloses disparues de l'Oum Er-Rbia, la ruralisation de nos villes et la cherté de la vie.

Adam finit par lui demander s'il savait ce qui se tramait dans la ruelle ; après tout, n'était-il pas un ami de Nadir ?

Abdelmoula pinça les lèvres. Cette amitié-là avait fraîchi. Les élans sectaires et l'ambition du fils de la masseuse l'avaient coupé de ses anciens commensaux, il ne rompait plus le pain qu'avec ses ouailles... On le voyait déambuler, le nez au ciel, murmurant des incantations soufies, ou prétendues telles, qui semblaient obscènes tombant de ses grosses lèvres. (Ma parole, il se prend pour Hallâj ! coassa le fils de la négresse ; mais Hallâj a mal fini, n'est-ce pas ?)

Cependant, même sans l'appoint de Nadir, le cousin était parfaitement au courant de ce qui se passait en ville et *orbi*, dans le patio et sur les remparts, sous la moustache du commissaire et dans la tête des gens. Qui le renseignait ? Mystère.

Après avoir croqué une sardine et l'avoir arrosée d'un verre de petit-lait, obligeamment offert par Nanna, il se remit à parler.

Adam, abasourdi, l'écouta exposer l'état des choses.

Nadir-Tibari, le deuxième homme, se révéla être un lointain cousin de Lee Van Cleef, et c'était sans doute ce dernier qui lui avait demandé, dès le début, de fréquenter (et donc de surveiller) Adam, puisqu'il était l'ami de son cousin. Les menaces qu'avaient proférées les policiers («Le jour venu, on enverra Tibari planter des eucalyptus dans le pénitencier agricole»), c'était donc du pipeau, une manœuvre de diversion. Au fond, Tibari était des leurs, d'une façon ou d'une autre. Puisque Adam avait refusé de fédérer les fadas, le commissaire Daoudi était passé au plan B : la chambre bleue était devenue le centre spirituel de la zaouïa, qui louait aussi la maison à côté, celle de Bouazza. Le commerce de l'eau était florissant...

Abdelmoula reprit sa respiration, croqua derechef une sardine et continua, sur un ton amical, presque désinvolte. «Donc, tu me comprends, cher cousin, etc.»

Ce qu'il raconta était ahurissant.

37

Homo sum

Tard dans la nuit, alors qu'Abdelmoula était reparti et que tout le monde dormait dans le riad, Adam, affalé sur son lit, finit par reconstituer le puzzle dans sa tête.

Nadir et Bouazza le puisatier avaient recréé la zaouïa, mais pas dans la chambre effondrée, comme il en était question au départ. Ils l'avaient installée dans la maison de Bouazza ; ses adeptes, ou plutôt ses clients, tous ceux qui achetaient son eau miraculeuse, étaient fermement incités à adhérer à ladite zaouïa.

Quant aux disciples de Nadir, ils étaient en quelque sorte montés en grade, ils étaient maintenant les prosélytes officiels de la secte, laquelle secte avait mis de l'eau dans son vin, ou dans son thé : on ne parlait plus d'islam « sans Omar », le commissaire l'ayant formellement interdit ; on se contentait d'affirmer que Nadir était un « deuxième homme » (les sagouins, ils mélangent tout...), sans préciser ce que cela signifiait, sinon que Nadir connaissait des secrets formidables, inouïs, et qui avaient un rapport (mystérieux) avec le dernier Sijilmassi... Mais pour y arriver, à ses secrets, il fallait payer de sa personne, faire allégeance au «maître» Nadir, assister aux séances de prières, d'incantations, de mortifications.

Des articles avaient effectivement paru dans quelques journaux, signés par des médecins, et qui prouvaient l'efficacité de l'onde prodigieuse, fût-ce comme placebo (cela ajouté pour les quelques sceptiques que comptait la ville).

Le lien avec la zaouïa reconstruite était ainsi fait puisque c'était une seule et même holding qui contrôlait l'eau, la baraka et la zaouïa, sous la houlette du duo Nadir-Bouazza, et sous le patronage involontaire d'un Sijilmassi mutique.

Comme l'avait prévu le commissaire, il n'avait pas été difficile d'orienter la multitude consommatrice d'aqua sacrée et de prières vers le-Makhzen-et-Dahane-réunis, le premier caché (comme souvent), le second très présent, puisque distributeur enthousiaste de casquettes à son effigie, de pains de sucre et de bons pour une entrée gratuite au hammam; tout cela s'opposant à la secte du cheikh Bassine qui, elle, ne disposait pas du moindre couvre-chef à visière, ni de glucose ni de bain turc en état de marche. Le palpable, le tangible se mêlait ainsi au surnaturel; tous les aspects de la nature humaine, le corps qu'on masse et l'âme qu'on conforte, étaient ainsi couverts, à la grande satisfaction du service marketing de la holding.

Nadir, son fondé de pouvoir, faisait maintenant passer l'antique Bassine pour un hérétique. Et allez donc!

Les feuilles à chantage, payées en sous-main par Daoudi, s'en donnaient à cœur joie.

Dans une semaine, le président Bouazza allait annoncer que le dernier des Sijilmassi (au nom de qui cette gigantesque supercherie se déployait) prenait position dans l'affaire des élections municipales, et qu'il le faisait en faveur du maire sortant : Dahane l'avocat. Sonnez hautbois, résonnez musettes !

Adam, toujours allongé sur son lit, serra les poings de rage.

Ma parole, je rêve... Ou plutôt, le cauchemar continue... (Il vit, comme dans les dernières secondes d'un condamné, les événements récents défiler devant ses yeux, des guirlandes de mots en surimpression d'images fugaces.)

Donc, il m'arrive *quelque chose* au-dessus de la mer d'Andaman... C'est fort, décisif... irrépressible... Un choc... Une «expérience existentielle», comme on dit... Ma «nuit de feu»... Mon «second pilier à l'entrée du chœur»... Je freine des quatre fers, je m'arrête, je reviens aux sources : ici, dans le riad de mes ancêtres. Rue du Mouflon... Torpeur, sagesse... Méditation... Allons jusqu'au bout : je renie Voltaire, son *hideux sourire*, Diderot, pourtant le meilleur des hommes, Rousseau... C'est à ce prix... Je renie la secte des philosophes, les libertins, les Lumières...

Parallèlement, je redécouvre *Hayy Ibn Yaqzân*... Et le *Traité*... Vive Ibn Tofayl et l'immense Ibn Rochd !... C'est chez moi... C'est moi. Je suis le petit-fils du hadj Maati, fier, altier, droit dans mes cothurnes... *Mon monde est fait à ma mesure...*

Mais non... C'était trop beau, ça ne pouvait pas durer...

Enter Abdelmoula...

Entre ici, Abdelmoula !... avec ton cortège d'inepties... Le fils de la... la niaiserie... ses gros sabots... pesantes babouches... Ibn Tofayl, Averroès ? *Nos* phi-

losophes ? Connais pas !... Jamais lus ! Au bûcher !
Philosophes, bah... Objections frivoles, injustes cavil-
lations... Au diable, les philosophes, il n'y a que le
Livre... À la lettre !... *bila kayf* : sans demander comment, ni pourquoi... Sans demander son reste...

Misère... Est-ce ainsi que les hommes vivent, ici ?
Est-ce ainsi que les hommes sont ? Inconsistants,
bébêtes... ? Confits en dévotion sans trop savoir pourquoi ? Dieu est grand, *piiip*...

Ou escrocs ? charlatans, filous ?... On fait sa prière
et on mouille quand même le lait ? Bouazza ? Tout se
confond... Manipulations... La main de la masseuse
dans la culotte du zouave... Crédulité générale... On
gobe tout... Plus c'est gros, plus ça passe... La baraka
des Sijilmassi... Bois de cette eau... Glou-glou... Tu ne
peux pas passer outre, comme les caravaniers dans le
désert... Ma tribu s'égare mais je dois la suivre...

Il a maintenant les larmes aux yeux, un goût âcre
dans la bouche. Est-ce pour cela que j'ai perdu mon
travail, ma maison, ma femme ? Le corps de Naïma lui
manque à cet instant, il voudrait l'avoir à côté de lui,
se chauffer à ses rondeurs, ses courbes, ses méplats...
Son cerveau, implacable, continue de faire le bilan, de
détailler la catastrophe.

Alors que je me débats avec cette première grande
contradiction (dois-je m'abêtir pour être au diapa-
son ?), arrive la deuxième, la plus sordide : L'État s'en
mêle.

L'État !

Ses froids tentacules... Le Makhzen... Nadir-Tibari,
on ne sait même pas comment il s'appelle... La
police... Du flou, du trouble, des personnages incer-

tains... Clair-obscur... Basri, Lguerjouma, le commissaire Daoudi... «Il faut travailler avec nous.»

Et quand («sursaut de dignité») je refuse, quand je me retire dans mes appartements, cerné, l'arnaque repart de plus belle... Il ne veut pas jouer le jeu? On se passera de lui! On se passera de sa présence effective... On trompera les gens avec son effigie. Moi bidimensionnel, réduit à un portrait... Une icône qu'on montre au peuple, bien haut, dans un angle... Regardez! Miracle! Le dernier Sijilmassi... Alléluia!... *Allah akbar!*... Le retour de l'enfant prodigue!... Il est des nôtres! Il soutient Dahane, votez Dahane!

(Nausée, haut-le-cœur...)

Quelle est l'alternative?

Le retour à Casablanca?... Paris? L'émigration? Le suicide? La folie? Camisole, cellule, électrochocs?

Ou bien une folie froide, lucide : deviens Abdelmoula, aime Bouazza, baise les mains du commissaire, du gouverneur, du satrape. On en revient toujours là... *Il faut aimer Bouazza...* et Basri, le flic; les choses empirent. Quai des poulets!... Folie glaciale... Joue le jeu... Tout irait bien, je serais bien nourri, bien logé, décoré... limousine-chauffeur... invitations à la Cour... costume bien taillé, chaussures italiennes, des Ray-Ban sur le nez... Et je ne pourrai plus me regarder dans un miroir; ou si je m'y regardais, je ne verrai rien... le néant...

(Il se redresse sur le lit, frappé par une idée soudaine.)

Et si j'adhérais à la secte du cheikh Bassine?...

... juste pour protester contre cet immense et répugnant trucage qui se fait contre ma volonté, mais en mon nom... Ce serait spectaculaire... Après tout, de jeunes rebelles et des gauchistes blanchis sous le harnais avaient défilé avec la secte, naguère, dans toutes les villes du pays, au nom de l'ennemi commun : le Makhzen. On voyait des jeunes filles de la meilleure société de Rabat ou de Casablanca, cheveux au vent, jean, chandail moulant, côtoyer des barbus farouches et des femmes en burqa, ensevelies, leurs yeux les résumant, manifestant sans rien montrer, ô paradoxe... Des hommes jeunes, amateurs de bière et d'amour libre, marchant avec ceux qui les vomissent et les vouent aux gémonies... Après le supplice, la torture, jetés sur l'escalier d'un palais dévasté... On avait vu des choses étonnantes en *février* de cette année-là... *Quelqu'un s'est jeté du Pont-Neuf...* Chute... On avait vu l'inconcevable... Ils défilaient, les jeunes, à côté de ceux qui voulaient leur lapidation... *La mort va-t-elle faire une trêve ?...* Pourquoi ne ferais-je pas comme eux ? Un bout de chemin avec la secte ? Pour protester ? Ç'aurait de la gueule... du panache...

Mais non... Impossible !

Ce serait la défaite ultime.

Défaite de la pensée... Ces sectateurs de la Bassine, ne sont-ce pas eux qui croient en l'ubiquité de leur chef ? Il est ici et ailleurs... *Il court, il court, le furet... Il est passé par ici... Il repassera par là...* Ils croient aussi qu'il est capable de traverser les murs... C'est le passe-muraille du pauvre... ô âneries !... ô enfantillages !... mais ces benêts n'en sont pas moins dangereux. Ne sont-ce pas eux, ou leurs ancêtres, qui ont brûlé les livres d'Ibn Rochd à Cordoue ?... étranglé Sohrawardi, jeté son cadavre au bas des remparts d'Alep parce qu'il cherchait l'Orient « intérieur », la lumière, la connaissance ?... empoisonné Ibn Bâjja à

267

Fès, il y a huit siècles, parce qu'il ne pensait pas comme eux ?... excommunié puis assassiné Faraj Foda au Caire, il y a quelques décennies, parce qu'il maniait l'ironie ?... pendu l'ingénieur Taha, au Soudan, pour avoir défendu les droits de l'homme, de l'individu ?... N'ont-ils pas poignardé Néguib Mahfouz pour avoir écrit un livre qu'aucun d'eux, ces cancres, n'avait lu ?... N'ont-ils pas voilé, violé, vitriolé, cloîtré des millions de fillettes, de femmes, d'êtres humains ?... Et j'irais me commettre avec eux ?

Non.

Non.

(C'est une révélation. Il bondit sur ses pieds, sort dans le patio, lève les yeux vers le ciel, puis, absurdement, il va tâter le tronc du bigaradier, comme pour s'assurer que le monde ici-bas existe, que ce n'est pas un combat ineffable que se livrent des ombres dans sa tête. L'arbre est bel et bien là, solide, concret. Ligneux.)

Non. Je sais ce qu'il me reste à faire. S'engager, oui. Défiler, oui. Mais pas dans la cohue de ceux qui hurlent, pas dans la masse qui tue, babines retroussées : dans le long cortège de ceux qui ont sauvé l'honneur. L'honneur de l'homme. Sa dignité... Le cortège de la *khassa* intellectuelle du monde... sa noblesse.

Aristocratie de la pensée. Il n'y a pas de races humaines, il n'y a que l'*espèce humaine*. Je suis un homme, je suis un homme... *quoi de plus naturel, en somme ?*

Royauté du silence, du cabinet de lecture, de la table de travail, des grandes promenades en forêt d'Ermenonville... J'herborise, je fais l'herbier de mes ancêtres... Surprise ! Ce ne sont pas ceux que je croyais. Ou plutôt, il y en a bien plus que je ne le croyais...

Non, il ne faut pas renier Voltaire, ni Rousseau, ni Diderot... mais je les prends *avec* Ibn Rochd et les autres... Ibn Tofayl, précurseur de Spinoza, qui le lisait avec ferveur... Ibn Bâjja... Mystiques cordouans ou fassis et philosophes de Bagdad... *Maison de la sagesse...* et les Chinois, que je ne connais pas, les Japonais, les Indiens qui ont découvert mille ans avant tout le monde les grands théorèmes...

Et si l'on exhumait un Zola zoulou, il serait des nôtres... Joie de lire *Candide* comme un conte andalou et *Robinson Crusoé* comme un *Hayy Ibn Yaqzân* londonien... Je suis un homme. *Homo sum...* Rien de ce qui est humain ne m'est étranger... Rien de ce qui est *écrit* ne m'est étranger...

Bonheur de lire *Don Quichotte* comme *vraiment* écrit par Cid Hamet Ben Engeli... Joie, joie, joie, pleurs de joie... Homère ! (Ô mère !) Les grands Russes ! *Tristram Shandy...* Goethe !... *Mehr Licht...* c'est le cas de le dire... Dante !... (n'est-ce pas lui qui, dans *la Divine Comédie*, place Ibn Rochd parmi les génies du miracle grec, parmi les maîtres latins ?...) Darwin, Freud, penseurs et maîtres de la langue !... Pessoa !... Marquez !... Paz !... Hikmet !... Hermans !... Tagore !... Faulkner !... C'est là que je suis vraiment chez moi.

La rue du Mouflon, la vraie, c'est l'encyclopédie... l'ascension de l'esprit humain... Je voudrais tout lire, tout comprendre... parler toutes les langues du monde... Et la musique ! La sculpture, la peinture !... Immenses continents... *Hic sunt leones...* Ils n'attendent que moi... *Homo sum !*

Qu'ils sont ridicules, Bouazza et son seau, la Bassine et son sceau des prophètes, les deux sots tombent... Bien fait pour eux!...

Qu'elle est pitoyable, la police des corps, qui a pris le contrôle de cette ruelle...

Ce qui importe, c'est la voie céleste...

Une grande sérénité s'empara d'Adam. Il retourna dans sa chambre et s'allongea de nouveau sur le lit. Un poème flottait dans l'air. *Le ciel est, par-dessus le toit, si bleu, si calme! Un arbre, par-dessus le toit, berce sa palme.* Sa palme? Pas de doute : c'est à lui qu'on s'adressait. La branche du palmier, les palmes académiques...

Il s'endormit avec le sourire.

38

La grande bataille

Le lendemain était le samedi 15 juillet.

Azemmour s'éveilla dans la fournaise de l'été. L'air brûlait, les ruelles étaient assoupies, le vent du sud attisait l'incendie.

Le boulevard principal était absolument désert.

Pas pour longtemps. Lassée d'attendre une autorisation qui ne venait pas, la section locale de la secte du cheikh Bassine avait décidé d'organiser une manifestation pour brailler les mérites de la liste qu'elle présentait aux élections. Averti de la chose par les espions qu'il avait lui-même infiltrés chez Bassine, Daoudi jeta les plans d'une contre-manifestation : la zaouïa aquatique se répandrait sur le même tracé que les allumés du cheikh : on éteindrait ainsi leurs ardeurs.

Et c'est ainsi que le boulevard se trouva, ce jour-là, rapidement envahi par la populace, coupé en deux dans le sens de la longueur : à bâbord, un interminable filet de gueux gris et d'êtres voilés dont on présumait que c'était des femmes ; à tribord, un moindre allongement de soufis putatifs, menés par le duumvirat Bouazza-Nadir.

Gueux et soufis en herbe se taisent, c'est dans la nature des choses ; si bien que flotte au-dessus du boulevard un silence irréel, seulement entrecoupé par le braiement de quelque âne qui, ne voyant rien venir, s'inquiète : où sont les hommes et leur rumeur ?

La chaussée est vide, qui poudroie. On peuple les trottoirs, de part et d'autre.

On se regarde, comme mille chiens de faïence face à mille autres.

On se hait.

Et on attend. Quoi ? Nul ne le sait.

Deux hommes parurent.

L'un venait de la rue du Mouflon, l'autre du commissariat. Adam aperçut de loin Basri, vêtu de gris et qui marchait lentement dans sa direction. Ils se croisèrent au bout de la rue, au coin du boulevard. Basri ramena son chapeau en arrière et s'arrêta.

— Vous allez à la manif ? demanda-t-il ironiquement.

Adam s'arrêta à son tour et regarda les deux alignements de corps, immobiles et verticaux, comme fichés en terre, qui se faisaient face, de part et d'autre du boulevard. La scène était impressionnante. Basri continua sur le même ton :

— À ma gauche, les vrais patriotes, qui aiment leur pays et leur roi ; à ma droite, les suppôts du cheikh Bassine : le Moyen Âge, quoi. Alors, monsieur l'ingénieur, une question se pose : sur quel trottoir allez-vous marcher ?

Une légère brise caressa le visage d'Adam.

272

— Vous ne pouvez plus vous défiler... Alors ? Trottoir du Makhzen ou quai mal famé du fanatisme religieux ?

(Arrête de parler, pensa Adam. La sagesse n'est jamais du côté de celui qui parle.)

Mais l'autre était intarissable :

— Vous serez accueilli les bras ouverts sur cette partie-ci du boulevard, la zaouïa porte le nom de votre famille, ne l'oubliez pas. Sur l'autre partie, vous serez, tôt ou tard, lapidé. On ne lit pas Voltaire chez le cheikh.

Adam hocha la tête puis se remit en marche, lentement. Le commissaire, la tête tournée, le suivait du regard.

On vit alors un prodige.

Adam descendit sur la chaussée et commença à marcher au milieu, à équidistance des deux trottoirs, comme on s'engage dans un thalweg, entre deux versants, dans la montagne.

Voilà.

Voilà. Tel est mon choix, moi, Adam Sijilmassi. Je ne choisis pas. Entre le Makhzen et la populace fanatisée, je ne choisis pas. Je prends la voie médiane. Le juste milieu.

Si je pouvais voler, je planerais au-dessus d'eux, très haut, comme le *garuda* des hindous, le *simurgh* des Perses, le *rukh*...

On l'observait, de part et d'autre du boulevard. En silence.

Il regardait droit devant lui et ne pouvait donc examiner les visages, les centaines de visages qui formaient les parois de son chemin de *choix*.

Peut-être les uns, ceux du Makhzen, exprimaient-ils une sorte d'expectative – allons, nous ne perdons pas espoir, tu finiras bien par rentrer au bercail. Les autres visages devaient trahir une sourde détestation pour tout ce qui ne leur ressemblait pas.

Il unissait en lui deux figures, celle de l'enfant prodigue et celle du traître, de l'hérétique (celui qui *choisit*); c'est ce qu'il vit confusément, tout en marchant, en deux tableaux : un Greuze autrefois admiré au musée du Louvre et une représentation de saint Sébastien ornant un livre d'art; puis il se rappela que le Greuze représentait en fait *le Fils ingrat* : les deux groupes hostiles auraient pu s'entendre sur cette qualification. C'est encore moi qui les unis.

Au fond, le Makhzen et le cheikh Bassine pourraient s'accorder, un jour, sur ceci : éliminer ceux qui me ressemblent. (Grande machine de salon : *Le fanatisme et le monstre froid tombant à bras raccourcis sur les petits voltairiens de la contrée.*)

Tableaux d'une exposition : je flâne dans ma vie.

Tant qu'on y est : il (se) vit Charlton Heston allant d'un pas ferme, droit devant lui, comme s'il suivait la ligne de partage des eaux vers une terre à lui promise, sidna Moussa fendant les flots de la mer Rouge.

Mais les flots, hélas! se refermèrent sur lui. Alors qu'il était arrivé à la hauteur de la porte de la médina, un apprenti soufi, à bout de nerfs, cria quelque chose, peut-être une injure, en direction des gens de la Bassine; dont l'un, d'une voix rauque, proféra aussitôt quelque affront; auquel répondirent trois blasphèmes épars; parés par quinze grossièretés; par représailles, on calomnia le cheikh; horreur!... mille invectives s'élevèrent soudain sous le soleil de Satan; l'offense fut jugée, *in* dix mille *petto*, impardonnable; de tels outrages se lavent dans le sang, ou au moins dans le horion, décida tout le monde.

Ce fut la ruée.

Les deux rangs ennemis, jaillissant de leurs trottoirs respectifs, envahissant le bitume, se précipitèrent l'un sur l'autre, d'un même allant, en poussant des cris sauvages. Ululements, glapissements, braillements, cris et hurlements, beuglements, hennissements se mêlèrent aux versets du Coran dont on s'arma de part et d'autre ; et les coups se mirent à pleuvoir dru.

Ce fut une bagarre mémorable.

Elle se déroula *sur* Adam, renversé dès la première seconde par la charge des deux brigades lourdes qui se rencontrèrent exactement à sa hauteur, puisqu'il se trouvait au milieu du champ de bataille. Les deux armées se choquèrent en lui, il tomba, elles l'écrasèrent.

Je vais me réfugier vers un mont qui me protégera de l'eau. Et Noé lui dit : « Il n'y a aujourd'hui aucun protecteur contre l'ordre de Dieu. Tous périront... » Et les vagues s'interposèrent entre les deux, et le fils fut noyé.

Après plusieurs minutes de pugilat généralisé, dans une clameur interminable, la police, dirigée par le commissaire Daoudi, décida d'intervenir. En principe, elle n'aurait dû taper que sur l'armée de la Bassine ; mais, dans la mêlée, comment reconnaître les siens ? Aussi firent-ils, les cognes, ce qu'ils font toujours dans l'Empire chérifien : ils assommèrent tout ce qui passait à portée de massue.

Le baroud redoubla de férocité.

Adam, à demi évanoui, avait réussi à se relever, ou plutôt, il était à genoux. Tout étourdi, il vit, dans la confusion générale, un objet contondant s'élever dans les airs, au-dessus de sa tête. Était-ce la police, un soufi ou un islamiste ? Il tomba à genoux ; très absurdement, ses dernières pensées furent : « ... comme un chien... », « sur une plage de Toscane... », « tuez-moi, ô mes compagnons ! ». L'objet s'abattit violemment sur sa tempe.

Écran noir.

Sur la toile qui s'anime, très lentement, un oiseau se pose au sol, puis un autre, puis un autre. Ils replient leurs ailes de grande envergure. Ce sont des charognards. Des pygargues ? Au sol gît un cadavre, le cadavre d'un ennemi – mais ennemi de qui ? Ne voulait-il pas, justement, n'être en rien mêlé à cette querelle ?

Tex Willer est à terre.

Les *desperados* s'éloignent dans le crépuscule.

39

Silence

Adam n'était pas mort mais, « salement amoché »
(*dixit* le correspondant local du *Matin*), il était tombé
dans une sorte de coma dont il ne sortit qu'une
semaine plus tard.

Il ouvrit les yeux dans une chambre de l'hôpital
d'El-Jadida. La porte en était entrouverte et il vit (mais
voyait-il ?) qu'elle donnait sur une salle commune
sommairement meublée d'où provenaient de vagues
effluves d'excréments mêlés à l'odeur des désinfec-
tants. Après quelques instants, une infirmière, qui était
entrée dans la chambre et avait constaté que le patient
gardait les yeux ouverts, lui posa une question sur un
ton presque joyeux. Il ne répondit rien. Elle répéta sa
question puis alla chercher un médecin.

Celui-ci, un homme jeune en blouse blanche, l'examina attentivement et essaya, lui aussi, d'engager la
conversation. En pure perte, Adam ne desserrait pas
les mâchoires. Toutefois, il semblait suivre du regard
les allées et venues des uns et des autres.

À l'heure du déjeuner, il ne fit aucune difficulté à
manger et à boire ce qu'on lui proposait.

Il ne prononça aucun mot pendant les jours qui suivirent, mais les médecins décidèrent malgré tout qu'il devait poursuivre sa convalescence dans sa famille. Mais, justement, où était sa famille?

Ce furent Nadir et ses hommes qui le ramenèrent rue du Mouflon. Qui les avait prévenus? Mystère. Basri était sans doute dans le coup. (Le Makhzen avait peut-être besoin d'un martyr? (Qui sait ce que la presse locale, aiguillonnée par le commissaire Daoudi, avait écrit sur l'ordalie du dernier Sijilmassi? N'était-elle pas une preuve de la sauvagerie des suppôts de Bassine? Vous voteriez pour ces gens-là?))

Nanna, éplorée, le soigna avec dévotion. Tous les jours, elle renouvelait le pansement qui lui enserrait la tête, jusqu'au jour où il n'en eut plus besoin.

Plusieurs membres de sa famille vinrent lui rendre visite. Cela ressemblait à une veillée funèbre. Ils repartaient en murmurant :

— Quel grand malheur!... (Quelle pitié!... (Lui qui n'a jamais fait de mal à personne...))

Guéri, il ne parle pas davantage que quand il gisait sur son lit, le crâne ceint de son turban médicinal. On voit bien, à son regard, qu'il comprend ce qu'on lui dit; mais il ne répond à aucune question.

Peut-être revit-il sans cesse, comme un film monté en boucle, ce moment où le gourdin s'est abattu sur sa tempe, dans la grande mêlée, au milieu du boulevard. *Tout ce qui est soumis au contact de la force est avili [...]. Frapper ou être frappé, c'est une seule et même souillure.*

Est-ce pour en arriver là que j'ai tout quitté, que je

suis revenu à Azemmour, que j'ai voulu changer de vie ?

Et de nouveau le gourdin, ou la matraque, fend l'air au-dessus de lui... Et de nouveau surgit la phrase : *Tout ce qui est soumis au contact de la force...*

Et ça repart... ça tourne...

Alors il ne dit plus rien.

De guerre lasse, personne ne vient plus le voir.

La petite fille vient s'asseoir parfois à côté de lui et fait semblant de lire un des nombreux livres qui sont entassés dans un coin de la chambre et qu'il n'ouvre plus. Parfois, elle se serre contre lui. Sent-il la chaleur qui émane du corps malingre de l'orpheline ?

Un soir, Adam sortit de la maison, marcha lentement dans l'étroite rue du Mouflon, tourna au coin et disparut.

Il ne revint jamais dans le riad de ses ancêtres.

40

Épilogue

Adam vit aujourd'hui dans une cahute sur la plage d'Azemmour, entre deux dunes, presque nu, hirsute, maigre comme un sâdhu...

Je veux habiter sous la terre / Comme dans son sépulcre un homme solitaire.

C'est effectivement sous terre qu'il vit, ou c'est tout comme : il y a un trou dans un coin de la petite cabane, creusé dans le sable de la plage, c'est là qu'il se recroqueville, dans la position du fœtus, pour dormir – s'il dort ; peut-être somnole-t-il constamment, dans un rêve sans fin.

Rien ne me verra plus, je ne verrai plus rien.

Il n'a plus de visiteurs. Sa famille a essayé de le faire interner, mais la procédure est très compliquée et, somme toute, on ne peut rien prouver : est-il *fou*? (Qu'est-ce que cela veut dire?) Alors, il est devenu leur secret, leur tare, un tabou. Ils font comme s'il était mort, puisqu'il ne veut pas vivre.

D'anciens amis, d'anciens collègues, sont venus le voir, ont essayé de le raisonner – de lui faire *entendre raison*. Ils sont arrivés sur la plage, ont marché jusqu'à sa tanière, ont prononcé des paroles de réconfort ou d'exhortation, ont posé des questions... En vain. Il est impossible de nouer la moindre conversation avec lui, puisqu'il ne répond rien. Entend-il ce qu'on lui dit? On ne sait pas.

Qui le nourrit? *Regardez les oiseaux du ciel : ils ne sèment ni ne moissonnent...* Les habitants des environs, citadins ou paysans, lui apportent de temps à autre une miche de pain, des fruits, du lait caillé, de l'eau. Ils n'ont pas oublié la baraka des Sijilmassi. Peut-être agit-elle encore, peut-être rejaillit-elle sur qui nourrit un des leurs? La folie du dernier Sijilmassi leur semble être de l'ordre du divin. Il a peut-être atteint l'ultime degré, *el-fnâ*, l'extinction du Moi?

La petite Khadija vient régulièrement déposer quelques dattes ou quelques olives, enveloppées dans un morceau de papier, devant l'entrée de la cahute. (Adam examine-t-il parfois ces emballages improvisés? Reconnaît-il les pages de son calepin? Son œuvre inconnue disparaît ainsi, peu à peu, et s'efface comme son visage d'homme lui-même s'efface, sur cette plage, à la limite de la mer, à mesure que la barbe l'envahit et que ses cheveux lui tombent sur les yeux...)
Khadija n'entre jamais dans l'antre de l'ermite, elle s'en va vite, les yeux mouillés de larmes, dans une course malaisée, trébuchant parfois, se relevant, ses sandales s'enfonçant dans ce sable si fin.
Au début, pendant quelques mois, après avoir appris où se terrait Adam, elle s'était livrée à un rituel précis : elle apportait son ardoise, serrée contre son corps chétif comme un talisman, et dans son poing menu elle

tenait un morceau de craie. Après avoir déposé avec précaution les dattes ou les olives sur le sol, elle allait se jucher sur une dune, un peu plus loin, à quelques dizaines de mètres. Elle s'asseyait et attendait. Quand Adam apparaissait enfin, qu'il eût vu l'offrande ou non, elle posait l'ardoise sur ses genoux, brandissait la craie et le regardait intensément, comme si elle pouvait le *réveiller*, comme s'il allait de nouveau l'instruire, lui apprendre *des choses*. Elle attendait un miracle, qui ne vint pas.

Parfois, vers la fin de l'après-midi, Adam tourne le dos à la mer et marche lentement vers la ville. Mais il n'y entre pas. Il reste debout, à l'écart de la route, planté là à regarder (mais les voit-il?) les premières maisons, inachevées, couleur de parpaing gris, et les remparts blonds au loin, et les minarets semés çà et là comme des ogives pointées vers le ciel et d'où s'élève parfois une étrange mélopée, voix d'homme entremêlée de crissements du microphone. Le comprend-il, ce chant mélancolique? Sait-il encore ce qu'est l'appel à la prière? La terre fendillée, craquelée, brûlée, dont la couleur hésite entre le jaune et l'orange, semble dégorger la chaleur qu'elle a accumulée pendant la journée. Adam l'absorbe par ses pieds nus, à la plante noire et aux ongles crasseux. Quelques arbres étiques semblent pencher la tête d'accablement; on pourrait dire aussi qu'ils semblent se prosterner.

Voit-il tout cela?

Le sable, au lever du jour, est couleur de miel. Se fait-il parfois cette réflexion, qui prouverait qu'il n'a pas perdu la raison, le *'aql* : la faculté de *lier* un souvenir et une sensation présente ? Ou ne vit-il que dans un présent éternel, sans raison ?

*

Des philosophes, des penseurs de la politique, si on leur avait raconté cette ténébreuse affaire, auraient affirmé, fatalistes : Adam est la preuve que le Makhzen finit toujours par vaincre. « Soit il te récupère, soit il te met hors jeu. » L'État, *en dernière instance*, c'est une bande d'hommes armés. Il gagne toujours.

Peut-être. Mais c'est alors une bien piètre victoire, un triomphe illusoire : on ne gagne pas contre celui qui refuse le combat, contre celui qui a *renoncé*.

Le retrait, voilà la vraie victoire. Peut-être est-ce lui qui a eu raison de tout, qui a raison contre tous : lui, Adam, nu sur sa plage, nu comme le premier homme.

Lui, le dernier Sijilmassi.

Glossaire

Allahuma hada munkar : version musulmane de *Vade retro, Satanas !* exprimant une pieuse indignation qui peut être feinte.

'Amma : la masse, le (vain) peuple (par opposition à *khassa*, l'élite).

A'oudou billah... : formule religieuse exprimant moult choses, par exemple l'indignation, la surprise horrifiée, etc.

'Aql : la raison.

'Aroubi : paysan, péquenot.

Ash'arite : école théologique de l'islam, fondée par Abû Al-Hasan Al-Ach'arî (873-935)

Baraka : faveur divine accordée à certains individus ou clans ou familles, etc. (On n'est pas obligé d'y croire.)

Bila kayf : sans (demander) comment.

Bissara : purée de fèves.

Bouna Adam : notre père Adam.

Cheikh : titre honorifique accordé aux «anciens», même quand ils ne le méritent pas.

Chnou ? : quoi (comment) ?

Chouf ! : regarde ! Ou bien, métaphoriquement : écoute !

Darija : le dialecte marocain.

Derb : ruelle.

Fatiha : sept phrases qui ouvrent le Coran. Introduction.

Fitna : discorde.

Flouss : l'argent, le fric.

Foutouhât : conquêtes.

Fqih : homme de religion.

Ghayba : occultation (d'un prophète, d'un imam, etc.).

Guerrab : porteur d'eau. Bariolé, pittoresque, etc. Les touristes le photographient.

Hadith : parole du Prophète rapportée par ses compagnons.

Hadj : homme respectable (en principe), qui a fait le pèlerinage à La Mecque.

Haïk : drap blanc dans lequel on s'engonce, quand on est femme, pour sortir dans la rue.

Halqa : ronde (autour d'un conteur, de musiciens, etc.).

Hanout : boutique d'alimentation, capharnaüm.

Haram : ce qui ne se peut.

Harka : l'armée du sultan.

Imam : le bonhomme qui conduit la prière, qui prononce le prêche, qui donne des avis en matière de religion, etc.

Istiqlal : parti nationaliste marocain, historiquement le premier parti du pays. (Le mot signifie : «indépendance».)

J'ma'a : consensus.

Kharijite : dissident musulman (c'est une longue histoire, très compliquée).

Khassa : l'élite.

Kouffar, pluriel de *kâfir* : incroyant, athée.

K'toub, koutoub, pluriel de *k'tab* : livre.

Mahdi : envoyé de Dieu. (Selon la tradition sunnite, le Mahdi apparaîtra dans les derniers jours du monde, précédant de peu le retour de Jésus.)

Makhzen : forme d'État spécifique au Maroc, qui comprend le Palais, les courtisans, l'appareil d'État, les élites rurales, etc.

Ma ykoun bass : Dieu fasse que ce ne soit pas grave.

Mektoub : ce qui est écrit, le destin.

Mellah : ancien quartier juif des villes marocaines.

Mirhad : toilettes.

Moussem : pèlerinage annuel sur la tombe d'un marabout, et qui s'accompagne de moult réjouissances, ripailles, fantasias, etc.

Nafs : l'âme bestiale de l'homme.

Naskhî : système d'écriture pour les langues utilisant l'alphabet arabe.

Ouakha : d'accord !

Ouhibbouki : je t'aime.

Ouissam : décoration marocaine.

Ouléma(s) : expert(s) en matières religieuses.

Oumma : communauté (des croyants).

Oustad : professeur (parfois utilisé comme marque de respect devant le nom de quelqu'un qu'on admire).

Qadi : juge.

Rouh : l'âme humaine, éternelle et immortelle.

Ru'yâ : vision (pendant le sommeil).

Rukh : oiseau mythique de la littérature iranienne.

Salla-llahou 'alayhi wa sallam' : formule que prononcent les musulmans pieux après chaque évocation du nom du Prophète.

Samsar : courtier, agent immobilier, entremetteur.

Shaytan : le Diable.

Shaytaniyya : diablesse, plus sympathique que le précédent.

Sidna Moussa : notre seigneur Moïse.

Siwak : bâton d'arak dont on se sert pour se nettoyer les dents.

Soufî : adepte du soufisme.

Soufisme : la forme mystique de l'islam.

Staghfirou 'llah ! : formule de réprobation.

Sunna : les règles ou «lois» de Dieu qui ont été prescrites à tous les prophètes.

Tajsid ou *tajsim* : anthropomorphisme (le fait de prêter à Dieu des traits humains).

Taqiyya : Le fait de dissimuler sa foi pour éviter les embrouilles.

Tarîqa : la voie étroite de la mystique, par opposition à la *shari'a*, le large boulevard de la Loi révélée.

Vizir : premier ministre du calife ou de l'émir, il y a bien longtemps.

Wahhabi : adepte d'un islam très rigoriste.

Wali : saint homme (à ne pas confondre avec «préfet», autre sens du même mot – le préfet n'est généralement pas un saint homme).

Zaouïa : édifice religieux où l'on dispense un enseignement religieux, souvent mystique (soufi).

Zemmouri : habitant d'Azemmour.

Zoufri : célibataire (déformation du français *z-ouvriers*).

La photocomposition de cet ouvrage
a été réalisée par
GRAPHIC HAINAUT
59410 Anzin

Imprimé en France par CPI
en février 2016

POCKET – 12, avenue d'Italie – 75627 Paris Cedex 13

N° d'impression : 3014669
Dépôt légal : mars 2016
S25868/01